U0489074

地势坤，君子以厚德载物。

知道点世界文学

汪淼——著

图书在版编目（CIP）数据

知道点世界文学/汪淼著. -- 北京：中国友谊出版公司，2021.6
　ISBN 978-7-5057-5199-6

　Ⅰ.①知… Ⅱ.①汪… Ⅲ.①世界文学－文学欣赏 Ⅳ.①I106

中国版本图书馆CIP数据核字（2021）第059767号

书名	知道点世界文学
作者	汪　淼
出版	中国友谊出版公司
发行	中国友谊出版公司
经销	新华书店
印刷	北京盛通印刷股份有限公司
规格	880×1230毫米　32开 9.5印张　220千字
版次	2021年8月第1版
印次	2021年8月第1次印刷
书号	ISBN 978-7-5057-5199-6
定价	45.00元
地址	北京市朝阳区西坝河南里17号楼
邮编	100028
电话	（010）64678009

如发现图书质量问题，可联系调换。质量投诉电话：010-82069336

序

/ 余秋雨

这套"知道点"丛书,邀我写序。我对丛书的名称有点好奇,一问,明白了他们的意思,就决定写了。

原来,这套丛书里每一本的标题,都以"知道点"开头,如《知道点中国历史》《知道点中国文化》《知道点世界文化》……落脚点都显得宏大,而着眼点却很谦虚,显出青年作者的俏皮。中外文化是万仞群峰,我们不应该畏其高峻而仓皇躲开,更不应该看了两眼就自以为已经了如指掌。我们所能做的是,恭敬地在山脚下仰视,勤快地在山道口打听,简单说来,也就是:知道点。

首先,不知道是可惜的。区区五尺之躯,不以文化群峰作为背景,只是一种无觉无明、平庸卑琐的生理存在。人凭文化与外界进行不同层次的沟通,并通过文化证明自己是谁,对此,即使文化程度不高的人也有一种荣辱感。记得有一次中央电视台举办全国直播的青年艺术人才大奖赛,比赛中有一项文史知识测试。结果出乎意料,几亿观众对这一部分的关注远远超过比赛的主体项目,全国各省观众对于自己省派出的选手在艺术技能上的落败并不在乎,却无法容忍他们居然答不出那些文史知识的试题。由此可知，直到今天，很多人还是习惯于在文化上寻求自身尊严和群体尊严的，这很不错。

但是，紧接下来的问题是，又必须提防人们对于文史知识的沉溺。沉溺，看似深入，实则是一种以文化名义制造的灭顶之灾。中国从明清之后一直有一批名人以引诱别人沉溺来谋生，很不道德。因此，必须在文化的群峰间标画一些简明的线路，在历史的大海中铺设一些浮标的缆索，使人们既领略山水之胜又不至于沉溺。这种做法用一种通俗用语来表述，就是不必知道得太多、太杂、太碎、太滥，只需"知道点"。

"知道点"，不是降低标准，而是提高标准。这就像线路的设定者一定比一般的逛山者更懂得山，缆索铺设者也一定比一般的游水者更熟识海。不仅更懂、更熟识，而且也更有人道精神，更有文化责任。

正是在这个意义上，我觉得这套"知道点"丛书是一项有价值的事业。新世纪的公民不可能全然舍弃人类以前创造的文化历史背景，却又不能让以前的创造来阻断今天的创造，因此应该有更多的山路划定者和缆索铺设者。只有这样，壮丽的历史文化才能真正成为新世纪的财产。

三岛的文学世界

奠基人——乔叟

的戏剧大师——莎士比亚

上六位伟大的诗人之一——弥尔顿

父——笛福

作家——简·奥斯汀

浪漫主义诗人——雪莱

拜伦

——狄更斯

学奇葩——夏洛蒂·勃朗特

家——艾米莉·勃朗特

伟大的悲剧大师——哈代

法兰西文坛

的创建者——莫里哀

054　开一代文风的思想家——卢梭

058　积极浪漫领袖——雨果

062　通俗小说之王——大仲马

066　现代法国小说之父——巴尔扎克

071　法国象征派诗歌的先驱——波德莱尔

075　法国批判现实主义作家——司汤达

079　西方现代小说奠基者——福楼拜

083　《茶花女》背后的英雄——小仲马

086　自然主义文学流派奠基者——左拉

090　短篇小说之王——莫泊桑

093　法国的托尔斯泰——罗曼·罗兰

097　与时间抗争的意识流先锋——普鲁斯特

第三辑　德国的文学群星

102　德国文学的奠基者——莱辛

106　世界文学的一面镜子——歌德

109　德国启蒙文学的代表人物之一——席勒

112　德国古典文学的最后一位代表——海涅

115　德语文学的世纪经纬——里尔克

118　揭开战争的面纱——雷马克

121　20世纪的德国曹雪芹——托马斯·曼

123　当代德国文坛的祭司——君特·格拉斯

第四辑　俄罗斯和苏联时期文学

128　现代俄国文学之父——普希金

132　俄国现实主义文学奠基者——果戈理

136　从"多余人"到"新人"——屠格涅夫

139　灵魂的拷问者——陀思妥耶夫斯基

143　长寿的文学不倒翁——托尔斯泰

147　短篇圣手——契诃夫

151　革命文学的雄鹰——高尔基

154　哥萨克作家——肖洛霍夫

159　命途多舛的诺贝尔文学奖获得者——帕斯捷尔纳克

第五辑　美利坚文学的百花园

164　为美国诗坛吹响革命的号角——惠特曼

169　为娱乐的写作——爱伦·坡

174　美国心理分析小说的开创者——霍桑

179　挑战自然的悲剧——麦尔维尔

184　挑起一场大战的小说家——斯托夫人

188　从领航员到作家——马克·吐温

193　诗歌现代派运动领袖——艾略特

198　20世纪最著名的小说家之一——海明威

204　"乱世佳人"的缔造者——玛格丽特·米切尔

210　美国当代最著名的小说家之一——约瑟夫·海勒

第六辑　其他西方国家文学

216　西方文学的源头活水——《荷马史诗》

220　悲剧之父——埃斯库罗斯

223　奴隶也有自己的创作——《伊索寓言》

227　新时代的第一声号角——但丁和《神曲》

231　为骑士文学敲响丧钟——塞万提斯

236　文艺复兴的歌者——薄伽丘

240　伟大的笑匠——拉伯雷

245　现代童话大师——安徒生

249　现代问题戏剧的巨擘——易卜生

253　"一切障碍都在粉碎我"——卡夫卡

258　20世纪最伟大作家之一——乔伊斯

262　人与文的革命——米兰·昆德拉

第七辑　别开生面的东方与拉美

268　东方史诗的双子星座

273　阿拉伯民间故事集——《一千零一夜》

280　日本版《红楼梦》——《源氏物语》

286　印度诗圣——泰戈尔

289　20世纪的东方神韵——川端康成

293　魔幻现实主义第一人——马尔克斯

第一辑

英伦三岛的文学世界

英国诗歌奠基人——乔叟

英国诗歌在欧洲文学史上有着举足轻重的地位，在英国也诞生了许多知名的诗人。在这些诗人中，乔叟的作用和地位都是举足轻重的。他将法国与意大利的诗歌技巧运用到自己的写作当中，还将中古英语的东中部地方方言变成了英国的文学语言。正是因为这两点，英国诗歌得到了迅速的发展，表达能力获得了极大的提高。

1386年，乔叟写了知名的《贞洁妇女的传说》，在其中使用了十音节双韵诗体。这是十音节双韵诗体首次在英国出现，乔叟在接下来的十三年中运用该诗体创作了著名的《坎特伯雷故事集》，可惜《坎特伯雷故事集》尚未完成，乔叟就病逝了。后来，十音节双韵诗体被不断改进，成为"英雄双韵体"，也成了新古典时期最被人们认可的诗体。

乔叟的一生十分坎坷，他出生在伦敦，父亲是一位酒商。十几岁的时候，乔叟就找到了一份皇宫里的差事。1359年，爱德华三世远征法国，乔叟也随爱德华三世前往法国，结果在战场上被法军俘虏了。被赎回以后，他从事过许多不同的工作，都跟宫廷事宜有关。从事外交工作的几年让他游历了欧洲的不少国家，大开眼界。比利时、法国、意大利等国家的著名诗人都给了他不少启发，让他在文学创作上受益匪浅。后来，乔叟的庇护者失势，他被剥夺了官职和俸禄，一度过着贫穷的日子。即便如此，他仍然创作出了大量优秀的文学作品,其自创的"英雄双韵体"更是成了英国诗人最喜欢的诗体,他更是被称为"英国诗人之父"。

乔叟的身份虽是宫廷诗人,但从其作品中不难看出,他热爱生活,贴近生活,不喜欢曲高和寡。虽然他的诗歌中有很多讽刺的内容,喜欢用尖锐的语言去批评人们的缺点跟错误,但这并不是他的人生态度。他喜欢将自己听说的故事用更加幽默的方式传达给读者,更希望读者能够从他的诗歌当中有所收获,能够获得智力和道德上的提升。但是,直接说教绝对不是个好办法,有趣的故事显然能够让读者自己思考,起到寓教于乐的作用。在乔叟众多的作品中,艺术成就最高、最有讽刺精神、最能寓教于乐的,还是要数《坎特伯雷故事集》。

▲ 乔叟画像

《坎特伯雷故事集》不仅拥有众多乔叟从各阶层、各地区搜集到的故事,更具有极其丰富的艺术价值。故事结构与《十日谈》《天方夜谭》颇有相似之处,讲述了在泰晤士河边的一家小旅店里,有一群人想要去七十里外的坎特伯雷城朝拜圣徒托马斯·阿·贝克特。这群人的身份、所处阶级各不相同,有代表贵族、充满骑士精神的骑士父子,有农夫身份的仆人,有来自教会的僧侣,有来自牛津大学的学生,有律师,有自由农民,有地主,有商人……既然人群来自不同阶级，那么他们对同样事情的看法自然是各不相同的。旅店主人提出要为他们担任免费向导，但是这些人必须在来去坎特伯雷的路上每人讲两个故事。旅店主人做裁判，故事讲得最好的人将赢得旅店老板提供的一餐盛宴。

《故事集》登场人物极多，但最后却只收录了二十三个故事，乔叟就病逝了。在这二十三个故事当中，有两个还没有完成，也成了人们永远的遗憾。除此之外，这部尚未完成的作品还有很多连接处的缺陷和各种各样的不完美，但这并不影响这部著作的伟大。即便是故事没有被完成，人们也能从中感受到乔叟的思想、人文关怀，以及乔叟对当时社会现象的看法。

其中最能代表著作风格的故事是传教士讲述的《狡猾的狐狸》和《虚荣的公鸡》。传教士讲这两个故事的口吻十分正式，颇有一种卖弄见识与才学的意味。大量华丽的辞藻、不断地引经据典，最后讲述出来的却只是有关于动物的简单故事，不过是市井小民用来打发时间的故事。这种鲜明的对比营造出了一种奇特的氛围，故事让人忍俊不禁，充满了幽默感。故事的情节与传教士的行为十分类似，故事中的公鸡和母鸡不断想要展示自己的贵族风范，但又经常忍不住露出自己家禽的天性。故事里的狐狸一直在卖弄自己的小聪明，但却因为自己的小聪明而上当受骗。这些情节与传教士讲故事的方式相映成趣，让故事想要表达的思想得到了升华。

乔叟的作品带有鲜明的时代风格，作为文艺复兴初期的作品，不难看出其作品中有浓厚的人文主义光辉。那些高高在上的传教士改变不了自己的职业习惯，用平时宣讲教义、传教的语言来讲述诙谐的动物故事。这种冲突之下，传教士的语言越是华丽、越是庄严，就越是滑稽、越是充满趣味。不仅是传教士讲述的两个故事，这二十三个故事每个都非常精彩,都有其独到之处。故事当中的人物刻画十分生动,无论是对话还是形象描写,都能让读者对书中的人物有明确的认知。每个人物都有自己的鲜明个性,都有自己的喜怒哀乐,都有自己的阶级身份特征。他的作品是充满艺术性和人文关怀的,之后的英国知名作家,包括莎士比亚和狄更斯,都在某种程度上继承了这些特点。

世界最著名的戏剧大师——莎士比亚

莎士比亚在世界范围内都有相当大的名气，不仅因为他留下了许多旷世名著，更因为他在人类心灵方面的认识和人类对文学创作的认识方面有着前无来者的突破。他的作品不仅有文学意义，还有深刻的哲学意义。

莎士比亚生于1564年4月，父亲是一个商人。他从小接受了良好的教育。长大后，他离开家乡，做过剧场杂差、演员和编剧。莎士比亚在二十六岁就开始独立编写剧本了，《亨利六世》是他的第一部作品。后来，他到了伦敦，凭借自己的剧本获得了成功，不仅收获了名声，还取得了丰厚的收入。莎士比亚在1614年离开繁华与嘈杂的伦敦，回到了家乡，但短短两年以后，他便与世长辞了。

在短短五十二年的人生里，莎士比亚取得的成就是后来人难以企及的。他的作品在西方国家堪称尽人皆知，每年销售出的莎士比亚作品集数量仅次

▲ 莎士比亚画像

于《圣经》。其作品当中的深刻内涵拥有让人不断回味的价值，更有不少大学设立了一门专业以研究莎士比亚的作品。莎士比亚的作品被翻译成70多种语言，在世界范围内销售，每年仅在美国销售的莎士比亚作品就超过100万册。那么，究竟莎士比亚的作品有着怎样的魅力才能让它在几百年后仍然为人们所津津乐道呢？

莎士比亚为后世留下的作品，其数量、质量都非常高，虽然长篇叙事诗只有两首，但十四行诗却有154首之多。莎士比亚被称为"戏剧之王"，一生创作了37部震撼人心的经典戏剧。仅仅是这些，就已经奠定了莎士比亚在文学史上不可撼动的地位。莎士比亚的戏剧内容可谓是包罗万象，不仅有精巧细腻的情节，更是有许多令人深思的内涵。他的戏剧不是空洞地讲述故事，更多的是将自己的想法、情感、观念以及道德准则融入了戏剧。这些内容在戏剧当中得到了完整的体现，改变了当时不少人的思想。特别是传统守旧的封建思想，禁锢人们思想的传统宗教，莎士比亚的戏剧作品毫无保留地向其宣战，并且在战争中获得了胜利。

莎士比亚戏剧中最为人津津乐道的就是人物的刻画，37部戏剧当中对剧情有着重要作用的角色多达700余人，其中罗密欧、朱丽叶、哈姆雷特、麦克白、奥赛罗等，几乎被人们当成真实存在的角色，屡屡在后世的作品中被致敬和引用。莎士比亚描写人物的手法在当时可谓是独树一帜，大量的人物行为和内心独白相结合，几乎无死角地将整个角色展现在人们面前。他的剧本也一反传统的剧本模式，通过复杂的线索、多层次的描述、剧情的反转来让整部戏剧更加富有趣味性。虽然莎士比亚的剧本不落俗套，但是他对剧本的结构要求却很严格，几乎每个剧本都离不开开端、发展、转折、高潮和结局这五个部分。

人物塑造和剧本创作是人们喜欢莎士比亚的重要原因，人们孜孜不倦地研究莎士比亚的作品，更主要还是因为莎士比亚剧本中语言的使用艺术。简单形容莎士比亚作品的语言，那就是雅俗共赏。在保持语言优美、比喻精巧的情况下，又能让其口语化，接地气。即便是剧中人物在痛斥他人的时候，这种优雅、优美也始终存在。甚至有人整合了莎士比亚作品中人物骂人的桥段，表示莎士比亚连骂人居然都如此有品位。莎士比亚的词汇量十分惊人，在他的作品当中使用了29066个词，这个数量是《圣经》的四倍多。

莎士比亚的作品部部经典，但要说最广为人知的，要数《罗密欧与朱丽叶》《亨利四世》《威尼斯商人》《哈姆雷特》《奥赛罗》《麦克白》和《李尔王》这七部作品了。其中后四部更是被后人并称为莎士比亚的"四大悲剧"。而在"四大悲剧"中，最有名的就是"王子复仇记"《哈姆雷特》了，不仅被翻译成了各种语言以各种形式不断翻拍，还根据不少国家地区自身的文化情况被多次改编。

《哈姆雷特》是根据真实的丹麦历史改编的，主人公丹麦王子哈姆雷特的父亲被叔父害死，母亲被叔父霸占，经过痛苦的挣扎，他最终杀死叔父，进行了悲哀的复仇。而王子本人也因叔父的暗算，最终中毒身亡。这个故事虽然发生在宫廷中，但却不是一部地地道道的宫廷悲剧。在哈姆雷特的故事当中，我们能看到家庭悲剧的缩影，也能从中看到一个国家的兴衰。哈姆雷特是莎士比亚塑造得最成功的形象之一，人们对他的看法多种多样，以至于人们在形容对一件事物不同的观点时，常常会说"一千个人眼中有一千个哈姆雷特"。在有些大人眼中，哈姆雷特是十分懦弱的，父亲去世，母亲改嫁，都让他心生不满但又不知所措。而在他下定决心要为父亲复仇的时候，又明白这不仅仅是他自己的事情，更牵涉到整个国家。事情的结果不仅关系到他能否为父亲复仇,还意味着正义是否得到了伸张,邪恶是否被惩戒。强烈的矛盾在他身上得到了极好的展现,人之所以是人,正是因为人会思考,具有强烈的情感和情绪波动。

《哈姆雷特》是莎士比亚最成功的作品,他将自己的才华和思想,全部融入其中。故事主线之外不同层次、线索的衬托,让整个故事更加丰满。其中对于爱情、友情和亲情的描写,更是让整个故事在正确的时间有正确的氛围。保证观众的情绪始终跟随戏剧本身,不管是哭是笑,都被故事情节牢牢地吸引。

英国文学史上六位伟大的诗人之一
——弥尔顿

  《圣经》一直高居西方各国图书销量之首，仁爱的上帝与诱人堕落的魔鬼撒旦一直是人们心中坚定的印象。但是，在17世纪，诗人约翰·弥尔顿却发出了不同的声音，他在诗歌当中歌颂了撒旦这个反抗上帝的邪恶代表。这并不代表弥尔顿本人是邪恶的信徒，他不过是借用诗歌当中的宗教故事来描述他所处的时代以及他本人的思想。

  弥尔顿生于1608年，他的家族是坚定的清教徒，家境十分富裕。因此，弥尔顿从小就接受了清教徒思想和资产阶级思想的教育。但又因为文艺复兴运动的影响，弥尔顿的思想是非常矛盾的。随着年龄的增长，弥尔顿开始不满足于家中的安稳生活，于是开始在欧洲各地四处旅行。来到意大利后，他喜欢上了这里的风土人情，就留了下来。几年以后，远在意大利的他听说英国正在进行资产阶级革命，人民与王室之间的矛盾已经非常尖锐，战争随时可能爆发。于是他放下了手头所有的计划，回到了英国。

  在了解了情况以后，弥尔顿坚定地站在了人民的一方，站在了革命的一方，成了克伦威尔政府的秘书之一，主要负责翻译拉丁文的书信。由于工作太过繁重，他患上了眼疾。但他却没有因此放下手头的工作，仍然夜以继日地投入工作中。到了1652年，他的双眼完全失明了。即便是失明，也没有阻止他前进的步伐。他一边供职于克伦威尔政府，一边发表反对君主专制的政治文章。可惜克伦威尔政府没能长久，斯图亚特王朝于1660年复辟，清教徒遭到了残酷的迫害。作为民主制度的坚定拥护者，弥尔顿自然是斯图亚特王朝迫害的对象之一。

▲ 弥尔顿画像

弥尔顿过去的战友，或是被利诱，或是被胁迫，纷纷变节。而双目失明的弥尔顿却异常坚定，不管遭受怎样的迫害，都不曾改变自己的信仰和原则，过着贫困、艰苦的隐居生活。

在隐居期间，由弥尔顿口述，弥尔顿的女儿和外甥整理，创作出了他一生中最伟大的作品——《失乐园》《复乐园》《力士参孙》三部长诗，其中《失乐园》是最经典的一部。

《失乐园》有12卷，改编了《圣经》中的故事。大天使撒旦觉得自己比上帝更加强大，于是纠集了一批天使，开始了与上帝的战争。兵败以后，撒旦被打落地狱，遭受永远的苦难。虽然无力反抗上帝、反攻天堂，他却从人类身上看到了复仇的希望。上帝创造了人类，喜欢人类，那么毁灭了人类，就能尝到一些复仇的快感。上帝识破了撒旦的阴谋，但为了考验人类的信仰是否坚定，就冷眼旁观。于是，撒旦化身为蛇，来到人类始祖亚当与夏娃居住的伊甸园中。虽然亚当和夏娃从上帝派遣的天使口中得知了自身和世界是如何产生的，但还是没有禁受住撒旦的引诱，吃了禁果。震怒的上帝决定惩罚人类，于是将亚当与夏娃逐出了伊甸园，并且告知他们离开了上帝的乐园将会面对怎样的苦难。

弥尔顿在《失乐园》中一直在说撒旦是个野心家，非常傲慢，但却鲜少有实质上的批判，甚至经常有同情的话语。虽然人类被撒旦引诱，离开了乐园，过上了苦难的生活，但是摆脱了传统的限制，开始新的生活，也未必是一件坏事。亚当与夏娃的堕落映射了当时资产阶级当中出现的问题，亚当对于妻子的溺爱、夏娃的狂妄无知，是他们被赶出乐园的根本原因，也是资产阶级革命失败的根本原因。理性不强，容易受到引诱，这是人类的本性，也是需要克服的弱点。在17世纪，科技取得了较大的进步，对宗教和传统思想是一种巨大的冲击。弥尔顿认为科学能够给人类带来更好的生活，但同样认为，科学必须有好的想法做引导，以用在正确的地方，否则便不能带来幸福，只能带来灾难。

在《失乐园》中，人类的经历并不是主要描写的部分，撒旦的经历才是故事的主题。撒旦的形象就是被迫害的资产阶级革命者，他意志顽强，屡败屡战，充满决心，不可撼动。他愿意用尽所有的时间与力量去战斗，绝不投降，绝不妥协。而诗中的上帝显然是保皇派，受复辟者的影响，他们冷酷无情，传统守旧。

弥尔顿通过《失乐园》向人们展现了英国资产阶级革命的过程和自身的感受。斯图亚特王朝的复辟让弥尔顿十分厌恶，撒旦本人的形象是无数资产阶级革命者的缩影，同样也是弥尔顿本人的缩影。他不畏权势，不怕苦难，也不因斯图亚特王朝的压迫而改变自己的思想和志向。不管资产阶级革命最终结果如何，弥尔顿会一直战斗到底，绝不妥协。

虽然《失乐园》改编自《圣经》，但其中的人物形象却与《圣经》当中大相径庭。因此，故事当中的角色塑造更加传神，更加鲜明，更加立体。天使与恶魔之间的交战，就是光明与黑暗的交战。而弥尔顿深处黑暗的地狱，却始终向往着充满光明的天堂。

《失乐园》之所以能成为经典，不仅仅是因为深刻的思想，更是因为细腻的笔触和优美的语言。虽然脱胎于宗教故事，但与宗教故事死板的描述方式不同，弥尔顿的思想显然更加生动，对于宗教教义也有悖于传统的独特理解。他的做法不仅使宗教故事及其衍生作品有了全新的描写方式，更是为其注入了全新的生命力。《失乐园》中含有大量的比喻，恰到好处地烘托了地狱、天堂和人间的氛围。其中人类、天使和恶魔的形象都塑造得非常雄伟，显露出弥尔顿本人强大的想象力。《失乐园》作为诗歌，在韵律方面也是非常出色的。作为克伦威尔政府的拉丁文秘书，弥尔顿将大量拉丁文的语法、音调运用到诗歌之中，使之变得更加雄浑高亢。

欧洲小说之父——笛福

《鲁滨孙漂流记》是一部非常精彩的冒险小说,至今仍被人们津津乐道。而《鲁滨孙漂流记》的作者笛福更是被誉为英国和"欧洲小说之父",在欧洲文学界有着极高的地位。如果这本书单单是一部冒险小说,也不会让笛福有着如此高的声誉。鲁滨孙的故事非常引人深思,人类社会的意义、孤独与群体的意义、人自身存在的意义,都在书中有着一定的描写。鲁滨孙在孤岛独自生活,而其他人在某种程度上,同样处于孤独的生活之中,可能在城市,可能在乡村,甚至可能在人声鼎沸的闹市。

《鲁滨孙漂流记》刚刚面世就一炮而红,大开拓时代与资产阶级的上升给了这部小说极好的生存土壤。鲁滨孙有毅力,有冒险精神,虽然出身不好,但却白手起家成了海岛的主人,并且为自己创造了大量的财富。因为鲁滨孙的种种特点与无数怀抱资产阶级思想、充满冒险精神、本身却缺少资本的年轻人不谋而合,因而成了他们心目中的英雄。鲁滨孙的成就就是他们的理想。那么,成为当时年轻人偶像的鲁滨孙,究竟有着怎样的经历呢?

鲁滨孙的父亲是典型的中层资产阶级形象,受过良好的教育,有一定的能力。他不希望鲁滨孙继承家业,而是期望鲁滨孙能够凭借自己的努力过上安稳的生活。鲁滨孙对于父亲的期望只满足了前一半,从小鲁滨孙就热衷于冒险,甚至立志长大以后要四方游历。

成年之后，鲁滨孙很快就购置了一批廉价货物，在伦敦搭上了一艘前往非洲的船只。首次出行十分顺利，不仅满足了他四处游历的梦想，更是通过用廉价商品跟非洲的土人交易金沙和象牙发了一笔小财。这次经历大大地鼓舞了鲁滨孙，他很快就开始了第二次出行。

然而，第二次却没有那么顺利，鲁滨孙在前往非洲的途中遇见了海盗，他和其他人一样成了海盗的奴隶。幸好他口齿伶俐，善解人意，很快就赢得了海盗的信任。没多久，就找到了一个海盗对他松懈看管的机会，带着一个小黑奴一起逃走了。两人在海上漂流了十天，被一艘开往巴西的船遇见了，逃出生天。在巴西，他卖掉了小黑奴，购置了一个小小的庄园，成了富裕的庄园主。

▲ 笛福画像

就如同《天方夜谭》中七次出海的辛巴达一样，富裕的生活并不能停止鲁滨孙冒险的脚步，特别是贩卖小黑奴的经历让他觉得黑奴贸易是有利可图的，于是他再次踏上冒险的旅途，前往非洲。这一次比上一次还要不幸，船触礁了，鲁滨孙独自一人漂流到了一座无人的小岛上。糟糕的是，小岛上荒无人烟，但幸好岛上也没有什么凶猛的野兽。就在这座岛上，鲁滨孙独自生活了28年。他凭借着自己坚强的毅力，靠着从船上抢救下来的一些物资，将整座小岛变成了属于自己的王国。他一点点实验，一点点摸索，用为数不多的种子发展出了足够养活自己的农业。在岛上驯化野山羊，逐渐有了制作衣服和奶制品的原材料。就这样，他的生活变得安定而富足了起来。

他自命为小岛的主人，经常在小岛范围内乘船巡视。结果在几年后的一天，他发现一群有着吃人恶癖的野人将一名俘虏带到了岛上，打算吃掉。鲁滨孙将其救了下来，并为他取了"星期五"这个名字。星期五在鲁滨孙的教化之下，很快就成了他最忠诚的仆人和朋友。随后，鲁滨孙又救下了不少被俘虏的野人和一些不幸遇难落入野人之手的白人。岛上的居民越来越多，农业和畜牧业也得到了长足的发展。

那些落难的白人让鲁滨孙看到了回归英国的希望，有了充足的人手，就有可能制作一艘大船，前往巴西。结果船还没有做好，一艘英国商船就来到了鲁滨孙的岛上。这艘英国商船上发生了暴动，暴徒们打算将船长和大副丢到鲁滨孙的岛上，任由他们自生自灭。不料，这座岛屿并非荒岛，而是有主人的。鲁滨孙和星期五击溃了暴徒，成功营救了船长和大副，并且夺回了船。鲁滨孙和星期五乘坐这艘商船回到了英国。临走之前，鲁滨孙将经营岛屿的方法教给了被他俘虏的暴徒们，并叮嘱他们和岛上其他的白人将小岛经营好。

在外漂泊了35年，鲁滨孙终于回到了家乡。可惜，家乡早已物是人非，他的父母已经过世很久了，只有两个妹妹和两个侄子在家里。他在巴西的种植园由他忠诚的合作伙伴帮忙打理，这些年积攒的分成一分不少地交到了他的手中。35年的时间，庄园为鲁滨孙积累起了一笔可观的财富。

鲁滨孙和他忠诚的仆人星期五回到了英国，成家立业。几年以后，鲁滨孙已经是三个孩子的父亲了。可惜"天有不测风云"，他深爱的妻子去世了。孤独而无聊的生活再次唤起鲁滨孙外出冒险的欲望，于是他组建一支船队，由他的侄子担任船长，向东朝着印度与中国的方向出发了。途中路过鲁滨孙待了28年的岛屿时，他还去查看了一下。那里已经有很多英国人和西班牙人安居乐业了，岛上的一切都欣欣向荣，于是鲁滨孙放心地离开了小岛。

在去往巴西的路上，鲁滨孙失去了他最忠实的朋友星期五。抵达了中国以后，他发现船上的水手在港口参加了一场屠杀。正义感极强的鲁滨孙试图阻止水手的行为，并且严厉地斥责了他们，由此引起了水手们的不满。无奈之下，鲁滨孙的侄子只好将他送到了中国海岸。在中国，鲁滨孙加入了另一支商队，从西伯利亚绕回了英国。回到英国以后，鲁滨孙不安于平稳的性格让他开始计划下一次冒险，不过这次冒险可能是他人生中最后一次冒险，他可能再也不会回到英国了。

鲁滨孙的冒险经历堪称传奇，并且让读者感受到了极强的真实感。不管是在过去还是现在，都有不少读者将《鲁滨孙漂流记》当作真实的故事来看。小说之所以如此真实，与作者本人的能力与经历是分不开的。笛福本人的经历也非常复杂，他曾担任过英国情报员，并且是顶尖的那一批。在创作《鲁滨孙漂流记》的时候，笛福使用了第一人称，并且用回忆录和日记穿插在故事当中。不管是人物的内心独白，还是对处境、事物的思考，都显得非常生动。他在小说当中使用的语言通俗易懂，不卖弄技巧，更不强装优雅，这能让读者更好地理解小说中的内容，更有亲切感。正是因为笛福的创作有着上述种种优点，才能够广受好评。

隐匿的女性作家——简·奥斯汀

女性的社会地位一直是人们所关心的话题。18世纪的英国充满了对女性的偏见,许多女性作者只能隐姓埋名地进行写作。即便她们的条件非常艰苦,仍然有许多不朽的名著诞生,例如伟大的《傲慢与偏见》。

《傲慢与偏见》的作者简·奥斯汀生于1775年,她的父亲是乡村牧师,思想非常保守。因此,她没有接受过系统的教育。幸好简·奥斯汀的家中有许多书籍,这些书籍为年轻的简·奥斯汀开阔了视野,丰富了生活。十七岁那年,简·奥斯汀就开始创作了,其作品特点鲜明,擅长通过女性视角刻画细腻的情感。她的第一部作品是《理智与情感》,其实在《理智与情感》之前,简·奥斯汀已经写了不少文章了,但出于种种原因都没有得到发表的机会。《理智与情感》也是匿名才得以问世。没有人知道她在写作,而且以写作为生。为了写作,她不得不避开所有人的目光,不得不终身不嫁,不得不在有任何异响的时候立即藏起文稿,假装是在做家务。

艰难的环境并没有妨碍她的伟大,《傲慢与偏见》就诞生于这种艰苦的环境。或者说,正是她生活的时代与环境,为她的写作提供了真实的素材和源源不绝的灵感。

表面上来看,《傲慢与偏见》是一个爱情故事。班奈特太太家中有五个女儿,如何将这五个女儿嫁给合适的男人,一直是班奈特太

▲ 简·奥斯汀画像

太最大的难题。她每天东奔西跑，组织各种活动，留意年轻的男子，但始终没有合适的人选。而就在这个时候，一位来自英格兰北部的优雅男士进入了她的眼帘。这位男士幽默风趣，相貌英俊，还出手大方，简直是做女婿的不二人选。这位男士名叫宾利，在班奈特太太的努力下，宾利很快就与班奈特家的大女儿简一见钟情了。在他们约会的时候，总是不可避免地要带上一些朋友。宾利的朋友达西和班奈特家最受宠的女儿伊丽莎白发生了冲突，达西拒绝了伊丽莎白邀舞。

要说这世界上最难说的东西，绝对是人类的情感。达西拒绝了伊丽莎白，给伊丽莎白留下了冷漠傲慢的印象，但他却被伊丽莎白的聪明伶俐、活泼个性深深打动了，他开始追求伊丽莎白。而宾利的妹妹早已喜欢上相貌英俊的达西，为了阻止达西与伊丽莎白在一起，她做出了种种破坏两人感情的事情。达西很快就知道了她做的事情，开始对她心生反感。

伊丽莎白虽然有些特立独行，但因其出众的相貌，身边也不乏追求者。一个名叫柯林斯的牧师始终想要成为伊丽莎白的丈夫，柯林斯是伊丽莎白的远亲，由于班奈特家中只有五个女儿，所以将来班奈特先生的财产也要由他来继承。伊丽莎白拒绝了柯林斯的求爱，柯林斯马上转头去追求伊丽莎白的朋友夏洛特，两人一拍即合，成了一对恩爱夫妻。

达西对伊丽莎白萌生了爱意，但伊丽莎白却对他没有感觉。伊丽莎白迷上了附近军营的一位名叫韦翰的年轻军官。这位军官相貌出众、手腕高超，很快就将伊丽莎白迷得神魂颠倒。在两人的交流中，韦翰告诉伊丽莎白，他的父亲是达西家里的管家。达西的父亲在去世时，曾表示要留一份财产给韦翰的父亲，但是这份财产却被达西抢走了。原本伊丽莎白就觉得达西是个冷漠、无情又傲慢的人，听到这件事之后，她对达西的印象就更糟糕了。

宾利与简的感情发展十分顺利，但就在两人谈婚论嫁的时候，宾利突然回了伦敦。伊丽莎白觉得一定是达西的报复和宾利妹妹的从中作梗。柯林斯夫妇作为伊丽莎白的熟人，在婚后邀请伊丽莎白做客。同为客人的还有柯林斯的保护人凯萨琳夫人，也就是达西的姑妈。凯萨琳夫人因为其财势，展现出了过人的傲气，到场的客人对她十分敬畏，除了伊丽莎白。伊丽莎白觉得凯萨琳夫人的举止粗鲁不堪、态度傲慢，和达西一样。达西得知伊丽莎白在柯林斯家做客，就借着看望凯萨琳夫人的由头，到了柯林斯家，并且与伊丽莎白展开了一场唇枪舌剑的对话。被爱情冲昏头脑的达西举止怪异，并且在辩论的最后直接向伊丽莎白求婚。达西求婚的态度充满了自信，有一种伊丽莎白非他不嫁的气势。伊丽莎白愤然拒绝，并且表示达西是个道德败坏的小人，不仅夺走了韦翰父亲的财产，还破坏了宾利与简的婚姻。达西在羞怒之下，愤然离开。

第二天，一封达西的信送到了伊丽莎白手上，信中解答了伊丽莎白前一天晚上对达西的种种问责。达西之所以拆散宾利与简的婚姻，是因为他看出来宾利对简用情至深，而简却只觉得宾利是合适的丈夫，并没有奉献出自己全部的爱情。并且，他觉得班奈特家族中的五个女儿，除了简和伊丽莎白之外，都是粗鄙、功利之人。与其让宾利和简匆匆成婚，不如给双方多一点思考的时间，如果他们想通了，仍然要结婚，这个时候的婚姻才会更加稳固。而韦翰这个人，根本就不像他表现的那样是一位样貌英俊的谦谦君子。他道德败坏，擅长引诱女人，喜欢挥霍钱财。他挥霍光了自己的财产，还妄图引诱达西的妹妹与其私奔。正因如此，韦翰才会不遗余力地抹黑达西。如果伊丽莎白不相信达西，可以去问达西父亲遗嘱的执行人，威廉上校。

看了达西的信，伊丽莎白才知道自己的偏见让自己做出了后悔的决定，她自觉没有颜面再见达西，就独自回家了。

第二年，伊丽莎白的舅舅邀请她外出游玩，一行人来到了达西的庄园欣赏美景。在庄园里，伊丽莎白再次见到了达西。此时达西已经放下了傲慢，伊丽莎白心中也没了偏见，两人的交往十分愉快。

就在两人即将擦出爱的火花时，不幸的事情发生了。简寄来了一封信，表示班奈特家最小的女儿莉迪亚受到韦翰的引诱，私奔了。伊丽莎白顾不上自己的事情，赶紧回到家，参与寻找妹妹。几天以后，莉迪亚和韦翰被找到了，但是他们已经结了婚。不过，他们二人的婚约是建立在达西给了韦翰一大笔钱，帮他付清赌债的基础之上。伊丽莎白得知了事情的真相后，又想起自己过去对达西的恶行恶状，越发惭愧。同时，也发现自己已经萌生了对达西的爱意。

简和宾利两人在看清了自己的内心后，订下了婚约，这件事情让班奈特家族添上了一层喜气，而达西与伊丽莎白即将订婚的消息则更是喜上加喜。凯萨琳夫人一心想要将自己的女儿嫁给达西，于是找上门来，蛮横地要求伊丽莎白不许接受达西的求婚。特立独行又充满勇气的伊丽莎白怎么会向凯萨琳夫人妥协，她毫不留情地拒绝了凯萨琳夫人的要求。也正是因为这件事情，她察觉到自己不能没有达西，于是决定毫无保留地向达西坦承自己的感情。

两人再次见面的时候，抑制不住感情的不止伊丽莎白一人，达西也将自己深深的爱意传达给了伊丽莎白，两人就这样走到了一起。宾利和简、伊丽莎白和达西，两对新人一起举办了婚礼。

《傲慢与偏见》是简·奥斯汀文学成就的巅峰，也是她最广为人知的作品。她为这部作品付出的努力实在太多太多,也视这部作品为自己的珍宝。《傲慢与偏见》不仅是一部讲述男女感情的作品,更是描述了当时中产阶级的生活。其中有很多生活方面的思考,值得读者反复品味。简·奥斯汀在书中有很多讽刺式的描写,营造了喜剧氛围,但书中要传递的思想却是十分严肃的。男女之间的结合,究竟是因为什么?是金钱吗?是家庭吗?这一切都不是最重要的,归根结底还是情感。正是这种突破时代限制的思想让《傲慢与偏见》格外璀璨,成就远超同时代的同类作品。

《傲慢与偏见》的成就不只是在思想上,文笔上也有很多可取之处。简·奥斯汀笔触细腻,对书中描写的每个细节都进行了雕琢。并且她的讽刺手法十分娴熟,为《傲慢与偏见》增添了许多趣味性。这些创作手法与同时代的爱情作品大相径庭,她本人也表示自己不可能去写一部传统的、和同时代人一样的作品。如果她不得不这样去创作,那么为了不让自己看不起自己,她会在创作第一章之前就结束自己的生命。不管结果如何,使用自己喜欢的风格去创作作品才是最重要的。简·奥斯汀对人物的刻画也是非常独到的,婉转、优美、面面俱到,让她作品当中的每个角色都立体、丰满。

简·奥斯汀独特的创作手法、写作方式,让她描写平凡生活的作品变得很不平凡。也正是因为简·奥斯汀的出现,《傲慢与偏见》的出现,才让当时英国不少女孩的爱情观念发生了巨大的变化。

英国著名的浪漫主义诗人——雪莱

"冬天已经来了,春天还会远吗?"这两句诗相信大部分人都听过,而这两句诗就出自英国诗人雪莱的名作《西风颂》。雪莱全名珀西·比希·雪莱,出身于贵族家庭。他从小就接受了良好的教育,但是在思想上却过度早熟,显得和同龄人格格不入。他经常因为自己的想法而有被束缚的感觉,也经常为此感到苦闷。

十二岁的时候,雪莱就已经成为剑桥大学皇家学院的预备生了。进入学校并没有让他感受到快乐,学校的体罚制度和关于宗教的死板教育让他更加压抑。于是,在进入学校不久他就以自己的方式进行了反抗,被校方冠上了"违法者"的名头。在学校期间,他迷上了英国空想社会主义者葛德文的著作,特别是其中无神论和自由思想的内容让他产生了共鸣。

雪莱最终没有成为剑桥大学的学生。1810年,雪莱十八岁,他成了牛津大学的一名学生。成为大学生的雪莱一如既往地勤学苦读,并且在读书之后进行思考,把书中的内容与自己的思想结合到一起,得出属于自己的思想结论。正是在这段时间,他成了一个彻头彻尾的无神论者,卢梭与葛德文就是他的偶像,是他想要成为的样子。

按照贵族家庭的传统,雪莱应该以长子的身份继承家庭的财产和爵位。但是向往自由的雪莱并不想再被传统思想所束缚,于是他放弃了继承大笔遗产、成为贵族老爷的机会,决定去追求自己的自由。他给自己立下了一个规矩,那就是不与自私者为伍、不与权贵为伍、不做损人利己的事情,将自己的一生献给对美的崇拜。

进入牛津大学一年后,雪莱就创作了一部名为《无神论的必然性》的小册子。从册子的名字就能看出,这与当时传统学术思想是背道而驰的。正是因为他离经叛道的创作,牛津大学将其除名了。

▲ 雪莱画像

被学校除名,对于一个贵族家庭来说,简直是奇耻大辱。他的父亲当时已经是国会议员了,在反复确认雪莱坚持无神论的思想以后,将其逐出家门。雪莱当时已与门当户对的表妹有了婚姻,因为他被贵族家庭所抛弃,所以婚姻也遭到了解除。短短一年,雪莱就从一位贵族青年成了远离上层社会的普通人。他的遭遇并没有使其改变信念,反而让他对自由的追求,对无神论的肯定变得更加坚决。

就在雪莱跌入深渊的时候,雪莱妹妹的同学哈丽特走进了他的生活。他向哈丽特传播了无神论思想,而这种有悖于"常识"的说法让哈丽特很感兴趣。随着哈丽特对雪莱了解的深入,就越发被其才华所打动。最后,哈丽特陷入情网,与雪莱结成夫妇。两人刚刚结婚不久,爱尔兰就爆发了反英运动。为了支持爱尔兰人民争取自身的权益和自由,雪莱夫妇来到了爱尔兰,并且每天都上街发放传单。

雪莱的行为引起了英国政府的不满，面对英国官员的威胁，雪莱毫不退缩。

雪莱与哈丽特的感情并没有长久地维持下去。哈丽特出身于小资产阶级家庭，热衷于享受；而雪莱为了追求理想，过着身无分文、居无定所的生活。经济观念的差异导致哈丽特和雪莱之间的矛盾越来越不可调和，最终以哈丽特离家出走收场。从那以后，雪莱就过着孤苦伶仃的生活。

命运对雪莱还是有所眷顾的，他在伦敦遇到了他的偶像——他心目中的英雄葛德文。葛德文虽然十分欣赏雪莱的才华与思想，但他并不同意自己的女儿与雪莱交往，后来，两人私奔并结婚。雪莱创作了许多作品，其主体都是抨击英国资产阶级的贪婪与残酷，以及封建制度与思想对人们的禁锢。其中最有名的就是长诗《麦布女王》，马克思称《麦布女王》为英国宪章主义者的"圣经"。

雪莱尖锐的思想和优美的笔触让英国统治阶级感受到了深深的危机，于是统治阶级对雪莱的迫害不可避免地开始了。1817年，伦敦法院以无神论、道德败坏、不尊重婚姻等罪名剥夺了雪莱与哈丽特所生子女的抚养权。无权无势的雪莱悲愤交加，但却只能用纸笔进行反击。因为这件事情，他写出了《给威廉·雪莱》和《致大法官》等诗。坚定反抗信念的雪莱还写了长诗《伊斯兰的反叛》为自己的事业添砖加瓦。《伊斯兰的反叛》歌颂了东方人民不屈不挠反抗西方侵略者暴行的精神，痛斥了欧洲封建势力的无耻。

虽然雪莱不怕英国政府的迫害，但为了孩子着想，他还是决定在1818年离开英国，举家迁往意大利。在意大利，雪莱度过了离开贵族家庭后最安稳的四年。在这四年里，雪莱文思泉涌，妙笔生花，创作出了大量不朽的诗歌。《云雀颂》《西风颂》《云》《解放了的普罗米修斯》《钦契》等都是在此期间创作完成的。

论文字优美,还要以《西风颂》为首;但是论思想的深刻性,长诗《解放了的普罗米修斯》可就当仁不让了。他修改了《被缚的普罗米修斯》原有的结局,将普罗米修斯彻底变成了一个敢于反抗神明、反抗不公命运、反抗社会压迫的斗士。即便普罗米修斯被捆绑在悬崖上,承受着看不到终结的酷刑,但他仍然坚定着自己的意志,绝不投降。普罗米修斯为人类承受了巨大的苦难,但受他恩惠的人类却被封建宗教、封建君主残酷地奴役着。普罗米修斯感到痛苦与失望,幸好有精灵来告诉普罗米修斯,人类是有希望的。人类并不缺少毅力,也不缺少反抗精神和自我牺牲的精神。只要哲学家们运用智慧打开思想的大门,诗人们将自由的理想传播出去,人类终有一日能够获得自由。精灵还告诉普罗米修斯,爱与痛苦就如同事物的两面,痛苦就是爱的阴影,这让普罗米修斯渴望爱,渴望见到自己的妻子——美丽的亚细亚。

亚细亚在普罗米修斯受刑以后也被流放,她的妹妹潘西亚因为想念姐姐,飞到了亚细亚的身边。姐妹二人商谈以后,决定去寻求冥王的帮助。在冥王面前,亚细亚痛陈了朱庇特的暴行,请求冥王出手相助。冥王得知普罗米修斯的故事后,被深深地感动了。于是他驾着马车前往奥林匹斯山,决定将朱庇特拉下王座。朱庇特此时正在召开盛大的宴会,庆贺自己生下了一个力量绝伦的儿子,而这个儿子现在正管理着冥界,将来还会统治整个世界。而冥王很快就来到了朱庇特的面前,因其暴行而与他进行了决斗。就如同朱庇特推翻自己父亲的统治一样,冥王也推翻了朱庇特的统治。大力神赫拉克勒斯解开了普罗米修斯的锁链,普罗米修斯被解放,和爱人亚细亚团聚了。

故事的结尾，时间的精灵吹奏了海仙送给普罗米修斯的海螺，人间没有了神明的压迫，充满了美妙的音乐。世界上没有了皇帝，没有了阶级，没有了猜忌与伤害，也没有了低俗和下流。每个人脸上都洋溢着笑容，每个人脸上都不再出现恐惧。爱和希望遍布人间，人人心里都充满了对生活的热情，人间变成了极乐的王国。

《解放了的普罗米修斯》创作于欧洲解放运动如火如荼发展的时期，但不管是英国国内还是欧洲其他国家，情况都不乐观。革命者受到压迫，人民生活苦不堪言，解放运动看不到胜利的曙光。即便如此，雪莱仍然觉得人类是有希望的，民族解放运动的斗争必将能够获得胜利。骑在人民头上的君主与神权必将被赶下宝座，被爱、希望、道德等美好的东西封印在冥界之中。

《解放了的普罗米修斯》不仅拥有巨大的革命意义，还有伟大的文学价值。以古罗马时期的戏剧与神话为基础，雪莱进行了多重的改编与创造。不仅核心人物普罗米修斯的思想和做法有了明确的变化，他还创造出了众多代表宇宙中不同力量的精灵。这些力量虽然很难抓住、很难获得，但却是强大的，并且能够成为变革的主宰。

天妒英才，虽然雪莱为民族解放运动做出了巨大贡献，为欧洲文学界增添了许多不朽的诗篇，但其本人却于1822年在海上遭遇风暴，不幸去世了。虽然雪莱离开了这个世界，但他的精神与意志却流传了下来，他也成为文学世界最耀眼的明星之一。

恶魔诗人——拜伦

恶魔诗派是英国浪漫主义诗人给那些诗歌内容充满激情、充满反抗精神、向往民主自由的诗人的称呼。恶魔诗派的代表人物，主要就是雪莱和拜伦了。两者不仅在精神上、思想上有颇多的相似之处，在经历上也十分类似。

雪莱出身于贵族家庭，拜伦同样如此。雪莱的家境殷实，父亲是议员，与雪莱不同的是，拜伦的家庭是破落贵族，家境并不好。拜伦的父亲是个地道的纨绔子弟，败光家产就是他一生做出的最大的事情。在拜伦还小的时候，父亲就去世了。生活的压力，加之拜伦的跛脚，让拜伦的母亲变成了一个性格偏激、暴戾、喜怒无常的女人，拜伦就是她的出气筒。在这样的家庭环境影响下，拜伦的性格变得敏感、忧郁，喜欢独处。

十岁那年，拜伦继承了家族的爵位和产业，这使得他跟身边的人身份有了不小的差异。见风使舵的势利眼们看见拜伦和过去

▲ 拜伦画像

不同了，也就收起了过去的嘴脸，开始对十岁的拜伦毕恭毕敬起来，甚至学校的老师、同学也不能免俗。如此巨大的差异让拜伦感到极大不适，也让他开始思考社会、阶级等严肃问题。

拜伦十三岁的时候成了哈罗公学的学生，这所名校思想保守，对学生有着许多的束缚，这都让拜伦感到窒息。十七岁的时候，拜伦成了剑桥大学的学生，研读历史和文学。他对历史并不感兴趣，而偏重于阅读英国和欧洲的文学、哲学作品。大学毕业以后，身为贵族的一员，他进入了贵族议院。由于法国大革命的冲击，他对自由民主的思想十分向往，所以在为数不多的议院发言中，都是有关于自由民主内容的。他的思想在当时显然是离经叛道的，所以英国统治阶级对他的观感并不好。

仅仅从书上获得知识已经远远满足不了拜伦了，于是他决定外出游历。他到过西班牙、希腊、土耳其等国家。在旅行的过程中见到的人和事给了他许多灵感，凭着这些灵感，他创作出了《恰尔德·哈洛尔德游记》的前两章。这部长诗让他成为伦敦贵族圈子里谈论的话题，但拜伦喜欢独处，又厌倦贵族之间的来往，所以他并没有因此成为上流社会中的明星。即便如此，他还是没能彻底摆脱上流社会对他的影响，他向一位贵族小姐求了婚。

婚后，拜伦的生活并不幸福，他的妻子是个标准的旧贵族，对于拜伦的思想和事业都无法理解。于是在他们的女儿出生一个月的时候，妻子就带着女儿离开了拜伦。英国统治阶级早就因为拜伦诗歌中的思想对他不满了，于是借着拜伦的婚姻大做文章，将他赶出了英国。

1816年，拜伦离开了英国，前往瑞士。在瑞士，他遇到了雪莱。两人在思想上有着许多共同之处，但是个性上却截然相反。虽然雪莱的人生十分坎坷,但却始终抱着乐观的想法,这在《解放了的普罗米修斯》中有极好的体现。拜伦和雪莱相处的时候也被这种乐观感染了,因此写出了许多反映当时革命状况的诗歌,如《普罗米修斯》《西庸的囚徒》等。当然,还有最重要的《恰尔德·哈洛尔德游记》第三章。离开瑞士以后,拜伦来到了意大利,在意大利完成了《恰尔德·哈洛尔德游记》的第四章。

《恰尔德·哈洛尔德游记》是拜伦反抗精神的体现,在这部长诗中,拜伦记录了他之前游历西班牙、葡萄牙、希腊等地的经历和革命事件,也将自己对自由的向往、对腐朽旧阶级的批判融入了进去。他同情欧洲资产阶级革命和民族解放运动,并且还参与其中,成了希腊民族解放运动的领袖之一。在长诗中,哈洛尔德的形象就是他本人的投影,虽然富有反抗精神,但也能看出拜伦的思想是非常消极的。并且他喜欢孤独,不喜欢融入人群。所以,哈洛尔德经常以忧郁的孤胆英雄形象出现。

长诗的第一章就是他本人经历的写照。主人公哈洛尔德厌倦了平凡的生活,为了摆脱孤独,他开始在欧洲大陆上流浪。流浪的第一站是葡萄牙,葡萄牙优美的自然风光让他心旷神怡,但是葡萄牙人民却遭受着统治阶级的压迫。然而西班牙的情况丝毫没有比葡萄牙好,西班牙当时正在遭受敌国的入侵,原本手无寸铁的人民成了抵抗外敌最主要的力量。诗中描写了许多游击队的成员,其中一位女英雄令人印象深刻。这位姑娘在爱人死后仍强忍悲痛,带领游击队追击敌军。在整个过程中,这位姑娘不仅展现出了过人的勇敢,还表现出了高超的智慧。除了游击队外,拜伦还描述了贵族生活是怎样的。就在外敌入侵的时候,卡狄兹城的贵族仍在享乐,与英勇奋战的人民形成了强烈对比。

哈洛尔德在第二章的故事里，来到了希腊和阿尔巴尼亚。古希腊有着令人震惊的辉煌文化，但是，希腊神庙当中的许多珍贵石刻被埃尔金公爵盗取，并运到了英国。拜伦痛斥了这种行为，并且希望希腊人民能够靠着自己的力量让希腊强大起来。如果希腊为了击败敌人，一直借助法国、俄国等其他国家的力量，那么即便希腊没有了外敌，希腊人民仍然会被其他国家控制。

哈洛尔德来到阿尔巴尼亚的时候，阿尔巴尼亚人民正在进行反抗土耳其统治的独立抗争。哈洛尔德和反抗军的领袖阿里·帕夏见面了，因此诗中有大量关于普通阿尔巴尼亚人民和阿尔巴尼亚战士的记载。诗中不仅记录了战士们英勇善战的一面，还记录了他们日常的生活，以及他们的娱乐活动：歌舞和文化。这部分内容是欧洲许多强国人民不知道，也不曾想象过的，由此引起了广泛的讨论。

哈洛尔德的故事写到第三章的时候，拜伦的心态已经有了不小的变化。拿破仑在滑铁卢战败了，欧洲的神圣同盟组建了起来，封建君主们结成的同盟是对民族解放运动极大的压迫。在拜伦心目中，这些战争都是不道德的。战争最终的目的应该是为了自由，应该是为了思想的解放。卢梭、伏尔泰，他们的启蒙思想是应该传递到世界上每个角落的。全世界人民应该联合起来，共同反对封建君主制度，反对旧思想对人们的束缚。

在第四章中，拜伦用大量的篇幅歌颂文艺复兴时期的文化。诗人、建筑学家、历史学家、科学家，他们共同铸造了文艺复兴时期辉煌的文化。他对意大利充满了好感，认为罗马才是意大利最为辉煌的时期。他在诗歌当中歌颂了罗马时期的名人和领袖，并且详细地描述了古罗马留下的遗迹。当时意大利已经是在奥地利的统治之下了，想要恢复过去的荣光，首先要获得独立与自由。在这一篇章中，拜伦使用了大量对比的手法，美丽的自由和丑恶的束缚，这样的对比显得格外鲜明。

　　拜伦在长诗中表现了对资产阶级民主革命的推崇，以及对世界上各民族都能独立自由的渴望。但是，他本人的悲观思想也贯穿全文。甚至有些时候，他干脆跳出人物，以自己的身份来发表看法和意见。总之，拜伦的长诗在欧洲文学界是有着非常崇高的地位的。

英国小说之王——狄更斯

1812年,查尔斯·狄更斯出生在英国的朴次茅斯市,父亲是海军职员。狄更斯从小就过着贫困的生活,曾随家人住进负债者的监狱。后来,为了生活,他开始肩负家庭的重担,成了一家鞋油店的学徒。狄更斯从小就心灵手巧,他曾随父亲到酒店表演节目,成为鞋油店学徒之后,更是因为他的一双巧手得到了雇主的注意。不过,这种注意不是青睐,雇主压根儿没有把这个聪慧的孩子当人看待,他让狄更斯每天在橱窗里表演如何包装鞋油,以博路人的眼球。这段被当成动物展览的经历让狄更斯受到了深深的伤害,这也是他一直关注儿童生活和贫困人群的原因。

狄更斯最为著名的作品要数《大卫·科波菲尔》了,在这部作品中,有着自己童年贫困生活的投影,甚至可以说是一部半自传的作品。科波菲尔是个孤儿,在出生之前父亲就去世了。母亲打算再婚,而再婚的对象莫德斯通并不喜欢科波菲尔,觉

▲ 狄更斯画像

得他是个累赘，在结婚之前将科波菲尔送到了海边一位渔民的家里。这个渔民是个善良正直的好人，除了科波菲尔之外，还收养了自己妹妹的女儿和弟弟的儿子。算上科波菲尔，家里四口人相依为命，过着十分贫苦的生活。日子虽然艰难，科波菲尔过得却还算顺心。可惜，科波菲尔总是要回到家里去的。

　　回到家里的科波菲尔仍然是继父的眼中钉。继父不仅经常打骂他，还禁止他的母亲关怀他。没多久，科波菲尔的母亲去世了，继父就干脆将年纪还不到十岁的科波菲尔送去当童工。年幼的科波菲尔过着吃不饱、穿不暖的悲惨生活，幸好他遇见了姨妈贝西。

　　贝西女士是个心地善良的人，但是说话做事却经常表现出与常人不同的古怪。她收留了科波菲尔，并且给了他上学的机会。科波菲尔上学的时候就寄住在贝西阿姨的律师家里，这位律师家中有一个名叫安妮斯的女儿，她与科波菲尔成了朋友。

　　科波菲尔度过了一段幸福的生活，在他中学毕业的时候遇到了儿时的玩伴，一时之间无数回忆涌上心头，科波菲尔发现自己童年最快乐的记忆居然是在渔民辟果提家中过苦日子的时候。于是，科波菲尔决定和朋友一起去拜访辟果提。到了辟果提家中，得知辟果提的养女艾米莉不顾和辟果提养子海穆的婚约，和纨绔子弟斯提福兹一起私奔去了国外。辟果提放不下这个女儿，决定不论发生什么，都一定要找回女儿。

　　科波菲尔回到伦敦以后，成了一家律师事务所的实习生。童年时候的朋友安妮斯告诉他，安妮斯的父亲威克菲尔律师因为其书记员西普陷入了危险的境地，生活上遭遇了危机。科波菲尔的生活也不好过，他与老板的女儿朵拉结婚了。但是，婚后才发现，朵拉并非他想象中的样子。朵拉有着非常美丽的容貌，但头脑却非常简单。

更多的不幸降临到了科波菲尔头上，善良的贝西女士经济上也出现了问题，处在破产的边缘。

天无绝人之路，科波菲尔当童工时的房东此时成了西普的秘书。在科波菲尔的好言相劝以及良心的谴责下，这位房东表示愿意揭发西普犯下的恶行。这一决定拯救了威克菲尔律师和贝西女士，西普也因为自己犯下的罪行而被判处了终身监禁。

辟果提终于在伦敦找到了艾米莉，那位花花公子早就抛弃了她。辟果提将其带到了澳大利亚，决定一家人重新开始生活。就在辟果提一家即将前往澳大利亚的时候，一艘从西班牙而来的轮船在海边遇险了。善良勇敢的海穆为了拯救一位遇难乘客被海浪卷走了，人们找到海穆的尸体时，发现那个遇难的乘客正是抛弃艾米莉的花花公子。艾米莉最后还是去了澳大利亚，不过两次失败的感情让她终身未嫁。

科波菲尔的生活逐渐走上正轨，他没有成为一名律师，而是成了一名作家。就在这个时候，不幸再次降临，朵拉得了重病，在辟果提动身前往澳大利亚之前就撒手人寰了。即便朵拉不是科波菲尔喜欢的样子，但他还是感到深深的悲痛。为了忘掉痛苦，他离开了英国，四处旅行。始终和他保持联系的，就是他童年的挚友安妮斯。三年以后，科波菲尔回到英国，发现他心中始终爱着的就是对他不离不弃的安妮斯，于是他跟安妮斯结婚了。婚后，科波菲尔夫妇与贝西姨妈以及辟果提幸福地生活在了一起。

童年的经历对狄更斯有着非常深远的影响，这一情况在写作当中很好地体现了出来。在《大卫·科波菲尔》的故事里，每个家庭都有自己的问题，每个家庭都不是那么幸福，更别说在书中有着数量众多的孤儿和单亲子女。这些家庭不完整的人比普通人更加需要关怀，需要他人的爱，需要安全感。而给予他们这些的并不是家庭，并不是父母，而是与之无关的人。这个世界上总有人是善良的，总有人愿意帮助那些可怜的人，给那些无家可归的孩子一个容身之所，让他们得到爱和安全感。

狄更斯在创作《大卫·科波菲尔》的时候倾注了自己的情感，使得这一作品与同一时期狄更斯的其他作品大不相同。对于人物的描写、场景的描写，以及人物言谈、性格的描写都更加细腻。特别是主角大卫·科波菲尔，几乎无死角地展现在了读者的眼前。他的成长经历、心路历程，都是那么清楚。因此，《大卫·科波菲尔》当中的故事更多的是家长里短，更多的是人情冷暖，更多的是时代变迁。即便如此，读者仍然可以通过当中细腻的描写来领略当时的英国，认识科波菲尔、安妮斯、辟果提等立体的人物。

科波菲尔使用的写作方式十分巧妙，他描写得十分细腻，但却简单易懂，甚至有不少部分是用孩子的视角来写的。这是一本送给孩子的书，也是一本送给成年人的书。不同年龄的人在阅读这本书的时候，从中获得的感受也是大不一样的。这部倾注了狄更斯所有情感的作品堪称他写作生涯的巅峰，也是他对自己前半段人生的总结。

女性世界的文学奇葩——夏洛蒂·勃朗特

"我们是平等的……至少我们通过坟墓,平等地站到上帝面前。"这句话道出了人与人之间并没有什么本质上的不同,因此也不该受到区别对待。人与人,不论美丑,不论贫富,其灵魂都是同样高贵的。这样一句富有哲理的话,出自女作家夏洛蒂·勃朗特的《简·爱》,而夏洛蒂·勃朗特也是"勃朗特三姐妹"中最出色、成就最高的一个。

"勃朗特三姐妹"出自同一个家庭,分别是夏洛蒂、艾米莉和安妮。这三位都是伟大的女性作家,并且她们的代表作是在三个月内接连发表的。这一情况震惊了当时的英国,在文坛上掀起了轩然大波。

尽管如此,夏洛蒂·勃朗特仍然远远不如她笔下的简·爱有名,不过不要紧,因为绝大多数人都觉得,这是一部半自传性质的作品,了解了简·爱,也就了解了夏洛蒂·勃朗特。

夏洛蒂·勃朗特出身于牧师家庭,她的母亲在她幼年时就已经去世了。她的父亲无法用自己做牧师的微薄工资养育六个子女,于是,女孩们就被送到了寄宿学校,因为那里收费低廉,带有半救济的性质。夏洛蒂从学校毕业以后,留任了三年,随后离开学校做家庭教师,这段经历与简·爱的经历是相同的。她从小就热爱法国浪漫文学,因此她的作品中也是以描写女性情感的浪漫主义文学居多。

虽然简·爱的感情经历波澜壮阔，但夏洛蒂的感情故事却是非常简单的。她直到三十八岁才结婚，婚后一年就去世了。

简·爱这个形象之所以广受喜爱，不是因为其外貌，也不是她身上发生了多少令人注目的故事，而是因为她在当时特立独行的个性。简·爱相貌平平，但从不妄自菲薄。她懂得什么是自尊，什么是自爱，并且坚强独立。简·爱在很小的时候就没有了父母，被舅母收养。舅母对简·爱是非常刻薄的，或许正是舅母的刻薄塑造了简·爱敢于反抗一切不公平的个性。八年的教会学校生活，让简·爱感到非常压抑，但这份压抑并没有熄灭她心中追求自由的火焰。

毕业以后，简·爱成了桑菲尔德庄园的家庭教师。虽然她没有美丽的外表，但她的独立、坚强、聪明、善良都深深地吸引了男主人罗切斯特。简·爱与罗切斯特之间产生了爱情，但她却不知道罗切斯特已经是有妇之夫了。纸终究是包不住火的，这个消息还是如同一个晴天霹雳一般炸响在简·爱的头上。情绪崩溃的简·爱仓皇逃出了桑菲尔德庄园，漫无目的地狂奔，最终昏倒在了路上。

昏倒的简·爱被牧师圣·约翰一家所救，圣·约翰是个狂热的信徒，他认为简·爱身上拥有的美好品质，都应该献给宗教，是最适合成为一名传教士妻子的人。他不断利用宗教向简·爱施压，但简·爱却始终没有屈服。最终，简·爱决定面对自己内心真实的情感，她要回到桑菲尔德庄园去找罗切斯特。不料，当简·爱抵达桑菲尔德庄园的时候只看到了一片被大火烧尽的废墟，原来罗切斯特的妻子放了一把大火，烧死了自己，烧毁了桑菲尔德庄园。罗切斯特也在火灾中受伤，失去了一只手臂和视力。就在罗切斯特认为自己的下半生都要在黑暗中度过的时候，简·爱的归来显然让他重新找到了人生的光明，最终两人幸福地生活在了一起。

《简·爱》无疑是当时浪漫主义文学的巅峰之作，除了细腻的爱情描绘外，书中很多有关现实的内容也值得人们深思。简·爱因为其平凡的外表和孤儿的身世，在社会上饱受歧视。她不认为自己低人一等，但却因为这些歧视始终无法接近自己想要的东西。幸好，通过坚强与努力，她得到了想要的爱情。简·爱的奋斗是不平凡的，夏洛蒂也通过简·爱的奋斗将许多美好的东西展现在了读者面前。正是这种细腻的叙述方式，让整个故事变得趣味盎然，也让读者手不释卷。

　　《简·爱》的写作风格受到了哥特文学的影响，营造出了一种神秘的氛围。女主角的塑造也一反常态，并不是那些身材高挑、容貌秀丽的女性。正是因为简·爱的苍白、瘦小、相貌平平，才让她的个性更加鲜明。她时而像个善良的智者，时而像个勇猛的斗士，并且不顾一切地保持着自己的独立性，这让角色形象变得更加不平凡，更加来自生活而又高于生活。

　　在她面对爱情与道德的抉择时，也曾有过动摇。但最终，她还是选择了向世俗挑战，向旧社会的秩序挑战，向不公正的命运挑战。即便她内心有过矛盾，但最终还是坚定地走上了自己选择的道路。男主人公罗切斯特身上也存在着重重的矛盾，他有强悍的一面，也有温柔的一面；他有专断独行的一面，也有通情达理的一面。但不管什么时候，他都在寻找与简·爱达成共识，水乳交融的机会。罗切斯特就是简·爱最理想的对象，而简·爱吸引罗切斯特时所依靠的是自己的智慧与善良，并不是外表。这种摒弃外表，从人的本质出发，告诉读者人人平等的作品，怎么能不成为一代经典呢？

英国天才女作家——艾米莉·勃朗特

比起夏洛蒂·勃朗特的《简·爱》，艾米莉·勃朗特的《呼啸山庄》也毫不逊色。但是，姐妹同时发表自己的作品时，《简·爱》被大众所追捧，《呼啸山庄》却遭到了冷遇。《简·爱》让人沉湎于女主角与男主角的浪漫爱情之中，有甜蜜也有痛苦；而《呼啸山庄》则更加残酷，令人更加痛苦，但却比《简·爱》更有力量，更充满激情。在故事当中，不管是爱还是恨，都是极端的，都如同惊涛骇浪、狂风暴雨一样。由此可见，艾米莉有着惊人的想象力和出众的描写能力。单单从字里行间的艺术感来说，《呼啸山庄》已然是一部不可多得的佳作。

艾米莉·勃朗特的生活一直很艰辛，但她从没有离开过故乡，支持她写作的只有坚定的信念，而得到的灵感也只有幻想和一腔不肯放弃的激情。艾米莉不像姐姐那样不在意自己的外在，敢于挑战世界上的不公，她从小就是个内向的孩子。她沉默寡言，性格坚毅，甚至可以说是性格有些中性化。

在小的时候，善恶观念就困扰着艾米莉。成人以后，善恶的问题不仅没有一个答案，反而变得更加复杂。所以，在她的作品中总是美好的事物与丑恶的事物纠缠在一起，《呼啸山庄》也是她将自己的内心想法表达给世人的一个途径。

《呼啸山庄》的故事发生在英格兰北部，从山庄的主人恩萧收养了一名叫希刺克厉夫的孤儿开始。希刺克厉夫从小就与恩萧的儿子辛德雷、女儿凯瑟琳生活在一起，久而久之，希刺克厉夫就对凯瑟琳产生了爱慕之情。辛德雷并不喜欢希刺克厉夫，因此，在恩萧去世、辛德雷成为山庄主人以后，就对希刺克厉夫进行了残酷的迫害。他不许希刺克厉夫与凯瑟琳见面，虐待和羞辱更是家常便饭。种种的磨难并没有打垮希刺克厉夫，反而让他对辛德雷的仇恨更深，对凯瑟琳的爱更加疯狂。

凯瑟琳与希刺克厉夫经常私会，在一次私会中，两人遇见了呼啸山庄的邻居，画眉田庄的主人埃德加·林顿。林顿年纪很轻，与希刺克厉夫和凯瑟琳相仿。第一眼看见美丽的凯瑟琳时，林顿就被俘虏了。于是，林顿对凯瑟琳展开了追求。凯瑟琳思想还不成熟，她认为辛德雷对希刺克厉夫进行迫害，主要是出于经济上的原因。只要她嫁给了同样有钱的林顿，就能帮助希刺克厉夫摆脱窘境。在得知凯瑟琳要嫁给林顿的消息后，痛不欲生的希刺克厉夫离开了呼啸山庄，远走他乡。

几年以后，希刺克厉夫再次回到了画眉田庄，此时的他已经不是当时那个被迫害的穷小子了。他衣冠楚楚，腰缠万贯，举手投足无一不彰显出其优雅和威严。他在外多年，已然成了人上人，此次回到山庄，是为了向当年夺走他爱人的林顿复仇。

希刺克厉夫的复仇对象不仅有林顿，还有辛德雷。不过辛德雷早就因为大手大脚的生活，挥霍光了所有的财产。希刺克厉夫的归来不仅没有让他害怕，反而让他产生了希望，毕竟希刺克厉夫已经是个有钱人了。于是，希刺克厉夫买下了辛德雷的呼啸山庄，成了山庄的新主人。希刺克厉夫经常出入画眉田庄，他的风度、他的阔绰、他的威严，他传奇一样的经历让林顿的妹妹伊莎贝拉对他崇拜不已。希刺克厉夫怀着复仇的心思，带着一心憧憬着英雄和爱情的伊莎贝拉私奔了。

希刺克厉夫将伊莎贝拉带到了呼啸山庄，展开了自己的报复。他不分昼夜地折磨伊莎贝拉，将对林顿的怒火都发泄在了她身上。受希刺克厉夫回归影响最大的不是辛德雷，不是林顿，而是凯瑟琳。由于希刺克厉夫的再次出现，过去的情感开始不停地折磨凯瑟琳。不久，凯瑟琳生下了林顿的女儿凯蒂，随后就去世了。伊莎贝拉也想办法逃离了希刺克厉夫，逃出了呼啸山庄，之后她就生下了希刺克厉夫的儿子，取名为林顿·希刺克厉夫。辛德雷大手大脚的习惯并没有因为失去了山庄而发生改变，他终日醉生梦死，最终死于酗酒，而他的儿子哈里顿就成了希刺克厉夫的下一个报复对象。

希刺克厉夫为哈里顿安排的生活就是他小时候经历过的一切，被羞辱、被迫害。希刺克厉夫希望能通过这样的手段将哈里顿培养成一个野蛮的人，没想到哈里顿却成了一个风度翩翩、善良勇敢的好人。而伊莎贝拉去世以后，希刺克厉夫接回了自己的孩子，发现这个在林顿身边长大的孩子在性格上与林顿如出一辙。希刺克厉夫讨厌林顿，自然也讨厌这个和他有着一样名字的孩子。

几年以后，希刺克厉夫偶遇了凯蒂。在凯蒂的脸上，他看到了凯瑟琳的影子。这是凯瑟琳与林顿的女儿，几乎在一瞬间他就确定了这件事情。于是，他安排凯蒂与他的儿子结婚，然后名正言顺地成了画眉田庄的主人。

等到哈里顿二十三岁的时候，希刺克厉夫被迫将目光放到了这个他厌恶的年轻人身上。因为哈里顿与年轻时候的希刺克厉夫如出一辙，这或许就是他安排的报复造成的结果。哈里顿是个优秀的青年，凯蒂不可抑制地爱上了他。就当希刺克厉夫决定拆散这对小情侣的时候，他恍然发现，酷似自己的哈里顿、酷似凯瑟琳的凯蒂，他们两个身上发生的故事不正是过去自己身上发生的故事吗？这个时候，他才感觉到，自己仍然和过去一样爱着凯瑟琳。他放弃了报复的想法，于一个风雪交加的夜晚消失在了茫茫夜色中，再也没有回来。

《呼啸山庄》是一场旷日持久的爱情悲剧，希剌克厉夫原本是个善良的人，但在畸形发展的社会影响下，他原本善良的本性也被扭曲了。他的心中先是充满了对凯瑟琳的爱，又充满了对林顿的恨，随后展开了漫长的复仇，复仇对象包括呼啸山庄与画眉田庄的每一个主人。最后，在看到自己过去的影子时，他才恍然明白，人性之中最美好的既不是复仇，也不是恨，始终是爱。希剌克厉夫的情感变化就是本书的主线，但在写作的时候场景变换却非常频繁。故事并不完全发生在两座庄园当中，特别是一些阴森灰暗的场景，为作品蒙上了一层神秘的面纱。

希剌克厉夫身上发生的悲剧并不是他一个人的悲剧，而是整个社会的悲剧。金钱、阶级、身份地位，这些都成了人们追求自由生活的阻碍。在这个腐朽的社会中，个人的爱恨变得不再属于自己。正是因为希剌克厉夫看穿了这一切，才将自己对凯瑟琳的满腔热爱转化成了复仇的火焰。但他在最后时刻幡然醒悟，又展现了人性的光辉。正是爱与恨反复交织，剧烈冲突，才让人性显得更加真实。

《呼啸山庄》对人性的善恶进行了一次赤裸裸的探索，人性当中有恶的一面，但同样有善的一面。人在受到伤害的时候，可能会堕落，可能会展开无休止的复仇，但善是不会消失的。总会有些时候，善最终会取代那些恶的东西，回归人性的顶峰。

英国小说中最伟大的悲剧大师——哈代

乡土小说一直是文学当中重要的一部分,通过描写田园风光和在田园当中发生的一系列喜怒哀乐来引起读者的深思。在英国文学历史上,同样有类似的作品,那就是"威塞克斯小说"。其作者托马斯·哈代,也是英国文学史上绕不过去的名字。

托马斯·哈代是19世纪末英国著名批判现实小说家和诗人,他一生很少离开故乡多赛特郡。年轻时,哈代的作品主要描述了英国优美的田园风光和人民的纯朴。不过,在当时的社会环境下,哈代的作品就如同无本之木、无源之水,主要源于他自己的设想,甚至是幻想,《绿荫下》就是哈代年轻时期的代表作。

随着时间的推移,哈代逐渐成熟,对社会的认识也更加清晰。他开始看清世外桃源一样的淳朴生活是不可能出现在当时的社会里的,所以他那一时期的作品《远离尘嚣》就充满了悲情。越是创作后期,哈代的作品越是贴近现实,作品中的故事也越是残酷。这说明哈代已经彻底放弃了幻想中的田园生活,认为当时的社会已经是腐朽、堕落的了,这一时期的主要作品有《还乡》《卡斯特桥市长》。在这两部作品之后,哈代迎来了创作的巅峰期,他最知名的两部作品《德伯家的苔丝》和《无名的裘德》都是这一时期的作品。这两部作品真正将他对现实、对社会的批判展现了出来,是他最知名的作品。

《德伯家的苔丝》是哈代的代表作，农家女孩苔丝出生于一个贫苦小贩家庭，父母要她到一个富老太家去攀亲戚。不料，地主家的少爷亚雷·德伯看上了苔丝，强行侮辱了她，苔丝还怀上了亚雷的孩子。在当时，作为一个单身母亲是会受到道德谴责的，她因此受了不少白眼。

　　苔丝本以为凭着自己的努力，辛辛苦苦地将孩子拉扯大还是能够获得幸福生活的。不料，苔丝的孩子病死了。她为了生计，又成了一家牛奶场的女工，在那里她与牧师的儿子、大学生克莱相爱了。苔丝一直隐藏着自己的过去，直到与克莱相爱以后，在新婚之夜，她毫无保留地将自己的过去告诉了克莱。不料，克莱却因此对苔丝生出了鄙视之情，抛弃了她。苔丝没办法在牛奶场待下去了，于是就去了另一座农场当工人。农场的工作远比牛奶场更加辛苦，随着苔丝父亲的死去，家中连基本的生计都无法维持，最终甚至到了露宿街头的地步。

　　屋漏偏逢连夜雨，已经无处可去的苔丝又遇到了过去带给她最大痛苦的亚雷，苔丝的茫然和无力让她再次接受了亚雷。抛弃了苔丝的克莱前往巴西做生意，不料，生意遭遇了失败。在克莱回来以后，苔丝对自己委身于亚雷悔恨交加。她做出了自己一生当中最大的一次反抗，杀死亚雷。随后，苔丝与克莱逃到了森林中，度过了人生之中最快乐的五天。五天以后，苔丝就因为谋杀被捕，被判处了死刑。

　　苔丝的经历令人心痛，造成苔丝悲惨经历的不是无耻的亚雷，也不是薄情的克莱，更不是她贫困的家庭。一个想要靠着自己的双手获得幸福的女人，却因为资本主义对传统行业的巨大冲击而找不到谋生的方式。为了能生存下来，她要忍受资本家的剥削，要被纨绔子弟侮辱，要因为不是自己的过错而被当时的社会道德所指责，要忍受其他人的偏见。这些无一不让她活在压抑之中，无一不是她悲惨生活的重要原因。

《德伯家的苔丝——一个纯洁的女人》，这是小说的完整标题，在哈代的心中，苔丝虽然被亚雷侮辱过，但她仍然是纯洁的。她善良、勇敢、坚韧、独立。她没有想过依靠别人，渴望靠自己的双手建设自己的幸福生活。她的祖先是贵族，但这没有为她带来过一点点的好处，她也没有因此有过一点点骄傲的情绪。她对克莱的爱是非常纯粹的，不是因为克莱的财产，只是想要与克莱成为彼此生命中的一部分而已。虽然如此，她的思想仍然没有跨越旧时代的束缚，她仍然是旧社会的一分子，遵守着旧社会的道德观念。她虽然想要自力更生，却又认为自己身上所遭遇的不幸是躲不开的命运，也经常因此自怨自艾。

《无名的裘德》与《德伯家的苔丝》有许多相似之处，裘德是个聪明的年轻人，虽然他父母双亡，但这并不妨碍他成为学校当中学业最出色的那个人。他一心想要考入大学，将来成为一名教书育人的教师。可惜的是，因为他的出身和资本主义道德观，使他无法进入大学这种高等学府。一位大好青年为了养家糊口，只能选择成为一名石匠。他喜欢上了自己的表妹，但是这仍然被资本主义道德和传统宗教道德不允许。没办法容身于社会的裘德一家最终四分五裂了，裘德的妻子离开了他，他的孩子也死掉了。裘德是社会当中寂寂无名的一员，是一位真正的无名氏，他最终孤独地死去了。裘德的遭遇很悲惨，他本来是有着大好前途的，就是因为资本主义的思想束缚，他的理想被扼杀，家庭被拆散。可见，资本主义思想对于人们在精神上的束缚是多么强大。

哈代的小说根据他本人的所见所闻一直在变化，不论是苔丝还是裘德，身上都有着闪光的人性。他们的社会地位不高，但是他们聪明、善良，拥有许多美好的品质。可惜，这样的好人在腐朽的社会当中并没能得到一个好的结果，没有幸福的生活，也不能实现自己的理想。

　　哈代最经典的两部作品都带有浓浓的悲观主义色彩，甚至颇有一些听天由命的意味。人的努力是无法胜过命运的，所以苔丝与裘德所遭遇的不幸都是命运的安排，无法逃避。

第二辑
群星灿烂的法兰西文坛

法国古典主义喜剧的创建者——莫里哀

莫里哀是法国著名小说家，也是一位戏剧大师。他的作品构思精妙，结构紧凑，总是能够扣人心弦，令人难以自拔。莫里哀的小说和戏剧中出现的角色涵盖了社会上的各个阶级，性格也非常突出、鲜明。其作品之所以深入人心，主要是因为莫里哀本人的经历。

莫里哀出生在法国巴黎，父亲是一名商人，出售各种居家装饰，就连法国皇室也是他的客户。因此，莫里哀的家庭被打上了皇室侍从的印记。莫里哀从小就对戏剧十分喜爱，因此在二十一岁那年，他宣布不会继承家族皇室侍从的身份，而是与贝雅尔兄妹组成了一个剧团，在巴黎演出，莫里哀就是他在剧团的艺名。他做了十几年的流浪艺人，其间他走了很多的地方，见了很多的人。坎坷的生活让他对法国社会的状况有了深刻的理解，也让他对戏剧的理解更为深刻。

▲ 莫里哀画像

莫里哀不仅是一位小

说家、一位剧作家，同样也是一位出色的演员，他的表演和声音都非常出色。他一生当中创作了许多的作品，还要兼顾表演，大量的工作让他的身体早早地就不堪重负了。

莫里哀的戏剧有着浓重古典风格的印记，但又与古典戏剧不同。他的作品不少都带有强烈的讽刺色彩，讽刺的对象包括封建社会统治阶级和束缚人们思想的封建宗教。他一生创作了33部戏剧和8首诗，戏剧以喜剧为主。虽然出身于皇室服务的家庭，但他的作品却不是面向贵族阶级的，强烈的讽刺风格是人民大众的最爱，戏剧当中反对封建社会对艺术创作者在思想上进行束缚的想法非常明确。莫里哀认为，戏剧是否成功并不取决于传递了怎样的思想，而是观众在看完之后会产生怎样的感受。

莫里哀创作的第一部现实主义喜剧是《可笑的女才子》，当时的法国上流社会热衷于沙龙聚会，而参加聚会的贵族们又没什么真才实学，都是些喜欢装模作样、附庸风雅的酒囊饭袋。这部作品戳中了法国传统贵族们的痛点，从而导致该戏剧一度被禁止演出。

《丈夫学堂》和《太太学堂》是莫里哀创作的两部姐妹剧，这两部剧以描绘当时法国普通人的生活为主，对教育、爱情、婚姻、金钱等问题提出了自己的观念。《太太学堂》中年老而富有的主人公花钱购买了年轻的女孩，并且希望通过束缚人的封建道德观和传统宗教思想将女孩改造成一个逆来顺受的妻子。可惜事情并不会像主人公所设想的那样顺利，年轻的妻子爱上了更有才华的年轻人，成了年轻人的妻子。

莫里哀的代表作是大名鼎鼎的《伪君子》和《吝啬鬼》。在《伪君子》中，达尔杜弗伪装成虔诚的教徒，欺骗了奥尔贡和他的母亲。在生活中的一些小事里，达尔杜弗将一举一动都跟宗教结合了起来，伪装成了一个与他本人个性完全不同的,善良的、谦恭的、高尚的人。奥尔贡被他的演技所欺骗,不仅想要把女儿嫁给他,还听信达尔杜弗的谗言,赶走了儿子。如此一来,达尔杜弗只要控制了奥尔贡的女儿就能不费吹灰之力地得到奥尔贡家的财产。

达尔杜弗甚至想要勾引奥尔贡的妻子,幸好奥尔贡的妻子聪明,设下陷阱让达尔杜弗暴露了自己的真实嘴脸。奥尔贡与达尔杜弗翻了脸,达尔杜弗愤怒地构陷了奥尔贡。在国王的明察秋毫之下,奥尔贡被证明了清白,达尔杜弗也得到了应有的惩罚。

达尔杜弗的形象塑造是非常精妙的,戏剧的前两幕主要讲述的就是在不同人眼中的达尔杜弗是什么样的。通过不同人眼中的不同形象,在达尔杜弗出现之前,观众就已经明确了他伪君子的身份。在这之前,这种间接塑造人物形象的手法是很罕见的。而达尔杜弗出场之前,假模假样的祷告,更是直接将人物形象树立了起来,给观众留下了深刻的印象。许多文学家都对《伪君子》的开场有极好的印象,歌德就曾说过,《伪君子》戏剧的开场,是最伟大、最好的开场。达尔杜弗这一形象的塑造是有其意义的,当时法国社会密探横行,到处都有监视人民的特务。很多人打着慈善的旗号,做着迫害人民的事情。这不仅限制了人民的自由,还破坏了人民的生活。

《伪君子》使用的喜剧手法也是非常巧妙的,其中多幕的闹剧手法让情节变得更加荒谬、更加直白,也更有讽刺意味。但也正是因其赤裸裸地讽刺了社会上的伪君子,在当时的法国引起了强烈的风潮,《伪君子》被禁止演出。莫里哀经过多次修改,才让当时的统治阶级和封建宗教勉强同意。其中不仅包括人物台词的修改、情节的修改,还有穿着上的修改。唯一没有修改的,就是对统治阶级和封建宗教赤裸裸的讽刺。但是,《伪君子》公开演出的那一年,就是莫里哀过世的那一年。戏剧的演出受到大众的一致好评。《伪君子》也是莫里哀最经典、最广为人知的剧本。

《伪君子》固然是法国文学史上的明珠，而《吝啬鬼》却脱离了时代的影响，持续引发了人们的思考。阿尔巴贡是以放高利贷发财的，他视财如命，不仅对别人吝啬，对自己的家人，甚至是对自己也一毛不拔。他一直在女儿面前装穷人，女儿要结婚了，他最关心的是女儿是否要自己出陪嫁；儿子穿得稍微好一点，他就觉得儿子是在败家，后来更是放贷放到了儿子的头上。他想再找个妻子，然而他的目标却也是他儿子的目标。

《吝啬鬼》当中有不少巧合的桥段，这些巧合极大地增加了剧中的笑点。这部戏剧同样具有讽刺意味，资本主义社会当中人与人的关系就是赤裸裸的金钱关系，语言与情节十分幽默，但主题却是非常严肃的。莫里哀戏剧中的语言非常精妙，但又距离生活不远，是普通大众都能接受的，是生活与自然的完美结合。他的戏剧是面向大众和平民的，所以他的敌人就是传统封建的旧统治阶级。

开一代文风的思想家——卢梭

卢梭是法国最伟大的思想家之一，他在政治、科学、艺术等领域也有颇多建树。特别是在文学界，卢梭的贡献是非常惊人的，甚至可以说决定了法国文学的走向。能够精通数个领域的人才并不少，特别是不少思想家也都是非常出色的文学家，但是像卢梭这样对整个文学界都有巨大影响的却并不多。

卢梭出生在瑞士日内瓦，幼年丧母，父亲是一名钟表匠。幼年的卢梭酷爱阅读，他的父亲喜欢古希腊、古罗马当中的人物传记，所以卢梭阅读最多的也是这些内容。十岁那年，卢梭的父亲与人发生了争执，为了逃难，卢梭来到了法国里昂，住在舅舅家。在这段时间里，他学习了大量关于绘画、数学、文学的基础知识。后来随舅舅返回日内瓦，开始了他在不同店铺的打杂生涯。这段时间对卢梭的影响是非常巨大的，他阅读了大量不同种类的书籍，但也养成了盗窃的恶癖。后来他再次来到法国，开始四处流浪。德·瓦朗夫人收留了他，于是他开始了一段稳定的生活。也正是从那个时候，卢梭开始了写作生涯。

让卢梭进入大众视野的作品是他在1749年发表的《论科学与艺术》，随后他迎来了创作的巅峰期。卢梭有四篇不朽的名作《新爱洛伊丝》《社会契约论》《爱弥儿》《忏悔录》，前三篇都是卢梭在法国蒙莫朗西森林地区创作的。

《新爱洛伊丝》是一部书信体小说，爱洛伊丝是12世纪著名思想家，她爱上了她的家庭教师。但是，她的叔叔不允许这段爱情有一个结果，所以进行了粗暴的反对。爱洛伊丝被迫与心上人分开，只能进行书信往来，这种书信往来一直持续到爱洛伊丝的恋人死亡才结束。这个故事让卢梭感触良多，于是他创作了新爱洛伊丝的故事。这个故事与爱洛伊丝的故事颇为相似，出身于贵族家庭的朱莉爱上了她的家庭教师圣普乐，但是朱莉的父亲是一位男爵，他坚决反对自己的女儿和一个普通的家庭教师结婚。圣普乐无奈之下只好离开了朱莉，希望朱莉能够忘记他，重新开始生活。朱莉的父亲强迫她嫁给了一个名叫沃尔玛的俄国贵族，但她一直与圣普乐有书信往来。

▲ 卢梭画像

这部作品不管是人物塑造还是故事情节都非常简单，但卢梭却对这部作品评价颇高。他认为，这部作品的价值是极高的，并且其中最精华的内容并没有为人们所注意到。《新爱洛伊丝》的故事主题非常简单，故事脉络清晰连贯，故事的主要思想就集中在三个主要角色上。全书当中没有哗众取宠的部分，没有什么浪漫的邂逅，也没有任何利用出格内容来吸引读者的部分。

《新爱洛伊丝》歌颂了纯洁的爱情，强调了婚姻的神圣，认为人们只有通过纯洁的爱情、神圣的婚姻，才能创造出美好的家庭，而美好的家庭才能组成一个秩序井然、幸福美满的社会。作品中的人物塑造和对社会状况的描写都在不断地深化主题，强调主题。

单单说《新爱洛伊丝》是一个爱情故事，是很片面的。故事不仅想要讲述一个爱情故事，想要通过描写纯洁的爱情、神圣的婚姻来建立美好的家庭和社会，更是隐晦地控诉了传统思想、阶级社会对人们的束缚。朱莉爱着圣普乐，她的爱情是纯洁的。她虽然忘不掉圣普乐，却也没有做出任何背叛丈夫沃尔玛的行为。圣普乐无法忘记朱莉，但朱莉已经嫁为人妇，因此他也没有任何越轨的想法。沃尔玛对于妻子和圣普乐之间的感情给予了宽容和理解，他还诚恳地邀请圣普乐来家中做客。三位主人公的人格都是高尚的，没有人真正做错了什么，但是朱莉与圣普乐这对有情人却无法结合到一起。造成这件事情的根本原因就是阶级社会的门第观念，以及阶级社会对人们思想的束缚和行为的阻碍。

创作《新爱洛伊丝》之前，卢梭一直对小说怀着批判的心态。之所以创作《新爱洛伊丝》，是希望能通过自己的作品影响更多的人，希望社会能够和谐。卢梭晚年离群索居的一个主要原因就是他与百科全书派的哲学家们发生了冲突，在《新爱洛伊丝》成书之前，这种矛盾还没有被完全激化。所以，书中的角色虽然在立场和信仰上有着不可调和的矛盾，但却能够用理解与宽容来缓和冲突，避免矛盾。所以，卢梭希望他的作品能够产生影响，让人们放下成见，包容彼此，相亲相爱。

《忏悔录》是卢梭四大名作中的最后一部，是一部自传。这部自传有着非常强的文学性，在自传作品中非常罕见。除了文学性外，其思想、艺术性、创作风格，也对文学界有着非常深刻的影响。在

《忏悔录》中，卢梭近乎无保留地进行了自我剖析，将自己赤裸裸地暴露在了大众跟前。不管是违背道德的想法还是干过的下流事，卢梭都将其放进了《忏悔录》中。这种坦荡让人们不再执着于卢梭的隐私，反而更加关注他作品中描述的自然景观、社会风貌，以及卢梭本人的坎坷经历和复杂内心。也正因如此，此书才能成为兼具思想性与文学性的巨著。

积极浪漫领袖——雨果

雨果是法国最伟大的作家之一，其作品从社会角度出发，极好地描述了当时社会对人们造成的压迫，反映了专制统治下人们的悲惨生活。雨果最有名的作品莫过于《悲惨世界》，而关于《悲惨世界》还有个小小的趣事。雨果的《悲惨世界》出版时，曾写了一封信询问出版商他的小说卖得怎么样。整封信一个字都没有，一个"？"就是全部内容。而出版商给雨果的回信也非常简单，同样只有一个标点，那就是"！"。这个惊叹号说明了《悲惨世界》对当时的巴黎，乃至整个法国都造成了怎样的影响。

▲ 雨果画像

《悲惨世界》自从出现在了人们的视野之中，就再没离开过。刚刚出版的时候，整个巴黎都出现了不眠不休阅读《悲惨世界》的景况。不管是报纸还是新闻，不管是街头巷尾还是茶余饭后，到处流传着《悲惨世界》的消息。没有人敢诋毁这部伟大的作品，也没有人敢对这部伟大的作品妄下评论。直到今天，《悲惨世界》仍然是雨果流传最广、再版次数最多、影响最大的作品。

《悲惨世界》是一部反映社会现状的作品，作品中宣扬了公平、正义、仁慈、博爱，这让当时的专制政府感受到了危机。在发现人们对《悲惨世界》的热情不是一时半会儿就能消散的时候，专制政府开始雇用评论家们用最恶毒的语言批判这部伟大的作品。他们告诉世人，《悲惨世界》这部作品有着非常强大的煽动性，为人们描绘了一个不会到来的美好未来，而这种不切实际的渴望会让人们去贸然追求那些不切实际的东西。事实证明，这种说法是错误的。《悲惨世界》并不是一部恶毒的作品，不管是其中深远的思想还是细腻的情感，又或者是其对当时社会的全面描写，都让读者受益良多。

《悲惨世界》描述了一个善恶难辨、赏罚不分的世界。好人做好事未必会有好报，而那些欺凌弱小、苦心钻营的坏蛋反而能够成为人上人。主角冉·阿让是一名工人，他诚实、善良，一直用微薄的薪水帮助姐姐抚养七个孩子。某年冬天，冉·阿让找不到工作，连微薄薪水都无法获得。可怜的孩子们面临着饥饿，甚至是饿死的隐患。为了孩子，冉·阿让偷了一块面包，结果被判处了五年徒刑。监狱的生活是非常痛苦的，冉·阿让四次逃跑都失败了，刑期被增加到了十九年。十九年后，冉·阿让走出了监狱，但他身上却被打下了苦役犯的烙印。没有人愿意雇用一个有前科的人，因此冉·阿让穷困潦倒，连吃饭都成问题。

就在冉·阿让走投无路，开始自暴自弃的时候，他遇到了善良的主教米利埃，米利埃收留了他，并且在冉·阿让偷窃家中的银器变卖时在警察面前袒护了他。米利埃的行为打动了冉·阿让，让他看见了这世上还有光明的存在。从那以后，冉·阿让隐姓埋名，辛勤工作，最终成了一位大富翁。

  就在这个时候,新的风波又出现了。一位无辜的老人被冠上冉·阿让的名字,被送上法庭审判。冉·阿让为了不让无辜的老人因为自己而遭受牢狱之灾,他挺身而出,在法庭上揭示了自己的真实身份。冉·阿让再一次被投入狱中。

  冉·阿让再次逃出了监狱,但是社会上却已经没有他的容身之处了。多年以来隐姓埋名地行善,救助被迫害的妇孺,但却没有让他得到任何好处,就连被他救助的孤女都对他心存误解。冉·阿让最终孤独地死去了,他的一生是悲惨的一生,而他生活过的世界无疑是名副其实的悲惨世界。

  《悲惨世界》对当时社会的反映是非常真实的,雨果在进行场景描写的时候也是非常详细的,不管是修道院、法院、监狱、贫民窟,还是贵族沙龙,都描写得绘声绘色。不管是人物的塑造还是情节的描写,都展现出了浓浓的浪漫主义气息。除此之外,夸张与现实相结合,让故事在虚拟的偶然与现实的必然中不断穿梭,使故事的推动格外自然。

  除了《悲惨世界》,著名的《巴黎圣母院》也出自雨果之手。故事讲述了在15世纪的巴黎,道貌岸然的副主教克洛德·弗罗洛爱上了吉卜赛女郎艾丝美拉达。他的爱情是扭曲的,与其说是爱,不如说是为了满足个人的占有欲。当他发现自己不能顺利达成目标的时候,就开始想尽办法迫害艾丝美拉达。而艾丝美拉达除了弗罗洛之外还有一个仰慕者,那就是圣母院丑陋的敲钟人卡西莫多。虽然他外表丑陋,但他却是真的明白什么是爱的人。他富有牺牲精神,善良、勇敢,远比道貌岸然的弗罗洛更加高尚。当艾丝美拉达被弗罗洛嫁祸,送上绞架的时候,愤怒的卡西莫多将弗罗洛从圣母院楼上推了下去。

《巴黎圣母院》想要说明,表面光鲜、道貌岸然的人未必就是好人;而那些生活在社会底层、其貌不扬的人未必就不知道什么是真正的爱、什么是高尚。只有爱与仁慈才能拯救社会,而不是依靠既定的阶级。

通俗小说之王——大仲马

通俗小说在小说界有着极高的地位，毕竟只有通俗的，才是最为人所接受的。即便当时的法国文坛群雄并起，也无法掩盖大仲马的光辉。毕竟，在通俗小说这一领域，大仲马可谓执牛耳者。

大仲马的作品一直都有争议，他的高产令人惊叹，自他的首部作品《亨利三世及其宫廷》问世以后，创作持续了40年之久。这40年中，他产出了250卷小说，280卷儿童文学、动物文学、随笔、戏剧等。在他的作品中，居然还有一部食谱。如此巨大的产量，很难让人们相信这是同一个人的作品。因此，有人觉得大仲马找人模仿他的笔迹，也有人觉得大仲马花钱购买了一些无名作家的作品。事实上，大仲马的确是个喜欢在别人作品基础上做文章的人，别人写作是用笔，而大仲马写作却是用剪刀。他只需要将别人的作品剪下来，拼凑在一起，加以改动就可以了。

大仲马并不对此感到羞愧，他认为，文学领域是非常广阔深厚的，人类的大多数行为和故事都已经有文学创作面世了，所以并不存在什么绝无仅有的东西。不同作品中的人物，只要个性相似，所处的环境相似，做出相似的事情是自然而然的事情。他还认为，借鉴别人的作品不是盗窃了别人的东西，这不是不道德的行为，而是一种强大的征服，是做了合并。

不管是大仲马所处的时代，还是我们所处的时代，有些用剪刀写作的人并没有受到惩罚，甚至有不少人还名利双收。我们很难从道德和法律上来公正地审判大仲马，但大仲马是个创作欲旺盛、精力充沛的作家，这是不争的事实。不管他的作品是怎么得来的，伟大的《三剑客》《基督山伯爵》都出自大仲马之手。

对于大仲马，人们如今提起更多的是《基督山伯爵》，但实际上，《三剑客》(又译《三个火枪手》)才是大仲马最出彩的作品。在《三剑客》中，有宗教与皇权的斗争，有宫廷当中的秘闻，有不同派系之间的权力争夺，还有来自民间的侠客故事。主人公达达尼昂本是一个勇敢而平凡的少年，他一心想要成为国王火枪队中的火枪手。来到巴黎之后，他在火枪队队长家中认识了阿托斯、波托斯和阿拉米斯三人，并与之结成了生死之交。当时的国王路易十三与红衣主

▲ 大仲马Q像

教黎塞留冲突不断，达达尼昂数次用自己的勇气和智慧破坏了黎塞留的阴谋，招致了他的怨恨。

在帮助王后的过程中，达达尼昂与王后的侍女波那瑟一见钟情。在三个朋友的支持下，最终帮助王后摆脱了黎塞留的掌控，并且破坏了他的阴谋。贼心不死的黎塞留妄图利用宗教教派之间的矛盾引发英国与法国之间的战争，还可以趁机除掉白金汉公爵。为了实施自己的阴谋，他雇用了一个有着不堪过往的美丽女郎米拉迪。达达尼昂被米拉迪的美貌迷惑，结果却发现米拉迪曾是一名罪犯。米拉迪因此彻底恨上了达达尼昂，于是数次设下陷阱想要置达达尼昂于死地，但达达尼昂都逃脱了。

英、法两国摆开阵势对垒的时候，黎塞留让米拉迪作为密探潜伏到了英军领袖白金汉的身边，伺机刺杀他，而米拉迪对于黎塞留的要求就是必须结束达达尼昂的生命。米拉迪的潜伏并不顺利，因为达达尼昂一早就泄露了有人要刺杀白金汉的消息。米拉迪被捕，遭到了软禁。

米拉迪是一条心狠手辣的美女蛇，只要还活着，就总有办法。她用美色诱惑了白金汉的心腹菲尔顿，并且操纵菲尔顿杀死了白金汉。逃出英国的米拉迪刚刚回到法国，就毒杀了达达尼昂的爱人波那瑟。达达尼昂为了复仇，和三个朋友一路寻找米拉迪，最终找到了她。此时他们才彻底认识了这个蛇蝎美人，了解了她丑恶的往事。

米拉迪本是修道院中的修女，却因为耐不住寂寞，勾引了一个年轻的修道士。因为这项罪行，她的肩膀被烙上了百合花的印记。修道士带着米拉迪私奔到了其他地方，而米拉迪却抛弃了修道士，和当地的拉斐尔伯爵结婚了。米拉迪玩弄手腕，很快就让拉斐尔伯爵倾家荡产了。眼见拉斐尔伯爵失去了利用价值，米拉迪又将拉斐尔一脚踢开。这位倾家荡产的拉斐尔伯爵不是别人，正是达达尼昂的朋友阿托斯。米拉迪逃到英国以后，又利用美貌欺骗了温特勋爵的哥哥，两人结婚了，还有了一个儿子。但是米拉迪结婚并不是为了要一个家庭，而是想要独占丈夫庞大的家产，于是她又用毒计害死了第二任丈夫。落入达达尼昂手中的米拉迪再也没办法害人了，达达尼昂将其处死在了利斯河畔。

亲信被杀，黎塞留自然不肯罢休，于是他派出下属罗什福尔去捉拿达达尼昂。达达尼昂没有逃避，也没有反抗。他来到黎塞留面前，讲述了自己的所作所为，以及为什么要这样做。他坦坦荡荡、有理有据的申辩打动了黎塞留。于是，黎塞留任命达达尼昂为火枪队的副官。达达尼昂的三个朋友也都有了自己的归宿，过上了想要的生活。

《三剑客》的故事跌宕起伏、波澜壮阔，展现出了大仲马丰富的想象力和他对故事结构的掌控能力。当然，这部作品中最出彩的还是人物的刻画。不管是勇敢的达达尼昂，还是他那三个有着不同故事的朋友，都被刻画得入木三分，仿佛随时会从书中走出来。达达尼昂的勇敢、潇洒、侠气和正义感让人印象深刻，而沉默寡言、沉着冷静、踏实稳重的阿托斯，智计百出、风流倜傥、学富五车的阿拉米斯，莽撞、豪放、直爽、直言不讳的波托斯都令读者难以忘记。书中有大量关于决斗场景的刻画，这些充满侠客精神的场景让读者热血沸腾。正面人物的刻画精彩，而反派角色的刻画也不落下风。红衣主教黎塞留威严、狡诈、气势惊人；米拉迪心狠手辣，如同毒蛇一般，让人脊背发凉，魅惑他人时有如散发着甜香气息的天使，而害人的时候又如同最残忍的魔鬼。正是这些栩栩如生的人物，使得《三剑客》成为小说界中不朽的经典之作。

现代法国小说之父——巴尔扎克

在明星王璀璨的法国文坛中，巴尔扎克是个响当当的名字。特别是他与很多作家不同，为了能够成为作家，巴尔扎克所付出的努力已经远超很多人了。巴尔扎克从小家境富裕，但家庭关系却非常冷漠。父母出身平凡，全靠自身努力才打下了一份家业，这就导致了巴尔扎克的父母重利轻感情。

父母对巴尔扎克有着非常高的期待，他们渴望儿子能够符合自身"城里人"的身份，将来最好是从事律师这样能赚很多钱的职业。于是，巴尔扎克八岁时就被送进了教会学校，背负着父母的期望拼命前行。很快，巴尔扎克就有了自己的理想，他不想从事律师这样能赚大钱的职业，而是想要成为一名作家。巴尔扎克唯利是图的父母自然不会赞同他的想法，于是父母断绝了对巴尔扎克所有的经济支持。巴尔扎克没有屈服，他宁可住进贫民窟也要坚持自己的写作梦。写作就是他的谋生手段，他痛恨父母的唯利是图，痛恨以金钱衡量一切的社会，但是为了生存他又不得不将大部分时间用来追逐金钱。他觉得贵族阶级的存在是不合理的，贵族阶级注定是要消亡的，但是贵族阶级的衣食无忧让他非常羡慕，因为如果他有衣食无忧的生活就能全身心地投入到写作中去，实现自己的理想。

巴尔扎克在写作方面是很有野心的，《人间喜剧》几乎囊括了整个19世纪前半期法国资本主义社会的全貌，因此《人间喜剧》不仅

▲ 巴尔扎克雕像

是一部小说，更是法国资本主义社会的风俗史。《人间喜剧》最开始的名字是《社会研究》，因为其内容非常庞杂，包括了分析研究、哲理研究和风俗研究三个部分。在这三部分中，风俗研究是最重要的。这部分内容又可以细分为私人生活场景、外省生活场景、巴黎生活场景、政治生活场景、军人生活场景和乡村生活场景，全面地概括了当时法国各地区、各阶层、各种身份的人的生活状况。而改名为《人间喜剧》是因为受到了《神曲》的影响。

《人间喜剧》共收录了96篇小说，其中大多数是围绕着当时人们对于金钱和欲望的追求，为了满足欲望、升官发财，从而展露出的丑陋样貌。《人间喜剧》中最有名的两篇小说是《欧也妮·葛朗台》和《高老头》，而《高老头》则是巴尔扎克的巅峰之作。

《欧也妮·葛朗台》讲述了一个吝啬鬼的故事。吝啬的葛朗台在法国大革命时期抓住了机会进行投机，成了有钱人。但是，因为吝啬，他的生活过得非常穷酸，连一点小钱都舍不得花。他的妻子、女儿都被迫跟他一样过着贫困的生活。葛朗台的女儿欧也妮·葛朗台是个纯洁善良的姑娘，她喜欢上了堂哥查理，但是她的父亲却不同意这门婚事，并且经常从那些爱慕自己女儿的小伙子那里骗取钱财。

后来，查理的父亲破产，葛朗台认为查理已经没有利用价值了，于是就将查理赶出了家门，将欧也妮锁在阁楼上作为惩罚。老葛朗台终于死了，他庞大的遗产落入了欧也妮手中。但是，此时的欧也妮已经不再年轻了，也没有机会找回已经失去的爱情，错过了一生的幸福。后来，欧也妮将大部分财产拿出来做了善事。

《高老头》之所以经典，与其创作时的时代背景是分不开的，巴尔扎克在创作《高老头》的时候正值法国里昂纺织工人进行起义。这场起义遭到了法国政府的血腥镇压，无数起义者被杀死，城市也遭到了毁灭性的摧毁。资产阶级政府亮出了獠牙,展现出了凶狠的一面。《高老头》通过对当时社会上不同的人、不同阶级进行刻画,让人们看到了资本主义社会金钱至上观念下发生的种种丑恶。

主角高利奥本是一个贫穷的普通人,年轻的时候贩卖面粉,后来幸运地为军队供应军粮,成了有钱人。他有两个女儿,对这两个女儿高老头可谓百依百顺。后来更是花费巨资将她们嫁给了富家子弟,让整个家族一跃攀上了贵族阶级。但是,高老头对女儿的疼爱却没有得到回报。两个被宠坏的女儿傲慢又势利,在她们嫁入豪门、成为伯爵夫人以后,为了维持挥金如土的生活,不停地伸手向高老头要钱。等高老头被她们榨干之后,就再也不跟他见面了。最后,高老头死在了破旧的阁楼上,死的时候一贫如洗。

高老头的悲剧在金钱社会之中不可避免。当人们对金钱的追求胜过了亲情,那么道德沦丧也就不难预见了。除了高老头和他的两个女儿外,小说中还有两个着墨颇多的角色。一个是青年野心家拉斯蒂涅,他是外省的破落贵族,在巴黎上学。他想要学业有成,重新让自己的贵族家庭恢复昔日的荣光。但是,巴黎贵族阶级的奢侈生活腐化了他的内心,对金钱的渴望开始超过对荣誉的渴望。在跻身上流社会的过程中,他认识了同样家族没落的鲍赛昂子爵夫人。在子爵夫人的诱导下,他开始失去上进心,失去善良的本性,开始全心全意地为金钱服务。在他看见高老头的悲惨遭遇后,更是坚定了金钱最重要的信念,坚定了走向资产阶级道路的决心。

抛弃了良心和道德,这个青年野心家爆发出的能量是非常惊人的。他步步高升,最后成了副国务秘书和贵族院议员。怂恿他抛弃良心的鲍赛昂子爵夫人象征着旧贵族,她原本是巴黎社交界的皇后,但是因为家族没落,没有金钱,被情人抛弃,所以远离了巴黎上流社会。可见，贵族门第的作用远远不如金钱来得重要，一个没钱的贵族也称不上是什么贵族了。在金钱的冲击下，旧贵族迟早要退出上流社会的舞台，只有金钱才能决定社会地位的高低。

《高老头》的写作方式是非常严谨的，既定的人物在既定的场景下，让整个行为逻辑非常严密，毫无破绽。故事的主线是以拉斯蒂涅的经历为主的，其他三条都是为了辅助这条主线，让拉斯蒂涅的变化、堕落更加合情合理。巴尔扎克在人物的刻画上下了很大的功夫，从人物的一言一行到内心活动，都有精细的描写，这让每个角色都有自己的特点，都能让读者更容易记住。

高老头的遭遇是悲惨的，这不是个人的悲剧，而是整个法国社会的悲剧。巴尔扎克通过文学性的描述，将当时的法国社会赤裸裸地展现在人们面前，值得人们引以为戒。

法国象征派诗歌的先驱——波德莱尔

法国从来都不缺少艺术家，特别是思想超前、敢为人先的艺术家，被誉为象征主义之祖的波德莱尔就是其中一位。夏尔·波德莱尔出生在巴黎，艺术细胞来自家族渊源。他的父亲是一位有启蒙运动思想的画家，在父亲的熏陶之下，波德莱尔从小就对艺术很感兴趣，也展现出了艺术天赋。不幸的是，波德莱尔六岁时，他的父亲去世了，母亲撇下了他改嫁了。

父亲的去世和母亲的离开让他的个性变得忧郁，而艺术则成了照进他人生的光明。巴黎的艺术氛围是非常浓厚的，世界各国的艺术家都齐聚于此，在这种氛围的熏陶下，波德莱尔对艺术的敏感性与日俱增。随着年纪的增长，波德莱尔开始明白，他所在的城市是一座灯红酒绿的城市，是在光鲜外表之下流淌着罪恶的城市。

年轻时的波德莱尔一直在追求浪漫，他喜欢旅行，过着放荡不羁的生活。他前往毛里求斯时，那里美丽的自然风光让他沉醉。但是，思乡之情很快就超过了他对美景的眷恋，于是他又回到了故乡，回到了巴黎。毛里求斯是他到过的最远的地方，这段旅行对他的影响很大，让他的内心有了全新的感受。正是这段经历让他在之后的诗歌中经常描写阳光、海滩和异国风光，为他的诗歌增色不少。

回到巴黎以后，波德莱尔因为父亲丰厚的遗产过上了更加奢侈的生活。他锦衣玉食，挥金如土。回到他身边的母亲认为他这样挥霍无度不是正确的行为，于是就找了一位法律顾问，限制了波德莱尔的开销。从那开始，波德莱尔就过上了简朴，甚至可以说是艰苦的生活。而正是因为这种艰苦的生活，他写作的动力空前高涨。

最开始的时候，他凭着艺术敏感性做一些艺术评论。他笔触犀利，见解独到，文辞优美，这段时间创作出了大量优美的散文诗。1848年，二月革命开始了。波德莱尔接触到了傅里叶的空想社会主义，备受鼓舞，他和革命群众一起走上街头，试图改变旧社会。然而，革命很快就结束了，他又重新回到了写作当中。后来，波德莱尔又接触到了爱伦·坡的作品，爱伦·坡阴郁的写作风格、怪诞的故事情节都让他深深着迷。于是，波德莱尔结束了创作浪漫主义诗歌的阶段，也不再沉湎于个人小小的忧愁中，而开始将想象力运用到诗歌之中。

波德莱尔的人生十分短暂，所以并没有太多的作品传世，主要作品都收录在三部诗集之中。《巴黎的忧郁》和《人造天堂》是散文集，《恶之花》是诗集。虽然作品不多，但意义却是非凡。他开创了象征主义，成了现代派诗人和象征主义的开山祖师。

法国文坛之前一直为浪漫主义所主导，但是浪漫主义也不能千秋万代，长盛不衰。浪漫主义逐渐衰落之后，象征主义就填补了这个空缺。《恶之花》就是象征主义诗歌的代表作，在当时引起了巨大的轰动和关注。思想传统的保守派认为，这本诗集是悖德的，不仅亵渎了神明，而且伤风败俗。在保守派的压力之下，诗集被禁售了，出版商和波德莱尔也都被罚款了。第一个敢于为《恶之花》正名的知名人士是大文豪雨果，当时雨果已经很出名了，他认为《恶之花》让整个法国文坛充满了"全新的战栗"。是金子总会发光的，随着时间的推移，越来越多的人认识到，《恶之花》并不是什么伤风败俗的作品，其中所蕴含的思想也不像表面看起来那样简单，而是拥有着非常深厚的内涵和内容。

《恶之花》收录了六组诗，分别是《忧郁和理想》《恶之花》《巴黎画景》《酒》《叛逆》和《死亡》。这六组诗是波德莱尔从生活当中得到的感触，是他在巴黎所见所闻的延伸，借着自身的经历反射出了当时文人和艺术家们精神上遭遇的种种危机，以及思想上的颓废。在诗中有许多关于痛苦、绝望、迷惘和悔恨的描写，但中心思想却是对自由和天堂的向往，对邪恶的厌恶。波德莱尔说："我将我的全部思想、心灵、信仰和憎恨都留在了这本残酷的书里。"

不管波德莱尔笔下的巴黎是多么邪恶，多么怪异，多么道德败坏，通过艺术的修饰之后，这一切都产生了一种诡异的美感。就如同波德莱尔自己所说："艺术有一个神奇的本领，可怕的东西用艺术表现出来就成了美，痛苦如果配上音乐的节奏就能让人感受到静谧的喜悦。"

波德莱尔的《恶之花》中有对美的沉迷，也有对恶的沉迷，正是这种写作手法让他开创了一个全新的流派。很多生活当中的小事，往往象征着社会当中正在发生的大变故和一些复杂的状况，也有不少内容是直接将生活当中的小事夸张化处理的。通过以小见大，让读者从一些复杂的小事当中感悟出人生的哲理和生活的真谛，让诗歌变得更加新鲜，意境更加丰富。

波德莱尔的散文诗同样延续了象征主义的风格，只不过不同的文体让他有了更多的发挥空间，让这些散文诗变得更加细腻、更加辛辣。在这些散文诗中我们不难看出波德莱尔有着非常丰富的内心世界和反传统的审美观，巴黎这座光鲜亮丽的城市中所隐藏的肮脏、畸形的种种在诗歌当中无所遁形。波德莱尔对丑恶的现实进行了无情的讽刺，又通过对美的描述和向往为读者营造出了一种奇异的美感。

不管是孤独还是黑暗，不管是一位穷困的卖艺人，还是一条肮脏的野狗，都是波德莱尔歌颂的对象，也是他同情的对象。他从这些看似丑恶的东西当中找到了美，并用艺术的手法加以雕琢。这种做法看似消极颓废，但实际上是对造成这一切的社会现状、城市文化进行的一种反思。

法国批判现实主义作家——司汤达

司汤达是法国批判现实主义文学的奠基者、创始者，其著作《红与黑》的出现意味着批判现实主义文学的题材已经开始从社会生活当中获取了，这在文学史上是有非凡意义的。可惜的是，司汤达本人生前并没有获得相应的荣誉和名望，甚至可以说他的作品是默默无闻的。他自己也对《红与黑》能否被世人理解做出过判断，认为到1880年才会有人阅读他的作品，而直到1935年，人们才彻底理解《红与黑》说的是什么。然而，司汤达本人在1842年就已经去世了。

《红与黑》在当时的确是让人难以理解的著作，仅仅是名字就已经让人不明所以了。当人们开始研究《红与黑》的时候，才做出了红代表了军队，黑代表了教会的解读。主人公就是在红与黑之间徘徊，最后做出了拒绝进入军队，拒绝穿上红色将军制服的决定。他想要成为修道士，想要穿上黑色的道袍，成为一名大主教，但最后却没能如愿，且丢掉了性命。

《红与黑》这个标题乍一看是朴实而又不明所以的，但对这部著作有一定的了解后，又觉得这个标题十分浪漫，又很切题。读者产生这种感觉并不奇怪，司汤达曾居住在意大利，受到了意大利浪漫主义的影响。意大利的浪漫主义在欧洲是独树一帜的，德国和法国也盛行浪漫主义，但这种浪漫主义是消极颓废的，强调要神秘，要唯心，要加入作者的幻想。意大利的浪漫主义则认为，文学应该与民族传统相结合，应该是建立在真实之上的，而不是神秘的、让人看不清的。因此，司汤达的文学主张也是文学要符合实际，要有真正对人们产生影响的意义。

司汤达认为，他的法国同胞在文学创作上模仿罗马是不对的，罗马艺术家所遵循的浪漫主义是符合他们的现实状况的，是切合实际的，因此能够让当地的读者备受感动。法国艺术家们的拙劣模仿毫无价值，既保守，又死气沉沉。所以，他提倡更加自由、更加自然的散文诗，反对做作、夸张的写作方式，反对将文学创作限制在各种条条框框中的文体、诗体。他认为，文学创作的语言应该是简单易懂的，他自己创作的小说就遵循着这一原则。

司汤达的《帕尔马修道院》就用简单易懂的语言对当时的意大利社会进行了批判，故事发生在意大利的帕尔马公国，一位名叫法布里斯·台尔·唐戈的贵族青年参加了拿破仑的军队。拿破仑失败以后，他就返回了意大利生活。在姑妈的帮助下，他成了神学院的一名学生，后来还成了一名代理主教。他在感情的道路上屡屡受挫，最后因为心灰意冷前往修道院隐居，了却残生。法布里斯并不是个无能的人，他有理想、有抱负、有才能，也有足够的行动力。他一直想要用各种各样的方式来改变自己的生活，他参军，出任宗教职务，并苦苦追求自己的爱情，渴望得到幸福。但是，这一切在当时黑暗又混乱的意大利是很难实现的。宫廷当中充满了阴谋诡计，政治斗争无处不在，在这样的环境下，即便是一位有能力、有野心的大好青年，也难以获得幸福的生活。

《红与黑》的故事舞台转移到了法国，故事取材于真实发生过的案件，主要讲述了木匠的儿子于连的故事。于连是个性格顽强的人，他精通拉丁文，因此成了市长的家庭教师。通过长久的相处，他爱上了市长夫人,市长夫人也对于连产生了感情。但没多久,市长就知道了这件事情,因此于连前往修道院隐居。后来,他又成了巴黎一个侯爵的私人秘书,与侯爵的女儿相爱了。于连认为,凭借侯爵女儿的关系,自己就能进入上流社会,成为人上人。

不料,在教会的逼迫下,市长夫人将她和于连的事情写成了一封告密信,彻底破坏了于连进入上流社会、出人头地的梦想。于连想要报复旧情人,他找到市长夫人,朝市长夫人开了两枪。虽然市长夫人没有死,但于连仍被判处了死刑。

故事并不复杂,关于阴谋和谋杀的部分也不是司汤达想要展现给读者的。如果《红与黑》如此肤浅,又怎么能成为不朽的名著呢?高尔基对于《红与黑》的价值是这样理解的:"司汤达将一件非常普通的杀人案拔高到了对19世纪资产阶级社会制度进行历史和哲学研究的境界,这才是他真正的才华。"可见,《红与黑》的精髓不在于其故事,而在于其思想深度和描写手法。

于连是个非常矛盾的人,想要真正在读者心中树立起这样一个形象是非常困难的。司汤达把握住了,他将于连这个角色刻画得很好,堪称入木三分、栩栩如生。于连有才能,有野心,也有应变能力。他能随遇而安,也能在恰当的时候做出妥协的决定。他有善良的一面,也有虚伪的一面,正是这种矛盾,让于连这个角色真正地活了过来。于连的一生是在不断否定中度过的,他的所作所为都是在当时社会的框架内寻求政治和自由上的平等,都是在追求能够让自己实现人生价值的幸福。这种表现是普遍存在于人类身上的,是每个人都不可剥离的天性。但是,于连为了达成个人的解放,做了很多虚伪自私的事情,这种情况又让读者难以对他全面接受。于连是矛盾的,而阅读《红与黑》的读者对于连的看法也是爱恨交加的。

《红与黑》中有大量的心理剖析、心理描写,其对人性有着非常深刻的挖掘。因此,此书不仅在法国文学中有着崇高的地位,在世界范围内也有着非常巨大的影响力。《红与黑》堪称"意识流小说"的开山之作,不管是写作方式还是文学风格,都影响着西方各国文学创作的方式。

▲ 司汤达墓

西方现代小说奠基者——福楼拜

人们在谈论艺术的时候，会谈到音乐，谈到绘画，谈到雕塑，谈到诗歌，但却很少谈到小说这种最常见的文学载体。而福楼拜不同，他的小说同样是艺术品，他本人也是一位伟大的文学家。

福楼拜出身于法国北部的医生家庭，父亲是外科医生，工作非常忙碌，福楼拜小时候就一直跟父亲待在医院里。童年的经历对福楼拜的影响非常深刻，从他作品的字里行间我们不难发现大量细致的观察和如同解剖手术一般的精细描写。

福楼拜的写作生涯中学时就已经开始了，虽然在他人看来福楼拜的智力并不算高，但人们都不得不认可他在文学上是有很高天赋的。父亲去世后，福楼拜得到了大笔遗产，从此不必为生计发愁，于是就全身心地扑在了写作事业上。他不喜欢与人相处，不喜欢社交，所以朋友并不多。为了写作事业，更是终身未婚。

福楼拜的作品非常严谨，这种严谨不仅体现在故事和情节上，更是展现在每句话甚至每个用词上。他的作品是真正意义上的精雕细琢，对于他来说，作品的风格、结构甚至要比内容本身更加重要。福楼拜的写作方式决定了他不可能成为一个高产作家，他反复斟酌每个字眼、反复修改每个情节的习惯让他的写作速度惊人地缓慢。他认为："一篇好的散文就如同一首好的诗歌一样，不可被轻易改动。"

《萨朗波》是福楼拜创作的历史考古小说，为了能将这部作品变得完美，他走遍了小说情节当中的每个地点，还为此阅读了上千册相关书籍。正是因为这些积累，《萨朗波》的每个场景都能让读者有身临其境的感觉，并且与情节融合得恰到好处，就如同事情发生之时福楼拜在旁边亲眼所见一样。福楼拜认为，历史考古小说应该是较为客观的，应该是不带主观情绪和无谓热情的。只有保持头脑冷静，从客观角度去看待每个人、每件事情，才能真正地将历史考古小说写好。

　　历史考古小说并不是福楼拜的特长，他的现代生活小说才是巅峰作品，特别是《包法利夫人》，是他一生创作的最高成就。《包法利夫人》的写作手法和题材影响了整个法国，甚至是全世界，影响了小说这一文学体裁在此后一个世纪里的发展变化。如果说《堂吉诃德》的出现摧毁了骑士文学的地盘，那么《包法利夫人》的出现同样是对浪漫文学的巨大打击。

　　福楼拜从选择角色名字的时候就已经算是向浪漫主义文学开火了，女主角的名字是爱玛·包法利，爱玛是浪漫主义文学很喜爱的名字，但包法利的拼写是Bovary，其词根Bov是"牛"的意思。牛给人的印象无论如何也与浪漫扯不上关系，当爱玛这个名字与包法利这个形式结合起来的时候，浪漫也就不存在了。

　　爱玛·包法利是一个喜欢浪漫文学的女孩，家境富裕，嫁给了一名乡村医生包法利。她的丈夫并不具备什么浪漫细胞，只能说是个平庸迟钝的人。这让包法利夫人十分不满，饱读浪漫文学的她自然想要一个小说主人公一样的丈夫。所以，她先后成了地主罗多尔夫和书记官莱昂的情人。为了维持浪漫、让莱昂开心，她挥金如土，很快就花光了积蓄，开始借高利贷。在她连高利贷都借不到的时候，就被莱昂抛弃了。情人的离去和高利贷的逼迫，让她走上了服毒自杀的道路。

故事十分简单，并没有什么曲折离奇的情节，主要是为了将法国外省的生活和社会状况展现在读者眼前。包法利夫人身上发生的悲剧在法国外省的众多村庄中十分常见，造成这一切的并不是饱读浪漫文学、追求浪漫故事的包法利夫人，而是整个社会。那些受到贵族教育的纨绔子弟，那些唯利是图的小市民，都是逼迫包法利夫人走上绝路的罪魁祸首。

《包法利夫人》是一部情节基本虚构的作品，但就是这样一部作品，福楼拜在创作的时候也没有丝毫放松。写作之前，他就考察了几个村庄，以便能够完美地描述出村庄的样子。如果他要写一只鹦鹉，那么在他写作的时候面前一定会摆上一个鹦鹉的标本。除了追求内容上事无巨细的完美外，这部作品在结构、意境、情节和遣词造句上也都下了苦功夫，每句话、每件事情都是作者反复推敲过的。正是秉承着这种精神，《包法利夫人》才能成为他一生当中最完美的作品，四年的努力没有白费。

法国作家左拉是个以科学严谨性来要求文学创作的人，但不管左拉多么苛刻，也无法否认《包法利夫人》的严谨："《包法利夫人》准确地复制了生活，这是自然主义小说的首要特征，并不需要因为是小说而在其中掺杂大量的故事成分。作品的结构只需要选择合适的场景，按照正常、真实、自然、和谐的情况展开程序就够了……如果小说家的作品始终按照普通生活而发展进行，那么最后杀死主人公的就是小说家。"

"一千个人眼中有一千个哈姆雷特"，不同的人看福楼拜的作品也会有不同的收获。有些人在阅读《包法利夫人》的时候对其中的心理学要素和哲学思想进行了研究，发明出了"包法利主义"这样一个名词，意思是人所拥有的将自己设定成另外一个样子的能力；还有些人着重从艺术层面对福楼拜的作品进行了分析，认为福楼拜的作品在表现手法上是无愧的艺术品，这些作品的存在就是为了挑战世人，看看人们能否从这一角度来评价一部作品。

福楼拜在文学史上的地位是很崇高的，法国"新小说"派的作家和理论家们认为福楼拜就是他们的先驱，其叙述手法非常高超，但内容却好像什么都没说，这就是典型的现代派小说。可见，福楼拜的作品有着多么惊人的魅力和研究价值。

《茶花女》背后的英雄——小仲马

　　人们看见小仲马这个名字的时候，不可避免地会将其与法国浪漫主义文学家大仲马联系起来。的确，小仲马与大仲马之间有着非常亲密的关系，小仲马就是大仲马的私生子。因其私生子身份，小仲马从小就过着时常被人羞辱的生活，对于一个成年人来说，这种生活都是不堪承受的，更何况是对一个孩子。这种强烈的刺激和沉重的打击令小仲马终生难忘，直到晚年他还曾提起儿时被人羞辱的经历。

　　虽然小仲马小时候过着贫困、经常被人羞辱的生活，但是性格十分纯朴。但是，当小仲马回到父亲大仲马身边，见识了大仲马灯红酒绿的奢靡生活后，他的个性就被改变了。他也开始学着父亲过上了奢侈享乐的生活，但由于童年时期的经历，他内心深处的善良始终没有改变过。从某种意义上来说，小仲马远比父亲大仲马更有文学天赋，他在二十岁就开始了独立写作，发表过数篇小说和诗歌。不过这些并不能让他被世人牢记，也不能让他在群星璀璨的文坛上有一席之地。真正让小仲马闻名遐迩的是他流传最广的名著——《茶花女》。

　　小仲马萌生创作《茶花女》的念头，是因为他在生活当中找到了原型，当时小仲马认识了巴黎名妓阿尔丰西娜·普莱西。他与这个巴黎名妓度过了一段说不上甜蜜也说不上苦涩的生活，这段五味杂陈的爱情让小仲马印象深刻。阿尔丰西娜·普莱西去世之后，小仲马故地重游，去了与阿尔丰西娜一起走过的地方。过去的美好回忆激发了他的创作欲，于是他将自己完全封闭起来，开始埋头创作。短短一个月，脍炙人口的《茶花女》就完成了。《茶花女》出版以后，马上就受到了法国读者的认可，小仲马也因此声名鹊起。

小仲马认为，《茶花女》的故事更适合改编成话剧剧本，但是他已经在法国文坛享有较高地位的父亲大仲马却不看好将《茶花女》改编成话剧。大仲马觉得这种题材并不适合搬上舞台，没有观众会喜欢。小仲马也是个性情坚韧的人，并没有因为父亲的几句话就改变自己的想法，他将全部身心都扑在了改编剧本的工作上，努力将剧本变得尽善尽美。《茶花女》的剧本完成以后，大仲马改变了自己的看法，对儿子的工作成果赞不绝口。可惜，当时的法国书报检查部门却没有同意让《茶花女》的话剧登上舞台，他们认为《茶花女》的剧情是不道德的，是伤风败俗的。小仲马与法国书报检查部门持续斗争了三年，最终才得以让《茶花女》登上巴黎杂耍剧院的舞台。

除了话剧《茶花女》，被搬上舞台的还有歌剧《茶花女》，不过歌剧《茶花女》并不是小仲马本人创作的。小说《茶花女》刚刚问世在巴黎流行的时候，意大利知名音乐家威尔第正在巴黎造访。他阅读了《茶花女》以后，马上就有了灵感。话剧《茶花女》上映以后，威尔第马上邀请他的朋友皮阿威来为歌剧的《茶花女》做演出脚本。威尔第和皮阿威共同合作，最终在威尼斯的菲尼克斯剧场举行了首次公演。

尽管《茶花女》有小说、话剧和歌剧三种不同的载体，但其故事内容和中心都没有太大的改动。小说男主角阿尔芒和女主角玛格丽特之间的爱情悲剧有着巨大的社会意义，玛格丽特的悲惨遭遇并不是一个孤立的现象，在当时的社会环境下，玛格丽特的悲剧在无数女人身上上演着。小仲马的母亲同样是惨死在社会的不公平之下的，所以小仲马内心深处一直对道德、理想、公正这些美好的东西有着深刻的渴望。

　　小仲马将完善道德当成了自己在文学创作过程中需要遵守的规范，但他却不知道自己想要完善的道德究竟是什么。他没办法将这些想法具象化地描述出来，只能通过文学作品来传递给读者。玛格丽特的遭遇是对封建社会的控诉，封建社会压抑人性，摧残爱情，所主张的道德观念是为贵族服务的，是建立在压迫普通人的基础之上的，也是虚伪的。玛格丽特这样聪明善良的普通人，即便沦为妓女仍然不改本性，是个真正高洁的人。她追逐爱情的样子充满魅力，深深地打动了每一位读者。

自然主义文学流派奠基者——左拉

爱弥儿·左拉生于1840年，父亲是一位工程师，家境十分贫困。中学毕业以后，左拉没有考入大学，于是只好为自己找了一份工作。想要找到一份工作也不是那么容易，左拉好不容易才通过朋友在海关找到了一份工作，薪水非常微薄。左拉在海关的工作经历很不愉快，他认为自己的同事是非常愚蠢的，仅仅两个月他就辞掉了工作。早在中学的时候左拉就已经开始写作了，在海关工作的时候他也运用一切闲暇时间来进行写作。辞掉海关的工作以后，他就想要找到一份与出版、图书更接近的工作。于是，左拉成了一家出版社的打包工人。后来，因为工作出色，为人勤奋，左拉很快就成了广告部的主任。在这一时期里，左拉接触到了很多作家。

左拉在专职写作之前的经历为他的写作提供了很多帮助，不光是早年的贫困生活让他看清了之前对社会不了解的一面，后面因为工作关系接触到了许多作家，更是让他受益匪浅。

左拉将泰纳的决定论和贝尔纳的遗传学说融合进了他的写作之中，最终形成了一种名为自然主义的文艺理论。在自然主义的支持下，左拉认为小说应该反映更多的东西，仅仅是人们能够察觉到的、能看见的、能听见的，还远远不够，小说当中的事物应该符合自然理论和科学定理。

左拉不仅倡导在写作时应该遵循自然主义，还认为小说应该具有批判意义。因此，人们也将左拉看作19世纪70年代法国批判现实主义的继承者。伟大的巴尔扎克将一个时代当中形形色色的人通过《人间喜剧》展现在了我们的面前，其涵盖范围是非常广阔的；而左拉则是在纵向进行挖掘，一个家族内从上至下，从血统到家风，还有各类逸闻趣事，描写得非常详尽。这就是遗传学对左拉造成的影响，他在写作时，会从种族、环境、遗传等方面来阐述问题，来剖析人类社会的变化。

之所以拿巴尔扎克与左拉比较，是因为巴尔扎克是左拉最崇拜的作家。左拉甚至声称自己有两位父亲，而巴尔扎克正是他精神上的父亲。他想要单纯地模仿巴尔扎克，而且想要脚踏实地从现实出发，寻找适合自己的艺术风格，寻找一条属于自己的文艺创作道路。

左拉最伟大的作品要数《卢贡·马卡尔家族》了，这是一部长篇系列小说，共有20卷，成书时间长达20年。而其中最能代表左拉写作巅峰水平的，就是第13卷《萌芽》。《萌芽》讲述的是法国煤矿工人罢工斗争的故事，这部作品在文学这个传统领域中增加了全新的题材，那就是资本家与劳动者的斗争。

书中主要讲述了蒙苏煤矿公司出现了危机，大量的工人遭到裁员，失去了工作。铁路工厂工人艾蒂安在失业以后顶替了一位死掉的推煤车女工的位子。随着煤矿公司的危机越来越重，公司方面开始想尽办法剥削工人，减少工人的工资。忍无可忍的艾蒂安组织煤矿工人进行罢工，而公司方面则希望等到工人山穷水尽、无米下锅的时候自然会复工。公司的办法没有成功，于是找来了军警用暴力对罢工的工人进行镇压，由此导致大量工人死亡。最后还使用阴谋诡计，在工人之间制造矛盾，最终工人罢工失败了。罢工失败，一切努力付诸东流，为了填饱肚子，艾蒂安和工人们只能回到罢工之前勉强维持生活的状态。而艾蒂安表现出的领导能力让他在工人当中有着很高的威信，他成了工人的领袖。苏瓦林是一个无政府主义者，他想要夺取艾蒂安的领袖位置，于是制造了一起事故，试图将艾蒂安害死在矿井之中。幸好艾蒂安福大命大，没有死在矿井之中。但躲过这一劫难的艾蒂安却心如死灰，他离开了煤矿公司，前往巴黎参加革命。

《萌芽》讲述的不是那些贵族的族谱，而是社会众多底层劳动者的生活。他们一贫如洗，工作辛苦，即便是进行反抗和斗争也很难成功。特别是矿工，他们在工作的时候不能站着，只能采取趴卧的姿势。矿井之内又闷又热，有时候连呼吸都很艰难。矿井当中危险重重，随时都有坍塌的风险，可见煤矿工人的生活是多么艰辛。

左拉客观地描述了煤矿工人的生活，但他笔下的工人形象却十分刻板，这些工人没有文化，也缺少思考能力。他们做事粗鲁野蛮，思想愚昧，靠本能驱动自己。即便是进行斗争，参加罢工，也不过是通过本能的驱使盲目行动而已。艾蒂安有自主思考能力，但却自视甚高，他觉得自己就是工人当中的救世主，但是他的思想也并不清晰，并不能对罢工这种大型活动给出明确的指导方案。罢工失败以后，他就悲观地认为抗争这条路是走不通的。他想要建立一个工会，渴望通过合法的方式来为工人争取权益。可见，艾蒂安的本性当中有相当一部分的软弱。

既然左拉将遗传学融入了写作当中，那么在描述群体的时候不加入一个家庭是不可能的。《萌芽》用了相当多的笔墨去描写矿工马赫祖孙三代人的生活。马赫的父亲从小就是矿工，可以说人生中的一大半时间都是在矿井当中度过的。年老力衰之时，他仍然要拼命工作来维持生活。最终因为积劳成疾，变成了一个废人。马赫品行正直，在矿工当中享有很高的威望，还被推举为矿工当中的代表。艾蒂安组织的罢工让他明白自己想要打破不公平的现状，就必须抗争。所以，他成了国际工人联合会的一员，在面对军警的镇压时，他毫无畏惧地冲在第一线，最终死在了军警的枪下。

马赫的妻子让兰是一名推车女工，繁重的劳动早早让她的面容衰老，但是她的意志却是非常坚强的。特别是在矿工罢工的启发下，她开始重燃对生活的希望。罢工发生时，她就走在队伍的前列，哪怕公司方面断绝了他们的食品供应，仍然没有选择屈服，她是一位坚强的斗士。马赫的女儿卡特琳是个天真可爱的女孩，她的行为有些鲁莽，有些时候看起来像个男孩，但这都是其热情大方的外在表现。她被艾蒂安的领袖气质迷住了，一心想要成为艾蒂安的伴侣。可惜，她的愿望最终在矿井之下才实现，而度过了新婚之夜后，她就永远地将生命留在了矿井之中。马赫一家三代是典型的矿工家庭，他们身上的悲剧令人唏嘘，也让人们明白了在社会底层挣扎着的人们究竟过着怎样的生活。哪里有压迫，哪里就有反抗，而工人们最终的反抗和觉醒也是一种必然的结果。

短篇小说之王——莫泊桑

长篇小说能够让读者对人物形象有更加深刻的认识和更深入的沉浸感，更能让读者身临其境地感受书中人物的感受。短篇小说也有短篇小说的优势，紧凑的结构和故事更加扣人心弦，让人欲罢不能。说到短篇小说，那就不得不提起被誉为"短篇小说之王"的莫泊桑。

莫泊桑出身于贵族家庭，但是到他父母那一代的时候家族早就没落了。他的母亲和父亲都受过良好的教育，特别是他母亲酷爱文学艺术，在文学评论上有着非常独到的见解，这就注定了莫泊桑从小就对文学有着常人难以企及的熟悉感和亲近感。在莫泊桑幼年时，母亲就开始培养莫泊桑的写作能力。母亲对他的指导一直到莫泊桑功成名就时仍未停止，母亲一直是莫泊桑最好的文学顾问、评论家和助手。

莫泊桑走上文学之路也不全是家庭熏陶，他的中学教师路易·布耶同样功不可没。布耶是一位诗人，爱好文学，也有良好的文学功底。他对莫泊桑的文学创作进行了大量的指导，有不少文学体裁的创作方式都是布耶教给莫泊桑的。继布耶之后成为莫泊桑教师的是大文学家福楼拜，他们二人关系非常亲密，看似师徒，却有着父子一样的感情。福楼拜毫无保留地将自己的写作技巧传授给了莫泊桑。正因为有了福楼拜的指导，莫泊桑的写作水平才能够突飞猛进。

　　让莫泊桑在法国文坛一鸣惊人的是《羊脂球》，这是莫泊桑最经典也最广为人知的作品。在《羊脂球》中，莫泊桑塑造了一位绰号为"羊脂球"的妓女形象。故事发生在普法战争时期的里昂，里昂城中的居民为了逃难纷纷出城，一辆出城的马车上有十位乘客，其中就有这位"羊脂球"。羊脂球的妓女身份让其他的乘客十分鄙夷，这些平时高高在上的贵族看不起羊脂球，指桑骂槐地侮辱她。但当他们得知有钱也买不到食物，而羊脂球将自己准备的食物分给他们的时候，这些人又变了脸色，开始称赞起羊脂球来。

　　马车很快来到了普军占领的地区，通过关卡的时候被普军阻拦，车上的贵族乘客们想要通过出卖羊脂球满足普军军官的欲望来换取通关的机会，于是花样百出地劝说羊脂球。最终，羊脂球为了车上的乘客，还是牺牲了自己的尊严，换来了大家逃生的机会。而当羊脂球回到马车上，马车顺利通过关卡以后，所有人又如同不认识羊脂球一样，完全忘记了羊脂球对他们的帮助。就在他们买到了食物开始大快朵颐之时，羊脂球在饥饿当中小声呜咽了起来。

　　通过车上其他乘客的反复无常、忘恩负义，不难总结出资产阶级贵族是虚伪且无耻的。而像羊脂球这样的社会底层人民，虽然无权无势，但却心地善良，富有牺牲精神。故事情节一波三折，结构紧凑，是难得的佳作。

　　如同《羊脂球》一样讽刺当时社会现象的小说，莫泊桑还创作了很多，如：《我的叔叔于勒》描写了资产阶级金钱社会的世态炎凉；《项链》讽刺了贪慕虚荣的小市民，以及在他们身上发生的悲剧；《遗产》揭露了官员们唯利是图、利欲熏心的丑恶嘴脸。莫泊桑的短篇小说有一个特点，那就是擅长以小见大，通过生活当中常见的事情揭示一些较大的意义。在描写上，莫泊桑很少将浓重的笔墨集中在一处，但通过简练的文字仍然能够创造出让人印象清晰的生活画面。

人们都知道莫泊桑是"短篇小说之王"，其实他在长篇小说上也有很深的功力，只不过他的短篇小说实在太过耀眼，导致人们忽略了他长篇小说的光芒。他师从福楼拜，所以他的长篇小说充满了现实主义风格。但是，他又在现实主义的基础上融入了自己独特的心理描写技巧，让他的长篇小说焕发出全新的光彩。

莫泊桑长篇作品中的代表是《漂亮朋友》，这是他功成名就以后经常出入上流社会聚会，将上流社会的生活和故事通过小说反映出来的作品。此时仅仅描述平常的生活已经满足不了他了，于是他将眼光放到了更远的地方。《漂亮朋友》讲述了野心家乔治·杜洛瓦的发家史。

杜洛瓦是个邪恶、狡猾、充满野心的人。他曾经在法国殖民北非的军队里服役过，练就了坚如铁石的心肠。回到法国以后，他加入了瓦尔特帮，利用自己反应快、文笔好的特点，帮助瓦尔特帮操纵媒体，左右政府，利用政治和投机大赚黑心钱。最后，他通过自己的奸诈狡猾逼迫瓦尔特将女儿苏珊嫁给了他，功成名就。

在《漂亮朋友》里，莫泊桑向人们展示了媒体界的黑幕，媒体究竟如何影响政治，操纵时局，金融家们如何通过这种方式获利；又告诉人们，在人们不知道、不了解的地方，有无数这样的野心家。他们外表光鲜亮丽、风度翩翩，是女性眼中的"漂亮朋友"。这些狡猾的人会利用身边的一切来向上爬，来获得名利，包括裙带关系。莫泊桑在《漂亮朋友》中犀利地讽刺了当时的社会，并且告诉人们，那些打着爱国旗号的殖民政策不过是个骗局，不过是资本家利用殖民扩张获得更多利益的算计之举。

法国的托尔斯泰——罗曼·罗兰

自从诺贝尔文学奖出现以后,每位诺贝尔文学奖的得主在人们心目中都成了当时最优秀的文学家之一。罗曼·罗兰是1915年的诺贝尔奖得主,直到今天他仍然是众多诺贝尔奖得主中相当特别的一位。

罗曼·罗兰1866年出生在法国一个名叫克拉姆西的小镇上,母亲酷爱音乐,所以罗曼·罗兰从小就受到了良好的艺术熏陶。罗曼·罗兰最开始是通过创作剧本来打开自己的写作之路的,他以历史上的英雄故事为题材创作了七个剧本,试图将这些英雄故事与革命联系起来,打破当时日渐腐朽的戏剧艺术。

到了20世纪初,他决定要让英雄的精神感染人们,要为那些拥有强大精神力量的英雄树立不朽的丰碑。于是,他接连创作了《贝多芬传》《米开朗琪罗传》《托尔斯泰传》等伟大的作品。罗曼·罗兰擅长在创作中描述英雄伟人们所承受的痛苦,痛苦是真实的,如果人们没有强大的内心来打破浪漫营造的幻想,那就只能通过真实的痛苦来打破。罗曼·罗兰将这一思想贯穿了他的其他作品,长篇小说《约翰·克里斯朵夫》就是这样一部作品。在"一战"结束,"二战"尚未开始的时候,罗曼·罗兰又创作了他另一部代表作——《欣悦的灵魂》(又译《线与子》)。可见,除了为英雄树立丰碑之外,罗曼·罗兰还擅长创造那些追求正义、追求光明、为解放全人类不懈奋斗的英雄形象。

后人将《贝多芬传》《米开朗琪罗传》和《托尔斯泰传》称为"巨人三传"，这三位伟人都曾为追求艺术而承受巨大的痛苦，都曾与黑暗的现实和腐朽的社会进行过坚决的斗争。罗曼·罗兰从这些英雄的事迹中汲取了力量，在自己的著作中宣扬个人主义和人道主义精神。

《约翰·克里斯朵夫》是罗曼·罗兰最重要的作品之一，早年饱受音乐熏陶的他塑造了一位音乐家英雄的形象。主人公约翰·克里斯朵夫·克拉夫特出身于音乐世家，从小就由父亲传授音乐知识，由祖父为他讲述英雄故事，塑造强大的精神。但他的舅舅却是个随遇而安的人，告诉他做人只要真诚谦虚就好了。互相矛盾的思想观念在他的世界里不断发生冲突，始终没有分出胜负。

一次，父亲带他进宫为皇室演奏，他展现了自己的才华，受到了皇室的赏识。即便如此，他仍然不喜欢封建贵族，因为他们霸道、专横、堕落、腐化。因为对封建贵族的鄙视和攻击，他被迫逃往他内心当中更加自由的巴黎，结果巴黎和他想象中大不相同。巴黎的文化政治风气和他的家乡没有任何区别，贵族阶级同样虚伪，上流社会同样过着声色犬马、灯红酒绿的奢靡生活。他对这些贵族自然是看不过眼的，在多次对贵族阶级、上流社会表现出厌恶以后，他开始被上流社会攻击。

在巴黎，他是孤独的。没有人理解他，更没有人支持他。幸好，他认识了真诚的法国人奥利维。奥利维同样对法国的上流社会充满鄙夷，同样讨厌贵族的虚伪，同样独自进行着反抗。

克里斯朵夫知道，上流社会的人跟他不是一路人，于是他试图在下层人民当中寻找志同道合的人。在他与一些下层人民接触以后，又觉得这些下层人民是愚昧无知的,他们没有信仰,缺少理想,生活的唯一目标就是获得更多的物质利益。他憎恶上流社会,但同样鄙视下层人民,认为自己才是真正高人一等的,艺术才是最崇高的,只有艺术才能改造社会,只有艺术才能促进各民族之间的团结与和谐。

在进行反抗游行的时候,克里斯朵夫的挚友奥利维死在了警察的刺刀之下,这让他万念俱灰。这时候,舅舅在他小时候灌输给他的安贫乐道的思想占据了上风,他遂前往意大利隐居了起来。在余下的人生里,他不断地逃避现实当中发生的事情,一心扑在了宗教上。他的音乐天赋全部用来创作宗教音乐,以求在精神上的自我救赎。最终,他在回忆当中咽下了最后一口气。

罗曼·罗兰试图将克里斯朵夫塑造成一个意志坚韧、拥有智慧和力量、眼光超越世俗社会、拥有远见的知识分子,是能够帮助资本主义社会解决危机的英雄。克里斯朵夫无疑是比其他人更有眼光的,他看见了资本主义社会之下蕴藏的危机,也为各民族之间不能和谐相处而忧心忡忡。他痛恨腐化堕落的社会,讨厌虚伪的上流社会。他热爱艺术,认为艺术是最能体现人类之爱的东西。他希望能将艺术当成一种工具来渡过资本主义社会出现的危机。他同情下层人民,同情劳动阶级,但却没有和他们站在一起。他始终进行着孤独的抗争,将那些他所同情的民众看成没有理想和信仰、碌碌无为的一群人。

他的矛盾心理从小就埋下了,他认为艺术应该是为人民服务的,又悲观地认为自己的想法不能够实现。最终,只能将艺术作为自己的全部、作为自己逃离现实社会的工具。克里斯朵夫的形象是当时典型的知识分子形象,他们看到了社会危机,同情下层人民,但却没有找到解决问题的方式。最终，他们的叛逆、迷惘都毁灭了。

　　罗曼·罗兰在创作《约翰·克里斯朵夫》的时候使用了大量的心理描写来凸显克里斯朵夫内心的矛盾和迷惘，通过人物对自然景观的感受来反映人物的内心状态和坚强意志。尽量多地描写人物内心感受，而不是浓墨重彩地叙述人物行动，用大量的笔墨来描绘大自然，用大自然的美好来对照黑暗的现实。这种写作方式让作者本人的哲学思想和政治理论相融合，更好地描绘出了欧洲当时的社会风貌。因此，这成了"一战"之后反映欧洲生活和思想文化最经典的作品之一。

与时间抗争的意识流先锋——普鲁斯特

提到《追忆似水年华》可谓无人不知,长篇小说中的这部杰作不仅文风优美,字句瑰丽,更是能够给人以全新的启示。这是很多作者穷尽一生,创作出十几部作品都难以企及的境界。马塞尔·普鲁斯特做到了,他不拘泥于传统的文学手法,不甘于传统的写作方式,开创了小说向内心进发的全新手法。

普鲁斯特之所以能够用全新的方式来写作,与他的生活经历息息相关,这是他表达自己内心破碎经历和复杂情感的唯一方式。普鲁斯特出身于贵族家庭,经常出入巴黎上流社会的社交场合。他相貌英俊,头脑聪明,在社交场合中很容易吸引别人的目光。这段时间,他的日子是安逸而快乐的。但好景不长,他患上了哮喘病,病重时一丝风、一缕新鲜空气都能让病情加重。因此,他过着自闭的生活。他的病房装修得优雅而华丽,但却常年封闭门窗。这种令人发疯的生活他过了十几年,而支撑他的正是其早年时期的那些美好经历。他在头脑中反复地回忆、品味、咀嚼这些往事,静静等待命运的终结。

这样枯燥乏味的生活让他想要将自己的生活用独特的方式变成一部文学作品,将现在与过去的回忆变成艺术。普鲁斯特说:"唯一真实的乐园就是人们已经失去的乐园。幸福的岁月是失去的岁月,人们期待着痛苦以便继续前行。"由于病痛,他失去了幸福的生活,过去的幸福生活是支持他的动力,而未来的幸福生活是他孜孜不倦的追求。这些复杂的元素促使他写出了《追忆似水年华》这样的意识流名著。有人认为,普鲁斯特的创作之路犹如一个活埋在坟墓里的人,在寂静的坟墓当中回想自己生前的情感与经历。

《追忆似水年华》是一部意识流作品,那么显然与现实主义作品的表现手法截然不同。现实主义小说,如巴尔扎克的《人间喜剧》,是能够让人们看清身处环境、所在社会的一面镜子。而《追忆似水年华》同样也是一面镜子,不过它反射出的并不是人本身,不是社会,不是外部的生活,而是人的心灵世界。普鲁斯特的写作内容与众不同,因为他有属于自己的、独到的观察方式。一切行动背后都有其原因和方式,普鲁斯特不在意行动本身,更在乎这些行动背后的东西。从某种意义上来说,普鲁斯特更像个哲学家,哥白尼证明了地球并不是宇宙的中心,而普鲁斯特在小说当中告诉读者,人的精神才是世界的中心。

任何作品都需要一个主题,即便是普鲁斯特的《追忆似水年华》也不例外。这部意识流小说的主题就是时间,以时间作为起点,又以时间作为终点。

时间不等人,任何事物在时间当中都不能停止运动,普鲁斯特被永不停歇的时间困扰着。他在与时间抗争,想要牢牢记住发生在他人生当中的每一件事情。当回忆的帷幕被拉开,奥黛特、斯万、布洛克、圣卢……许许多多的人,不同的年龄、不同的情感、不同的样貌,纷纷通过文字展现在人们眼前。过去的我是什么样子,而之后的我又是什么样子,这是难以想象的。我们可以无数次地回到某个地方,却一次都不能回到某个时间。而我们记忆中的那些美好,不是在什么地方,而是在时间里。故地重游,回来的那个人已经不是当初那个少年了。在那段美好的时间里，不断回溯的只有我们的影子。每个清晨我们从睡梦中醒来，重新拥有了自己，这就代表着我们不曾失去。

在人生最后的几年里，普鲁斯特总是能够听到自己身上有小铃铛的清脆响声，这种响声十分吵闹，不肯停止。在他童年时期，每次铃声响起的时候，就是斯万前来拜访的时候。时间看似已经流逝，已经离我们远去了，但实际上时间已经与我们融为一体，不可分割。这种感受正是普鲁斯特创作冲动的来源。那些时间看似已经失去了，但其实还在那里，并且时刻准备着重生。生活在幻觉之中，为幻觉而生活，这并不重要。最重要的是，要从记忆当中寻找那些失去的快乐。

小玛德莱娜甜饼的故事很好地说明了这个道理，海贝形饼干的味道被确认了以后，整个贡布雷，包含了过去的情感，包含着时间的景色，一切的一切就都重新浮现在一杯椴花茶中。过去的记忆与现在的感受都来了，时间不是不可战胜的，原本在过去的时间，重新来到了现在了。艺术家征服了时间，征服了永恒。

普鲁斯特失去了幸福，所以他一直在寻找幸福。然而，现实中的一切并没有给他幸福。不管是家庭还是爱情，又或者是生活，都与他想象当中的幸福无关。他最终找到幸福的地方，是艺术。艺术当中他能获得的幸福是绝对的，他记忆当中的那些失去的时间和曾经梦想过的幸福都通过艺术创作寻找了回来。

在小说当中，时间是一切的破坏者，而回忆则是一切的拯救者。在小说结尾的时候，毫无疑问，作者找到了属于自己的，梦想中的幸福。

第三辑

德国的文学群星

德国文学的奠基者——莱辛

莱辛被称为"德国文学的奠基者",可能这个称呼并不能令人直观地认识到他的伟大,但如果对德国文学界有了一定的了解以后,就会发现在莱辛的影响下,德国文坛在18世纪究竟散发出了怎样的光辉。

莱辛一生贫穷,他出生在贫穷的牧师家庭,从莱比锡大学毕业以后就成了一名报社编辑,收入不高。后来他一边写作,一边从事着各种各样的工作,像是将军的秘书、图书管理员等。他在大学时期就接触了戏剧,终其一生为戏剧研究做出了很大贡献。他的戏剧理论、戏剧创作都能给人很大的启发。

莱辛对《伊索寓言》推崇备至,自己也创作了不少寓言,整理成了《寓言三卷集》。他对寓言有着独到的看法,还发表了一篇《关于寓言的论文》。莱辛在寓言中批判了德国的社会现状,《好战的狼》是在影射好战的普鲁士专制政府;《水蛇》讲述了一条水蛇吞掉青蛙的故事,在故事当中讽刺了当时统治阶级的贪婪和残暴;《驴与狮》中的驴子和狮子认识了以后就看不起其他的驴子,将那些爱慕虚荣的小人展现在了读者眼前;《鸵鸟》刻画出了一个只会耍嘴皮子,实际上什么成绩都做不出来的人;《夜莺和云雀》讽刺了那些写作脱离现实、脱离群众、脱离社会的作家。从莱辛的寓言当中,我们不难得出一个结论,他对当时的社会现状极其不满,作品中充满批判精神和进步思想。

莱辛在美学上也是有卓越贡献的，他的《拉奥孔——论画和诗的界限》一书中从古代造型艺术和诗歌这两个不同的角度来分别讨论特洛伊祭司拉奥孔父子三人死于蛇的故事，详细解析了诗歌和绘画是如何用来反映现实的。诗歌和绘画自古以来在文艺界就是难以彻底分割开来的两种艺术，

▲ 莱辛画像

莱辛认为，绘画、雕刻等造型艺术最应该展现的是定格在那一瞬间的美感；诗歌不同，诗歌作为艺术载体能够反映更长时间的事情和更加连续性的运动。

莱辛一生中钻研最多的就是戏剧，他认为德国应该拥有属于自己的戏剧，有了自己的民族戏剧，就能促进德国各民族的统一。1767年，在德国汉堡出现了一家民族剧院，莱辛为剧院的每一次演出都写了评论，可惜这家剧院仅仅营业了一年。这些评论被莱辛整合了起来，以《汉堡剧评》为名出版了。

《汉堡剧评》对于当时的戏剧是很有指导意义的。莱辛认为，戏剧不能只让观众看得开心，还要有一定的教育意义，剧院应该成为让人们加深对社会道德理解的学校。德国缺少民族戏剧，剧作家们一直在法国古典主义悲剧背后追逐，德国普通市民身上发生的悲剧才更应该被搬上戏剧的舞台。

莱辛还着重批评了当时的历史剧，他认为这些历史剧混乱不堪，不像是戏剧，更像是闹剧。他认为，剧作家们应该向莎士比亚学习，

在戏剧中展现生活多姿多彩的一面。人物的刻画不能有模板，每个人物都应该是自然的，每个举动都应该具有内在可能性，剧中发生的故事更应该贴近现实。简而言之，逻辑性和真实性应该是历史剧中必不可少的元素。细节不是最重要的，在特定的环境当中展现特定人物的性格才是。

在总结了大量戏剧理论之后，莱辛也进行了实践，他的戏剧总是能够用最简单的语言一针见血地指出时代的关键性问题，其中的不少内容都是反封建、反教会的启蒙思想。在他众多的戏剧作品中，最知名的是喜剧《明娜·冯·巴尔赫姆》、悲剧《爱米丽雅·迦洛蒂》、诗体剧《智者纳旦》。

《明娜·冯·巴尔赫姆》讲述了普鲁士军官台尔赫姆与萨克森贵族小姐明娜·冯·巴尔赫姆的爱情故事，在经历了千难万险之后，有情人终成眷属。在戏剧当中，军官台尔赫姆并没有被战争、被敌国冲昏头脑，他遵守道德，保持理性，克服了所有的困难。莱辛塑造了这样一个完美的角色，正是为了传播他的思想，他想通过戏剧告诉人们，道德是非常重要的。作为一部喜剧，《明娜·冯·巴尔赫姆》剧情紧凑，语言幽默，是一部佳作。

就如同莱辛所说，作品应该讲述市民身上的悲剧，《爱米丽雅·迦洛蒂》就是一部这样的戏剧作品。在15世纪的意大利，一位亲王想要占有爱米丽雅，他身边的弄臣马里内利告诉亲王，雇用一批强盗，杀死爱米丽雅的未婚夫，然后再将爱米丽雅骗进王宫，就能达到占有爱米丽雅的目的。爱米丽雅的父亲为了保护女儿的纯洁，不让女儿受辱，不得不忍痛杀死了她。这部悲剧的人物刻画是非常独特、鲜明的。不管是奸诈狡猾的弄臣马里内利，还是纯洁、不谙世事的爱米丽雅，又或者是爱米丽雅的父亲奥多亚多。其中刻画最为深刻的就是奥多亚多，作为没落贵族，奥多亚多的思想是很进步的，他看清了当时统治者的昏庸无能、残酷暴虐，但是由于资产阶级思想的限制，他不敢进行彻底的斗争。当女儿被骗入王宫后，他只能杀死女儿以保证她的纯洁。

在这部作品当中，莱辛揭露了德国小资产阶级的特点，他们想要改变社会现状，痛恨道德败坏的封建统治者，但是他们软弱无能，缺少斗争精神，只能在道德层面上做一些无用的对抗。

《智者纳旦》主要想讨论的是宗教问题，特别是对不同信仰的偏见问题。故事的舞台在耶路撒冷，时间正值十字军东征时期。主角是一个信仰基督教的圣殿骑士，在一场战役中被信仰伊斯兰教的苏丹俘虏了。犹太商人纳旦家中发生火灾，骑士不顾自身安危，从大火中救出了纳旦的养女，两人相爱了。阻挡两人结合的唯一问题就是不同的信仰，因此两人一直不能成婚。

因为战争消耗了大量的钱财，国库开始捉襟见肘，苏丹于是向纳旦这位富裕的商人求助。在谈话的时候，苏丹询问纳旦，犹太教、基督教和伊斯兰教，究竟哪种宗教才是正统。纳旦引用了《十日谈》中一个关于戒指的故事。父亲给兄弟三人每人一枚戒指，其中只有一枚是真的。兄弟三人为了争谁的戒指才是真的，闹到了法官面前，法官告诉他们，只要自己努力，哪枚戒指都能展示出强大的力量。纳旦讲的这个故事让苏丹明白了，为了宗教正统的事情互相争斗是不应该的。

莱辛借《智者纳旦》告诉人们，这三种宗教没有一真二假这种区别，宗教之间不应该互相排挤，应该互相容忍，这也是他启蒙思想中非常重要的一部分。

世界文学的一面镜子——歌德

歌德是德国最著名的作家之一,有人认为,歌德的存在是世界文学史不可或缺的重要部分,而《浮士德》是谈论歌德时不可忽略的一部分。歌德在德国文学界中的地位就如同英国的莎士比亚、意大利的但丁一样。

歌德出身于富裕家庭,父亲斯帕尔·歌德是一位学富五车的博士,因此歌德从小就接受了良好的教育。歌德的父亲想要将他培养成一个上流人物,让他成为医生或者律师。歌德选择了律师,上学时读了法律专业。但是,他并不喜欢法律,而是更喜欢艺术,不管是诗歌、文学,还是绘画,他都非常感兴趣。

1774年,年仅二十五岁的歌德就凭借着《少年维特之烦恼》在德国文学界一炮而红,这部作品甚至在世界范围内都有很大的影响。

1794年,歌德与德国另一位伟大的文学家席勒认识了,他们两个虽然在年纪上有一定的差距,但很快就结成了亲密的朋友。他们互相帮助,也互相竞争,互相称赞对方,又总是希望自己的作品能够超越对方。正是由于这样的关系,导致两个人的文学水平都突飞猛进,两人不同的创作让德国的文学达到了历史上的巅峰。而歌德最有名的作品是《威廉·迈斯特的学习时代》《亲和力》和《浮士德》。

《浮士德》与歌德的名字几乎是绑在一起的,它不仅是一部不朽的作品,更是歌德一生中花费精力最多、投入心血最多的作品。这部作品的原型是德国古老的传说，一位名叫浮士德的厌倦知识的学者和魔鬼交易，出卖自己的灵魂以换取青春，得到所有尘世的体验。魔鬼愿意做浮士德的仆人，帮助他获得想要的东西。但是，浮士德只要感受到了满足，交易就结束了，浮士德的灵魂就会被魔鬼拿走。

这场交易让年过半百的浮士德变成了一个年轻人，并且在魔鬼的帮助下得到一位少女的爱情。沉醉在美好生活中的浮士德不知道，他身上发生的事情是魔鬼与上帝打的一个赌，魔鬼认为他可以引诱浮士德堕落。很快浮士德就从幸福的天堂坠入了深渊，他的恋人为了与浮士德幽会给母亲服下了安眠药，但由于剂量太多，导致母亲死去了。而少女的哥哥又不同意两人的恋情，被浮士德杀死。悲痛当中的少女溺死了两人的孩子，被判处了死刑，悲痛的浮士德只能离开这个伤心地。在这里，浮士德的故事告一段落。

在故事的第二部中，浮士德在魔鬼的带领下进入了神圣罗马帝国的皇宫，成了皇帝信任的大臣。他帮助这个腐败的国家缓解了危机，并且在皇帝的要求下将特洛伊战争中的两位中心人物帕里斯和海伦的幻影召唤了来。浮士德爱上了海伦，并且与海伦走到了一起，他们生下了一个名叫欧福良的孩子。不幸的是，欧福良夭折了，巨大的打击再一次让浮士德的美梦破灭了。

浮士德帮助皇帝平息了叛乱，得到了一片海边封地

▲ 歌德画像

作为赏赐。他开始努力地改造这一地区，在这片地区里建造属于自己的美好王国。在王国建设成功以后，浮士德终于感受到了满足，他说出了遗言："你真美呀，请停留一下。"接着就死去了。浮士德获得了满足，但由于他高尚的品德、不懈的努力和对理想的追求，从而具备了升上天堂的品质。魔鬼没有得到浮士德的灵魂，只能眼睁睁地看着天使们将浮士德带上天国。

浮士德的一生是追求真理的一生，他付出了许多的努力，直到达成追求的目标。浮士德与魔鬼之间的斗争，体现的就是人类的奋斗，只有不满足，只有不断地追求，才能让人类有更好的前途，拥有更好的命运。不管是感官上的享受，还是情感上的羁绊，都没能阻止浮士德的探索之路，都没能妨碍他实现自己的价值。浮士德走过一个又一个地方，踏上一段又一段旅程，他走出了迷茫，打破了牢笼，最终找到了属于自己的真正道路。他为后来人创造了更好的生活，最终找到了智慧尽头的答案，并获得了真正的满足。

在《浮士德》当中，浮士德象征的不是某一个人，不是某一群人，而是整个德国、整个世界上所有人类的代表。《浮士德》是人类奋斗的不朽赞歌，是对人类创造精神和进取精神的高度评价。

德国启蒙文学的代表人物之一——席勒

作为歌德的忘年交，席勒同样在德国文学界有着不可磨灭的贡献。席勒打破了传统思想对德国人的束缚，将各民族的人民团结了起来。

席勒在文学方面是有很高天赋的，还不到二十岁他就已经是文学杂志上小有名气的诗人了。而他真正得到德国文坛认可的是他于1781年出版的《强盗》，主人公卡尔被弟弟弗兰茨陷害，从家庭中被驱逐出来，成了一个强盗。成了强盗的哥哥卡尔豪爽、正直，一身侠气，而弟弟则是个卑鄙、阴险的恶人，两者形成了鲜明的冲突。席勒表示，卡尔这个角色是结合了莎士比亚写作风格和自己的心灵创作出来的。这部作品讽刺了当时政治的腐败和宗教的黑暗，恩格斯更是认为这部作品赞美了社会上敢于向封建社会宣战、豪放开朗的年轻人，是一部暴君看到一定要销毁的书。当《强盗》改编成戏剧在舞台上演出时，引起了当时即将结束的德国文学解放运动的新高潮。

《强盗》给了年轻人继续奋斗的力量，也让席勒成了统治者的眼中钉。当地的公爵禁止席勒继续创作戏剧，无奈之下席勒只好逃跑，在曼海姆附近的一家小旅店中，席勒用两个月的时间创作出了他另一部名作《阴谋与爱情》。

《阴谋与爱情》讲述了宰相儿子费迪南与乐师女儿露易丝之间的

爱情故事。费迪南的父亲不想让儿子娶个乐师的女儿,于是就和自己的秘书商量,如何破坏两人的爱情。两人商量的计策在实施时出现了问题,费迪南和露易丝双双中毒死亡,愤怒的宰相将这个结果归罪到秘书头上。秘书也不甘示弱,对宰相进行了反击,他揭发了宰相害死前任宰相的秘密,两人开始了凶残的争斗。

《阴谋与爱情》是席勒年轻时最成功的剧本,演出时和《强盗》一样万人空巷,这对当时处在人生低潮的席勒来说无疑是一针强心剂。这部作品就如同标题一样,展现了一段伴随着阴谋的爱情,观众可以从中看到德国统治阶级的丑恶嘴脸,他们的生活声色犬马,但他们的精神是干瘪空虚的,宫廷当中到处都是肮脏的交易和阴谋。

得到鼓舞的席勒来到了当时众多诗人会聚的魏玛,并且在一个科学报告会上认识了歌德,两人一见如故,成了忘年交。在席勒的影响下,歌德再次燃起了创作热情,而席勒也在歌德的帮助下不断提高自己的写作水平。

席勒在1799年完成了他的《华伦斯坦》三部曲,这是席勒跨越时间最长的作品,讲述了在三十年战争当中发生的故事。剧本秉承了历史剧以真实为核心的准则,表达了德国人民需要的不是丑恶的战争,而是一个和平统一的国家的主题。1803年,《威廉·退尔》完成了,这部作品是席勒创作的最后一部戏剧,讲述了拿破仑侵略战争时期的故事。在故事当中,席勒表现出了对德国的热爱、对自由的热爱。他将瑞士人民推翻奥地利统治的真实历史和瑞士伟大的民间英雄威廉·退尔放在了一起,让威廉·退尔成为一个反抗外族统治的民族英雄。《威廉·退尔》中的爱国主义精神唤醒了观众的爱国意识、民族意识和反抗意识,为无数人民的自我解放提供了思想基础。

▲ 席勒雕像

德国古典文学的最后一位代表——海涅

很多文学家都是伟大的思想家、政治家，德国文坛也有这样一位，他就是伟大的海涅。除了是伟大的诗人外，海涅还是一位伟大的民主斗士。

海涅出生在一个普通的犹太人家庭，小时候经常听拿破仑的故事，因此他不喜欢普鲁士，认为普鲁士是个好战、封建、专制的地方。19世纪40年代，德国不管是思想还是政治，都是动荡不安的，一场规模巨大的革命在孕育当中。海涅认识了马克思，两人结为好友。在这段时间里，海涅参加了大部分德国的民主主义运动，他站在无产阶级的一边，成了一名无产阶级斗士。就是在这段时间里，海涅创作出了他最知名、最有力量的作品《德国，一个冬天的童话》。这是一部抒情长诗，主要内容与政治相关，主要灵感来自海涅两次从法国回到德国旅途之中的所见所闻，马克思也为这部作品提供了很多灵感。

名字之中带有童话，那么写作风格自然也是梦幻的。全诗中有大量的传说故事、幻想内容和童话故事，而所有内容都将矛头对准了德国的封建统治，向人们宣告德国腐朽的封建统治必然是要灭亡的，将来只能存在于童话之中。

全诗共有二十七个篇章，在浪漫的幻想中融合了残酷的现实，最开始的部分讲述了海涅的个人经历，他在法国流亡了十二年，回到祖国的时候是多么兴奋和激动。但是从第二章开始就对德国封建统治展开了讽刺，天主教会、普鲁士政府、军队，海涅都没有放过。作品的中心思想很明确，在长诗的最后还有明确的总结："伪善的老一代正在消逝"，"新一代正在生长"。

在诗歌当中，海涅无情地讽刺了普鲁士军队的愚昧无知和普鲁士的书报检查制度，并且将封建统治者的精神支柱是教会这一事实赤裸裸地揭露了出来。而作为封建统治者精神支柱的宗教，就是禁锢人民思想的枷锁。普鲁士国徽上的鹰就是反动政府的象征，海涅希望能够通过法国资产阶级思想来唤醒人民，让人民斩断这只鹰的利爪，拔掉这只鹰的羽毛。

长诗当中红胡子大帝的传说狠狠地批评了当时德国社会不断倒退的社会风气和自由主义派别。德国的封建统治者经常用红胡子大帝的传说来美化封建统治，普鲁士王朝更是渴望通过战争来统一整个德国。软弱的资产阶级不能推翻普鲁士的统治，只能期待普鲁士君主能够统一德国。所以，红胡子大帝就是他们理想当中的皇帝。海涅在梦中与红胡子大帝进行了一次对话，对红胡子大帝所处的环境也进行了刻画，讽刺了资产阶级不切实际的幻想，更提出了复辟是一种倒退

▲ 海涅画像

反动的行为。

红胡子大帝的故事主要将矛头对准了普鲁士封建统治者，对资产阶级只进行了小范围的讽刺。而汉堡女神则干脆将矛头对准资产阶级，痛斥他们的软弱无能。汉堡是资本主义非常发达的城市，但是资产阶级并不具备破釜沉舟进行革命的勇气。"德国的资产阶级知道，德国只是个粪堆，而他们在粪堆里过得很舒服。他们本身就是粪，所以周围的粪让他们觉得又温暖又舒服。"女神汉莫尼亚认为德国的情况正在变好，人们吃得饱，穿得暖，书报检查也逐渐开放。而海涅却认为，玫瑰油和麝香不是拯救德国的良药，只有革命才是。

回到德国以后，海涅所听见的仍然是那些欺骗德国人民的靡靡之音，仍然是那些消极、浪漫、破坏德国人民革命意志的催眠曲。诗人唱起了更好、更新的歌，他告诉人民天国只能由自己在地上建立，而不存在于什么天上。整个欧洲都在发生革命，希望革命能赶快来德国。革命的思想不能只存在于思想之中，更要成为实际的行动，只有暴力才能推翻封建王朝的统治。

诗歌不仅有丰满的思想，还有优美的风格，做到了思想上和文字上都很上乘。现实与幻想互相交叉，在其中又能看到美好的未来，这让诗歌的风格独树一帜。

德语文学的世纪经纬——里尔克

里尔克是一位伟大的哲学诗人,虽然他不是德国人,但却使用德语。他不仅在文学方面有杰出的贡献,甚至可以说他和乔伊斯、艾略特、瓦雷里等人为人类思想开辟了一个全新的世界。

里尔克出生在一个铁路工人家庭,家境并不算好。在大学里,他选择了艺术、哲学和文学史作为自己的攻读科目。大学毕业以后,他在整个欧洲游历,接触到了许多艺术界、文学界的名家,包括托尔斯泰、罗丹,他还为罗丹当过一段时间秘书。在思想上,他受到了法国诗人波德莱尔的影响,对象征派十分推崇。

里尔克的早期作品很有地方风格、民族特色,有浓重的浪漫主义色彩。欧洲旅行极大地开阔了他的眼界,创作风格也从浪漫主义风格变成了象征派。他通过各种形式的象征来表达自己的思想感情,有不少作品是表达对资本主义的抨击,如《祈祷书》《新诗集》《新诗续集》。晚年时期,由于社会现状并没有变好,导致他的悲观情绪更加深重,从《杜伊诺哀歌》中就能感受出来,这一阶段他还创作了大量的十四行诗。

里尔克的一生都在旅行,对他来说远离喧嚣尘世的孤独感是他最为重要的体验。他出生在奥地利的布拉格,但却对布拉格没有归属感,在旅行的途中一直想要找到自己理想中的故乡。《马尔特·劳里茨·布里格记事》是他创作的日记体小说,这部小说是以自己为原型的，故事的结局主角背井离乡也是他自己做出过的选择。从某种意义上来说，他是非常矛盾的。既崇拜着孤独感，又在一直寻找着自己心目中的故乡，这种矛盾的情感渗透进了他作品的字里行间。

里尔克是个缺少安全感的人，生、死、存在，这三者如何达成平衡是他一生不断的追求，个人的苦痛不是他缺少安全感的主要原因。或许他笔下人物的一段话更能展现其想法："我们怎样才能生活，如果我们根本无法领会这种生活的要素？"

里尔克的诗歌是有极高艺术造诣的，他所使用的语言与传统诗歌大不相同。相比传统诗歌刻板的语言，他的写作方式要更加边缘化，更有新鲜感。他诗歌中的思想也足够奇特，能引发人们的思考。但是，晦涩难懂也成为人们理解其诗歌的最大阻碍。

他与世界上众多艺术家、哲学家、思想家都有一定程度上的接触，除了前面提到过的托尔斯泰、罗丹，还有罗曼·罗兰、维尔哈伦、海涅、荷尔德林、毕加索、列宾、塞尚、尼采、弗洛伊德……里尔克从他们身上获得了大量的知识，变成了自己成长的养分。正因为从不同艺术形式当中获得的启发，他才创作出了《图像集》《新诗集》《新续诗集》等作品，让自己的创作方式更加自然真实。

《杜伊诺哀歌》是里尔克一生当中最重要的作品，这部作品命运多舛，甚至几度遭遇不能完成的危机。1921年，里尔克终于有了一个稳定的写作环境，他快速地完成了这部作品。诗集当中的十首诗歌概括了里尔克一生当中不断追寻答案的问题，和他自己思考出的答案。这些问题包含了人和宇宙的关系、人存在的意义、宇宙中的奥秘，以及关于生死的见解。

《致奥尔甫斯的十四行诗》也是他晚年的杰作。在希腊神话当中，奥尔甫斯不断地在阴间寻找自己的妻子，始终没有找到。这是里尔克对自己一生的总结，他认为自己的一生也是在不断寻找当中度过的，但是这种寻找却没有得到一个确切的答案。本作品也是他人生当中的最后一部佳作，象征意义的表现手法配合存在哲学，虽然晦涩难懂，但其中的内涵却非常深奥。

里尔克晚年的两部作品看似毫无关系，其实精神上联系非常紧密，两部作品从不同的角度、不同的主题、不同的元素对自己的思想进行了全面的总结。《杜伊诺哀歌》中所出现的天使与宗教无关，而是象征着超越了人类的东西；《致奥尔甫斯的十四行诗》中生死之间不存在界限，经验和超验也就不再是对立关系。这两部作品就是作者探索人生、探索宇宙得到的答案，讲述了生、死、存在的真谛和关于宇宙的奥秘。

揭开战争的面纱——雷马克

毋庸置疑，写作是一件需要天赋的事情，当一个天才的天赋爆发出来，就会在极短的时间内震惊整个世界，比如雷马克。

雷马克出生在德国的奥斯纳布吕克市，还没上完学第一次世界大战就爆发了，他成了一名士兵。在战争当中，他表现英勇，多次负伤。德国战败以后，经济十分萧条，在这段时间里，雷马克为了生活，尝试过各种各样的工作。后来，他成了《大陆回声报》的一名记者，负责撰写广告和评论。很快，他就展现出了卓越的天赋，他的文章短小精悍，风趣幽默，深得人们的喜爱。

1927年，雷马克正式开始写作生涯。早在参军的时候他脑海中就已经有一些构思，于是在工作结束以后，他就开始创作自己的作品。短短六个星期的闲暇时间，经典的《西线无战事》就诞生了。但是，出于各种各样的原因，小说没有被马上出版。直到1929年年初，这部小说才正式面世。毫无意外，这部天才的杰作在世界范围内引起了轰动，后来还两次被搬上了电影银幕。

《西线无战事》是以保罗·博伊默尔的视角来讲述故事的，将第一次世界大战的激烈战况、给普通人带来的灾难清晰地展现在了世人面前，更是用主人公的经历阐述了战争的本质。

保罗·博伊默尔是一个普通的高中生，血气方刚的他受到民族主义的影响，弃笔从戎，参加了战争。战争前线究竟有多么恐怖，战争本身是多么残酷，当他们走上前线的时候才有了一点了解，而这一点点的了解就彻底摧毁了他们的理想和信念。作者用保罗的眼睛记录下来一起参军的同学是怎样一个个死去的，而小说的结尾，保罗也看见了一颗射向自己的子弹。

小说讲述的故事残酷而真实，对于战争的描述不像那些建立在空想之上的作品，只谈论爱国热情和英雄主义，不讲战争有多么可怕。当战争真正袭来的时候，带来的创伤并不是什么热情能够解决的。人类在战争面前无比地渺小，战场上的累累白骨告诉了人们所谓的民族主义豪情不过是美化战争的伪装。作者的写作风格真实而冷静，主角所在的连队每经过一场战役，活着的人数都急剧减少。在冷冰冰的数字背后是一条条鲜活的生命，这个数字在第一次世界大战中是850万。到了战场上，想要生存就必须杀死那些跟你同样渴望生存的人，这些生命就如同狂风中的微火一样渺小。

雷马克对于敌人也有自己不同的看法，主人公保罗·博伊默尔说过这样一段话："你们跟我们一样是穷人，你们的母亲和我们的母亲一样担惊受怕。我们都怕死，我们都会死去，有着同样的痛苦。"在面对被俘的敌人时，又有这样的想法："那些默默无言的背影成为我们的敌人只是因为一道命令，他们变成我们的朋友需要的也只是一道命令。"战争的本质是互相杀戮，而不是民族主义为其蒙上的一层面纱。

美国环球影视公司在1930年将《西线无战事》搬上了大银幕，原著反战的主题被完美地展现出来，对贸然发动战争的帝国主义进行了强烈谴责。这部电影让德国纳粹感受到了危机，于是被下令禁止上映。同时，纳粹党还在找雷马克的麻烦，认为雷马克的作品是反英雄主义的。为了自身安全，雷马克只能逃离德国。1933年，希特勒成为纳粹党元首，更是将雷马克的作品全面销毁，一同销毁的还有托马斯·曼等人的作品。

20世纪的德国曹雪芹——托马斯·曼

托马斯·曼出身于一个传统的资产阶级家庭,家境十分优渥,母亲拥有极好的艺术品位,这深深地影响了托马斯·曼。托马斯·曼从小就对文学感兴趣,成年以后更是决定将自己的一生都用在追求文学创作上。因此,他的一生中佳作不断,作品在全世界都有广泛的影响,他的《布登勃洛克一家》有"德国《红楼梦》"之称,他的《魔山》《绿蒂在魏玛》《大骗子菲利克斯·克鲁尔的自白》也都是上乘之作。

托马斯·曼也是一位天才式的作家,最为经典的作品《布登勃洛克一家》在他二十五岁时就已经完成了。这是一部54万字的长篇作品,讲述了他童年时期的美好经历,描绘旧资产阶级不断衰落的缩影。故事讲述了自由资产阶级布登勃洛克被垄断资产阶级哈根斯特勒姆家族不断打压和排挤,从兴盛走向衰落的过程。通过旧资产阶级的剥削方式和新资产阶级的掠夺兼并的对比,展现了德国19世纪后半段社会发展的基本样貌。

年轻时托马斯·曼的思想是非常极端的,他认为战争能够保证德意志民族的精神,是一种净化、一种解放。在第一次世界大战结束,真实经历过残酷的战争以后,托马斯·曼开始反省,开始寻找统一思想矛盾的方式。他将自己思考之后得出的答案都放在了1924年出版的《魔山》里。托马斯·曼自己也表示,《魔山》和《布登勃洛克一家》是重复的，只不过双方的生活层次不同。《布登勃洛克一家》讲述的是一个家族的盛衰，而《魔山》则是通过一个人的经历将德意志的文化发展史展现在了读者的眼前。

托马斯·曼始终将人道主义贯穿在作品当中，将传统的古典写作方式与新的艺术表现手法融为一体，开创了新的写作纪元。

当代德国文坛的祭司——君特·格拉斯

君特·格拉斯是德国另一位诺贝尔文学奖的获得者,人们对他作品的看法并不一致,但不可否认的是他的作品在全世界范围内都享有盛誉。

格拉斯参加过第二次世界大战,当时他还是个尚未长大的少年,在战争当中受过伤,战争结束以后,他被美国人俘虏了。他热爱文学,一直试图想要在文学的领域中获得一些成绩。最开始创作的是诗歌,可惜并没有取得什么成绩。后来,他开始创作小说,在小说领域取得了成功。

他的代表作是《铁皮鼓》,除此之外,还有《猫与鼠》《狗的岁月》《鲽鱼》《母老鼠》,其中一部分利用小说反映当时德国的一些社会问题,还有一些小说利用超现实的写作方式来表达自己的讽刺观点。

《铁皮鼓》于1959年出版,是格拉斯最知名的作品。虽然小说内容荒诞不经,但是主人公奥斯卡·马策拉特身上却有格拉斯自己的影子。奥斯卡·马策拉特出生在波兰,由于觉得成人的世界充满了邪恶和虚伪,不想长大,就故意受伤,让自己变成了一个侏儒。他身高不足一米,但智商却远远超过普通成年人。奥斯卡生活在德意志人聚居区,凭借高智商,敏锐地发现了他的母亲与他的表舅有染,他可能是自己表舅的儿子。很快,纳粹党的势力在德国日渐壮大,身边越来越多的人成了纳粹党的成员。

奥斯卡的父亲马策拉特是个盲从者,很少自己思考,只会跟着别人的脚步做事。当别人都穿上了纳粹的衣服、成为纳粹党的成员时,他也穿上了纳粹党的党服,参加纳粹党的集会,甚至混上了一个纳粹党小队长的职位。奥斯卡在纳粹党集会的时候,为集会敲鼓。1935年,纳粹德国颁布法令,犹太人将不受法律保护,众多犹太居民将期望寄托于天主教,希望能借助宗教的力量保护自己。1936年的复活节,奥斯卡在教堂看到了圣母像,而圣母怀里的婴儿耶稣跟自己的样子很像,于是他就将鼓挂到了耶稣的脱子上,希望发生耶稣打鼓的神迹。

奥斯卡的妈妈每周都要跟表舅幽会,而每次幽会以后都会受到良心的谴责,要去教堂忏悔。而忏悔以后又受到欲望的驱使,盼望着下一次幽会的到来。后来,奥斯卡的妈妈又怀上了他名义上父亲的孩子,她不想生下这个孩子,于是就吃大量的鱼,最后被毒死了。

当战争全面爆发,德国军队攻入波兰的时候,当地的纳粹党也开始暴动,奥斯卡的生父,也就是他的表舅,在暴动中死去了。而奥斯卡得以幸免的主要原因就是他假装自己是个被波兰人拐走的德国孩子,而拐走他的人就是自己的生父。父亲马策拉特安排邻居家的女儿玛丽亚照看奥斯卡,看着像个孩子的奥斯卡已经十六岁了,他与玛丽亚发生了关系,玛丽亚怀上了奥斯卡的孩子。而与玛丽亚发生关系的还有马策拉特,怀孕的玛丽亚嫁给了马策拉特,而玛丽亚肚子里的孩子就从奥斯卡的儿子变成了奥斯卡的弟弟。奥斯卡数次想要玛丽亚打掉这个孩子,都被玛丽亚拒绝了。最后这个孩子降生了,名字叫库尔特。

沮丧的奥斯卡又遇到了一个名叫莉娜·格雷夫的女人,两人一拍即合，建立了情人关系。除此之外，他还结识了几个朋友，这些人相继在战争中死去，只有一个名叫贝布拉的侏儒凭借高超的政治手腕成了纳粹党宣传部门的上尉团长。奥斯卡也成了一个前线剧团的负责人，开始四处劳军。他与剧团里的一个名叫罗斯维塔的女孩相爱了，两人度过了一段美好的时光，但在盟军登陆的时候罗斯维塔中弹身亡，这让奥斯卡陷入了深深的绝望。

奥斯卡回到家乡，自称是耶稣的继承人，组织一伙年轻人和青年纳粹党作对。他经常组织年轻人骚扰教堂，还因此被捕。幸好他假装自己是个小孩，才被警察放过。没多久，苏军就展开了反攻，而马策拉特为了掩盖自己纳粹党人的身份将帽子上的纳粹徽章扔掉了。奥斯卡看见马策拉特的行为，将徽章捡了回来，放回了马策拉特的手中。情急之下，马策拉特将徽章放在口中，试图吞下，不料却因为别针卡在了喉咙里，就这样死掉了。在马策拉特的葬礼上，库尔特向奥斯卡丢了一块石头，奥斯卡跌进了墓穴里。受伤之后的奥斯卡开始长高，但最后也没有长到成年人的高度，只是从不到一米的身高长到了一米二左右。

为了生活，玛丽亚和奥斯卡带着库尔特去找她的姐姐古斯特，玛丽亚和库尔特很快就找到了谋生方式，成了黑市商人。而奥斯卡先是寻找了一份刻墓碑的工作，后来又成了一个模特。成年的女模特乌拉充当圣母的样子，而奥斯卡就坐在乌拉的腿上充当圣婴。生活趋向稳定以后，奥斯卡再次向玛丽亚求婚，玛丽亚又拒绝了他，痛苦之下，奥斯卡开始将情感转移到只见过一面的护士道罗泰娅的身上。他组织了一个乐队，依靠音乐来宣泄情感，一家名叫"西方"的演出公司签下了他的乐队，并且试图将他变成招牌鼓手。公司老板是奥斯卡的熟人，就是那个很有政治头脑的贝布拉。

贝布拉死后，奥斯卡接收了他的遗产，变成了大富翁。从那以后，奥斯卡过着安逸、富有，但内心空虚的生活。一天，他在散步的时候捡到一根戴着戒指的无名指，他将这根无名指放在一个装满酒精的瓶子里，经常对着瓶子忏悔。这根指头的主人不是别人，正是他爱着的道罗泰娅，奥斯卡让想出风头的维特拉去警察局报案。奥斯卡被捕的时候，他自称是耶稣，说护理医院的白色栏杆、铺着白色床单的病床就是他的净土。

《铁皮鼓》的写作方式天马行空，不拘一格，内容当中有大量对德国、纳粹党、宗教以及当时政治环境的讽刺。他的作品内容赤裸，激烈，甚至有时候有种疯狂的感觉，也正因如此，其作品一度被人们认为伤风败俗。奥斯卡这个人物的塑造是《铁皮鼓》能够成功的原因，孩子一样的身体，成年人三倍的智商，结合起来就出现了奥斯卡这样一个充满魔幻色彩的人物。不管奥斯卡多么努力地想要从社会底层爬上来，他的理想始终斗不过现实。但他的经历和精神，却是非常独特、非常有魅力的。

第四辑

俄罗斯和苏联时期文学

现代俄国文学之父——普希金

亚历山大·谢尔盖耶维奇·普希金被称为俄国文学之祖,有"俄罗斯的太阳"之美称。这不仅因其出众的文学才华,更因其于作品中所传达的解放思想。

普希金出身于贵族家庭,他在青年时期接触到了资产阶级思想,这让他深受震撼,不断反思俄国传统农奴制度是否合理。从学校毕业以后,他经常写一些反对农奴制度、反对封建统治、歌颂自由等表达自己政治诉求的诗歌。也正因为这些诗歌,普希金被当时的俄国政府流放到了南部地区。

普希金一直与思想比较进步的十二月党人有来往,在他的诗歌当中也体现了十二月党人积极向上的精神。除此之外,他也经常将农奴们的悲惨生活、农奴制度下俄国农村的破败景象放在他的诗歌当中。在被流放以后,他也没有改变自己的志向,除了政治诗之外,他还写了不少浪漫的抒情诗,展现了自己积极向上的浪漫情怀和对未来的不安。

普希金的长诗《茨冈》就讲述了一个名叫阿乐哥的贵族青年由于触怒了政府,成为茨冈流浪者中的一员,并且娶了一个名叫真妃儿的茨冈女孩。后来,阿乐哥发现自己的妻子有情人,愤怒之下他将妻子及其情人全部杀死,结果遭到了茨冈人的唾弃。长诗可以分成两个部分,前半部分讲述了阿乐哥对于城市生活的不屑和愤怒,批

▲ 普希金雕像

判了城市居民的虚伪和拜金主义的盛行，渴望在茨冈人中找到他渴望的自由生活。后半部分讲述了阿乐哥的思想与茨冈人思想上的冲突，茨冈的生活虽然自由，但却与文明社会的道德观念不同。特别是在长诗的结尾，讲述了茨冈人的自由只是表面上的自由，并非真正意义上的无拘无束，更谈不上幸福。

普希金除了在诗歌方面有很高的造诣外，在小说上同样也有很高的水平，他在1832年出版了《别尔金小说集》，其中一篇《驿站长》讲述的是，一位小驿站的官员经常受到来往官员的欺凌，但却始终逆来顺受，最后连心爱的女儿都被人拐走了。《驿站长》的形象是值得同情的，在此之前，俄国文学中从未有过以描写小人物、同情小人物作为主要核心的作品。

普希金的作品中最为著名的小说应该是《叶甫盖尼·奥涅金》，从开始到成书，足足用了八年。这是一部诗体小说，主角奥涅金是一个上流社会的贵族青年，上流社会的生活让他觉得十分空虚。在失去了爱情和挚友之后，他开始在全国游历。再次回到彼得堡的时候，他发现自己过去拒绝过的外省地主的女儿达吉雅娜已经成了社交界的贵妇人，过去是他拒绝了达吉雅娜，而在他想要回头的时候，达吉雅娜却拒绝了他。

《叶甫盖尼·奥涅金》讲述了一个"多余的人"的故事，奥涅金从小受到良好的教育，思想相对开放，追求个人的思想自由与解放，也对许多新兴的科学技术有兴趣。他有属于自己的梦想，对死气沉沉的封建社会深恶痛绝。但是，他在贵族家庭中长大，既缺少反抗愚昧社会的勇气，又不能真正地与普通人民站在一起引导社会的变革。最终，他的梦想，他的一腔热情都只能毁灭。重新回到上流社会，过着灯红酒绿的生活，用空虚来填补空虚是他最终的宿命。

《叶甫盖尼·奥涅金》详细描绘了当时农奴制度下俄国农村的状况以及上流社会的生活，讽刺了社会上层的贵族和地主，是一部俄国批判现实主义文学的先锋作品。主角奥涅金这种"多余的人"在当时并不罕见，他对社会现状的确是有清晰认识的，但是远离人民注定一事无成。也正因为这样什么都干不成，才成了个"多余的人"。

普希金的另一部重要作品，甚至可以说是最重要的作品，是他的小说《上尉的女儿》。主角格里涅夫是一位贵族青年，他带着仆人去从军。在路上遭遇暴风雪，迷失了方向，只能在陌生人的带领下住在一家小旅店里。好心的格里涅夫见陌生人瑟瑟发抖，于是就将自己的皮袄送给了他。这个陌生人不是什么普通人，而是起义军领袖普加乔夫。进入军队以后，格里涅夫爱上了米罗诺夫上尉的女儿玛丽亚。普加乔夫的起义军很快就攻占了格里涅夫所在的奥伦堡，米罗诺夫上尉死在了战争中。

普加乔夫的起义很快就遭到了镇压，而格里涅夫也因为通敌的罪名入狱了。幸好，玛丽亚向当时的沙皇叶卡捷琳娜说明了事情的来龙去脉，格里涅夫才被释放。

格里涅夫是故事的主角，是引导故事发展的人，但实际上普希金用了大量笔墨去塑造起义军领袖普加乔夫。在普希金眼中，普加乔夫是一位自信乐观、和蔼可亲、热爱自由的农民领袖，是一位可歌可泣的英雄。农民起义值得赞美，而沙皇的残暴统治则应该被谴责。

普希金的作品带有强烈的时代感，不管是其中资产阶级启蒙思想的进步性，还是资产阶级身上不可避免的软弱性，都表现得非常清晰。他热爱自由，追求平等，反对沙皇的暴政，同情农奴。普希金的作品不仅有着进步意义，还有很高的文学性。其现实主义的写作风格和丰富多彩的创作语言都为后来的俄国作家指明了前进的方向。

俄国现实主义文学奠基者——果戈理

尼古拉·瓦西里耶维奇·果戈理是一位来自乌克兰的喜剧大师，父亲是一位戏剧爱好者，因此果戈理从小就对戏剧艺术很感兴趣。他在还是一个中学生的时候就已经开始尝试创作戏剧了，有时候还亲自上台表演。后来，果戈理被十二月党人和普希金的思想深深影响了，还阅读了大量法国启蒙作者的著作。

父亲去世以后，果戈理不得不去彼得堡谋生，他找到了一份政府职员的工作。在这个渺小的岗位上，他深刻体会到了生活的艰辛以及身为一个小职员的种种无奈。官场上的黑暗、社会上的世态炎凉，普通人民身上种种不幸的遭遇，都在果戈理心中留下了深刻的印象，也激发了他的创作欲望。

很快，果戈理就发表了一部名为《狄康卡近乡夜话》的短篇小说集，这成了他正式进入文坛的"敲门砖"。这部小说集是用一篇篇文字优美、文风现实，并且含有大量传说幻想的故事组成的，将乌克兰的美丽景色以文字的方式展现在读者面前，也歌颂了乌克兰人民的勇敢、热情，以及对自由的追求，对美好的向往。普希金对这部小说集评价很高，称它为"不平凡的现象"。小说集受到好评以后，果戈理趁热打铁，出版了《密尔格拉得》和《彼得堡故事》两部小说集。这两部小说与之前的主题截然相反，主要内容都是同情社会底层人民，讽刺社会上的丑恶现象的。

果戈理在小说上取得了一定成就，而在戏剧上同样有很多精彩的作品。他的戏剧大多是讽刺喜剧，1836年，他最著名的作品之一《钦差大臣》在彼得堡上演，轰动了整个城市。这部戏剧将俄国社会上种种黑暗现象揭示了出来，讽刺了专制政府存在的问题。这样的作品越是成功，就越是让反动统治者害怕，于是政府组织反动文人对果戈理进行了攻击。果戈理此时身体状况不佳，于是就选择出国治病。他一边养病，一边写作，最终完成了他最有名的作品《死魂灵》。

果戈理创作《钦差大臣》的灵感源于普希金，果戈理在拜访普希金并与之闲谈的时候，听他讲起了一个两年前发生的笑话。普希金当时正在喀山一带为《上尉的女儿》搜集小说素材，途经奥伦堡地区的一个县城时，透露了自己来自彼得堡。当地的官员听说普希金来自彼得堡，下意识地认为普希金是沙皇派来的钦差大臣。他们疯狂地巴结普希金，阿谀奉承的话说个不停，还有不少官员试图贿赂普

▲ 果戈理雕像

希金。这让普希金觉得非常有趣,看着他们丑态百出的样子,不停地解释自己不是什么钦差大臣。而这些官员认清真相后,就马上变了一副嘴脸。

普希金认为这是个难得的喜剧素材,果戈理也认为应该将这件事情写进剧本里面去,让所有人都知道官场上的这些人是怎样的嘴脸。

《钦差大臣》是由县长召开会议,告诉手下的官员钦差大臣要来了作为开始的。官员们习惯于欺上瞒下,平日里又作恶多端,生怕被钦差大臣处罚。一位来自彼得堡的小官员正巧路过,被当地的官员当成了钦差大臣,拼命地巴结,县长甚至愿意献上自己的女儿。这位小官员开始还不明白怎么回事,当他想通了以后,就认下了钦差大臣的这个身份,收受了大量贿赂,然后逃之夭夭了。县长明白过来之后,马上决定派人去抓这个小官员,结果还没来得及派人,真的钦差大臣却已经来了……

在《钦差大臣》中,俄国官僚阶级的丑恶面目完全展露了出来,县长将贪污当成了一种习惯,每天都想着如何敲诈勒索治下的百姓。法官行贿受贿,看钱判案。慈善医院的院长心狠手辣,阴险狡诈。教育局局长是个不学无术的酒鬼,邮政局局长喜欢窥探别人的隐私……俄国政府中每个官员丑恶的一面都被揭露了出来,所以沙皇才会格外地痛恨果戈理。

《死魂灵》这个名称来自俄国农奴,农奴被地主称为魂灵,可以自由买卖。俄国每十年都会进行一次人口普查,在调查之后,死掉的农奴会在名册上待十年,地主要继续缴税。六等官员乞乞科夫想要在人口调查尚未实施、很多死去的农奴仍在名册上的时候购买一些死去农奴的名额,用这些农奴去政府部门抵押来赚钱。在他买进了大批农奴以后，违法行为被揭穿，只能逃跑。

　　故事最重要的桥段在于展现不同的地主形象，玛尼洛夫是个精神的巨人、行动的矮子。他每天都抽着旱烟，幻想着在自己的庄园中增添一些美丽的建筑，幻想着自己是个博学多才的人。实际上他什么都不是，什么都干不成，是个地地道道的废人。泼留希金是个可怕的吝啬鬼，虽然他家财万贯，但仍不满足，见到什么东西都想拿回家来，变成自己的。即便是路上看见一片碗的碎片，也要捡起来。他走过的道路，比扫过还要干净。他平时穿的衣服，还不如街上的乞丐。在《死魂灵》中，俄国地主无能丑恶的一面被展示了出来，进一步讽刺了腐朽的农奴制度。

　　果戈理最擅长的就是讽刺喜剧，生活当中一切丑恶现象都是他的讽刺对象。尽管他的语言幽默辛辣，但不难看出果戈理是想要让俄国社会变好的，对底层人民的悲惨遭遇也充满了同情。即便使用的语言十分尖锐，也是因为恨铁不成钢。

　　夸张的描写是他最鲜明的风格，因此在他的笔下，他想要讽刺的官僚、地主，单单是形象就非常滑稽丑陋，引人发笑了。在他的小说当中经常有大量的心理描写，经常变幻的艺术手法更是展现出了他惊人的文学天赋。作品的字里行间充斥着果戈理的哲学思考，让读者在欢笑过后能够有所收获。

从"多余人"到"新人"——屠格涅夫

世界上各行各业都有一些全能的人才,文学界同样有。俄国作家屠格涅夫就是这样一位,他精通诗歌、戏剧、小说等各种文体,作品内容优美细腻又不空洞。他的诗歌《巴拉莎》《地主》,小说《猎人笔记》都堪称杰作。而他最著名的作品要数他的六部长篇小说,分别是《父与子》《烟》《处女地》《罗亭》《前夜》《贵族之家》。屠格涅夫利用他的作品将俄国地主和农民的生活全面地展现出来,更是揭穿了地主温和仁慈表面下的冷酷残忍,书中贯穿了对社会底层人民的同情。

屠格涅夫作品最大的特色在于紧跟时代潮流,他的每部作品当中都包含了社会生活中出现的新事物、新现象。俄国解放运动如火如荼地进展,知识分子取代了有识贵族阶级成为解放运动的主力。屠格涅夫敏锐地抓住了这一时代现象,进入了写作的巅峰期。屠格涅夫将自己的目光放在了俄国知识分

Iwan Sergejewitsch Turgenjew

▲ 屠格涅夫画像

子身上，他的长篇小说详细记述了俄国平民知识分子的命运。

屠格涅夫创作的第一部长篇小说是《罗亭》，主人公罗亭就是一个有识贵族，俄国在克里米亚战争中遭遇了失败，这让罗亭这样受过教育、接受过启蒙思想的知识分子认识到了俄国在经济、军事以及社会制度方面的落后。以罗亭为代表的贵族知识分子想要改变俄国的状况，虽然他们崇尚科学，但却不具备利用科学实践改变社会的能力。纸上谈兵是这时期贵族知识分子的最大特征，他们不善实践，脱离人民，只能在语言上推陈出新，对国家和社会没有任何帮助。

屠格涅夫在塑造罗亭这一角色时参照了当时大量进步知识分子的形象，正是因为这些参照，屠格涅夫笔下的罗亭才显得格外真实，才能成为一个有血有肉的角色。

长篇小说《父与子》讲述了民主主义者和自由派贵族之间的思想冲突，这是屠格涅夫的得意之作。在小说当中，尼古拉和巴维尔代表着保守的自由主义贵族，他们思想落后，无法跟上时代的步伐。尼古拉渴望能够与子辈达成共识，希望能够跟上时代的步伐，可惜最后失败了。而巴维尔则固执己见，认为子辈的思想是叛逆的，不可接受的。巴扎罗夫是典型的进步年轻人形象，他充满智慧与自信，拥有卓越的眼光，观点激进。

小说最精彩的部分在于巴扎罗夫与巴维尔两人的辩论，面对固执的巴维尔，巴扎罗夫坚持自己的信念，用独特的观点和简洁的语言击败了巴维尔。在巴扎罗夫身上展现出了年青一代知识分子最可贵的品质——独立思考的精神，但他也不是没有缺点的，偏激、极端，这些年轻人身上存在的问题在巴扎罗夫身上同样清晰可见。巴扎罗夫的精神力量是强大的，在巴扎罗夫亲吻费涅奇卡的时候，完全无视了巴维尔对于贵族权力的一系列说法。而在决斗的时候，巴维尔暴露出的精神上的虚弱，将巴扎罗夫的自信衬托得更加明显。

巴扎罗夫是个行动派，他不满足于贵族的空谈，喜欢凡事都要实践，喜欢脚踏实地，喜欢亲自完成每一件小事。他认为，只要有用的事情，都可以成为行动的指引。在爱情上，巴扎罗夫也从不拖沓，只要他感觉爱情来了，那就毫不犹豫地冲上去。屠格涅夫在描写巴扎罗夫的爱情时，将每个细节都展现得清清楚楚，逻辑紧密，让人感觉十分真实。而巴扎罗夫在遭遇失恋打击的时候，也因此颓废，直到人生的终结。巴扎罗夫同样是个真实的、有血有肉的角色，他有优点，也有缺点，是俄国新一代知识分子的面貌在文学史上的首次展现。

屠格涅夫的艺术风格十分独特，不管是细腻的心理描写，还是粗犷的描绘大自然，都是他擅长的部分。塑造生动形象的人物角色，展现角色内心的思想，也是他的拿手好戏。

灵魂的拷问者——陀思妥耶夫斯基

任何一个领域的发展都离不开理论知识的不断进步，文学界或许有很多天才，他们创造出了很多闪耀的作品，也开创了一些全新的方式、风格、流派。但在文学理论上做出贡献，让那些琐碎的知识变成可以被运用的、被学习的、被直观理解的内容，这样的人就少之又少了。其中做出贡献最大的，就是陀思妥耶夫斯基。

陀思妥耶夫斯基全名是费奥多尔·米哈伊洛维奇·陀思妥耶夫斯基，他出生在莫斯科的一个医生家庭。父亲供职于一家平民医院，所以接触到的病人大多非常贫困又生活艰苦。这些人的生活状态、说话做事的方法、他们的遭遇，都给陀思妥耶夫斯基提供了大量的素材和灵感。碍于贫寒的家境，在上完三年的寄宿学校以后，他就进入了一所军事工程技术学校，想要学习技术担负一部分家庭的重担。但是，陀思妥耶夫斯基并不喜欢工程技术，他选择成为一名职业作家，用文字来创造财富。

陀思妥耶夫斯基的第一部作品是《穷人》，这是一部非常成功的作品，整个文坛都为他的才华感到震惊。两年以后，不幸降临到他的身上，彼得堡拉谢夫斯基小组反对沙皇政府的事情被沙皇政府察觉，陀思妥耶夫斯基被牵连在内，被判服八年苦役。陀思妥耶夫斯基所有的青春时光都浪费在了服苦役和充军中，他将文字变成财富的梦想也遭到中断。而服役归来，他已经不再是过去的那个自己了，

▲ 陀思妥耶夫斯基像

过去的梦想、希望，都在服苦役的八年里被打破、磨碎。从那以后，陀思妥耶夫斯基远离了一切政治运动，也不敢随意发表意见，将宗教当成自己精神的支柱。

陀思妥耶夫斯基一直在追求一个宽松的写作环境，但是终其一生都没有得到。家庭的负担、债务，都是他不能放下的重担。他珍惜每一分钟，拼命地写作。即便是在国外，创作也没有停止。《白痴》《群魔》和一些中短篇作品，都是陀思妥耶夫斯基在国外时完成的。

陀思妥耶夫斯基的经历是坎坷的，但正是这些命运当中的坎坷让他作品当中的思想、创作方式都与其他人有很大的差异。而他本人的创作方式、创作风格，同样也对后人产生了巨大的影响。现代派作家将陀思妥耶夫斯基看作他们的先驱，而他们就是在陀思妥耶夫斯基创造的土壤之上不断成长的。陀思妥耶夫斯基的小说层次很多，经常从不同的层面去分析一个角色，也可以说，心理分析就是陀思妥耶夫斯基解剖他人灵魂的重要工具。

陀思妥耶夫斯基先后创作出了《死屋手记》《被侮辱与被损害的》《罪与罚》等作品。其中，《罪与罚》是他一生当中成就最高的作品，也让他的名字传遍了世界。

《罪与罚》的主角拉斯柯尔尼科夫是个非常矛盾的角色,他有心地善良、乐于助人的一面,也有冷酷无情、麻木不仁的一面。他经常在成为一个平凡的人和不平凡的人中间摇摆,如果他选择成为一个平凡的人,那么发生在小公务员马尔美拉陀夫身上的悲惨遭遇就可能在他身上重演。如果选择当一个不平凡的人,那么他就必须成为一个坏蛋,与那些社会上的人渣同流合污。他想要证明自己是个不平凡的人,于是他杀了人。但是在善良的索尼娅的吸引下,他又将自己内心善良的那一面表现了出来。

小说通过拉斯柯尔尼科夫的经历反驳了"超人"哲学中无政府主义的反抗,在任何时候都不该使用暴力,包括以暴制暴。一个犯罪的人,可以逃过法律的惩罚、国家的惩罚,却不可能逃过自己内心的惩罚。毁灭了他人,也就等于毁灭了自己。宗教才是解决问题的答案,皈依了上帝就能避免因迷失自我而发生的犯罪。因此,拉斯柯尔尼科夫的救赎之路,只能是宗教之路。索尼娅是坚定的宗教信徒,降临在她身上的苦难就是对她灵魂的净化,所以也就成了作品当中善的代表。但精神与灵魂得到了救赎,并不代表在现实当中就能摆脱苦难和悲惨的命运。

陀思妥耶夫斯基在《罪与罚》中将自己善于刻画他人心灵、解剖他人心灵的特长发挥得淋漓尽致,主角反复挣扎的矛盾心理,内心不断出现的冲突,这些让主角的性格非常立体、真实。

在《罪与罚》中,同样有多层次的写作技巧在其中,小说当中蕴含了一种开放式的对话性。在作者、主角、读者之间展开的对话就是对作者思想最好的传递方式,但是作者却没有直接出现,在小说当中没有任何一个角色是作者的化身。拉斯柯尔尼科夫、马尔美拉陀夫、卢仁、斯维里加洛夫、彼得罗维奇,每个角色都有自己鲜明的特点，他们不管是在思想上、性格上、心理特征上，都没有任何相同的点，也没有任何一个人是作者的传话筒或作者立场的代表。每个人物都是独立的，他们是自己的主体，只需要按照自己的想法与性格去做事，不需要对作者负责。作者也不想将太明显的观点灌输在作品之中。作者是客观的，是游离在作品之外的，而作品当中的内容则是充满了独立想法的角色，即便他们的想法各不相同，甚至有些时候互相矛盾，作者也不会加以评论，只将自己放在一个客观的位置上。

长寿的文学不倒翁——托尔斯泰

列夫·托尔斯泰是俄国最伟大的作家之一,他被称为"俄罗斯文化的良心"。这不仅体现在他的作品中,更体现在他生活当中的一言一行。他在八十二岁高龄之时毅然决然地离开了自己的家,乘上一辆列车,踏上一段未知的旅途。而促使他这样做的原因只是他觉得自己离开下层人民太久了,而下层人民的生活就是他灵感的来源。他原本有富裕的生活和豪华的居所,就在他离开这一切,想要为下层人民创作新的作品时,衰落的身体终于不堪重负,他死在了候车室里。

托尔斯泰出身于俄罗斯贵族家庭,但他一生当中所做出的选择并不像其他贵族子弟。托尔斯泰一直试图找到改变社会的方法,因此他不仅是一位伟大的文学家,还是一位伟大的思想家。他的文学作品以及其中所蕴含的思想,是人类历史上非常厚重的精神财富。

托尔斯泰一生都在坚持创作,他经历了俄国贵族革命、资产阶级民主革命和无产阶级革命,每个时代、每段历史时期都为他提供了大量的素材,也促使他在文学领域做出了巨大的贡献。剧烈的社会变革同样影响着人们的精神,托尔斯泰也不例外。他自己的精神也在不断变革,不断寻找拯救社会的良药。

《战争与和平》是托尔斯泰最伟大的作品之一,小说讲述了四个家族之间不断变化的关系,将当时俄国的农村与城市生活描绘了出

▲ 托尔斯泰画像

来。作品当中还描写了大量的历史事件，特别是1812年库图佐夫将军领导的卫国战争。在这场反拿破仑的战争中，俄国人民不屈不挠、英勇斗争的精神被展现得淋漓尽致。

《战争与和平》详细阐述了在时代变革中，贵族阶级的命运会怎样，普通人民的命运又会遭遇怎样的变化，俄罗斯人民在社会变革、历史发展中又起到了怎样的作用。整部作品兼顾了长篇历史小说和编年史的特色。

《复活》同样是托尔斯泰的代表作，也是托尔斯泰本人的"复活"之作。在这部作品中，作者更多地总结了自己的人生经验，包括对艺术、美学、哲学、宗教、政治、经济等不同问题的看法。小说的主题非常普通，是一个纨绔子弟玩弄下层女性的故事，但借着这个主题，托尔斯泰对当时腐败的社会制度进行了猛烈的抨击。当这个贵族子弟代表整个贵族阶级发出忏悔的时候，人们不禁开始思考，下层人民所经历的苦难究竟是谁加到他们身上的。这种探索精神是非常宝贵的，也是需要强大的勇气的。也正因为托尔斯泰写出这样的作品需要惊人的勇气，罗曼·罗兰才会在《托尔斯泰传》中说："托尔斯泰是俄罗斯的最大心魂，百年前在大地上发着光焰，对于我们这一代，曾经是照耀我们青春时代的精纯光彩。在19世纪终了时阴霾重重的黄昏，他是一颗抚慰人间的巨星。"

《安娜·卡列尼娜》的创作背景是资本主义在俄国飞速发展的时代，在这一时期俄国的社会面貌发生了巨大的变化。小说通过两条线路分别讲述了19世纪70年代贵族的生活、文化、思想以及社会关系和俄国地主阶级的经济政治生活。在资本主义思想的冲击之下，不管是俄国的传统贵族阶级还是地主阶级，生活和思想都受到了巨大的冲击。这个时代是动荡不安的，即便是原本高高在上的贵族和地主仍不能幸免。

小说主人公安娜是一位贵妇，她在还是少女的时候就已经嫁给了比她大二十岁的官员卡列宁，卡列宁逐渐老去，安娜仍然年轻貌美。安娜与卡列宁之间并没有爱情，安娜的性格热烈、真诚，如同一团火焰。她的年龄和思想,让她在众多贵妇当中格外地显眼。安娜一直压抑着心中的火焰,因为枯燥无聊的贵族生活,因为她那总是死气沉沉的丈夫。而一个名叫渥伦斯基的年轻人的追求让安娜心中被压抑的火焰更加猛烈地燃烧起来,并且就处在爆发的边缘。

安娜渴望拥有自由,渴望过上独立平等的生活。但是由于时代的限制,作为一个女性,根本无法自己掌控命运。安娜不顾一切地离开了卡列宁,但是却没办法从法律上彻底断绝和卡列宁的关系。世俗的成见、贵族阶级的道德观念让安娜成了一个不合群的人,她被抛弃了,连最基本的自由和幸福都不能拥有。虽然渥伦斯基能为她带来一些小小的安慰,但是在激情过后,她发现自己的境遇和之前并没有什么区别,她仍然需要对抗无聊、冷淡、死气沉沉的生活。最后,安娜选择让一列火车结束自己的生命。

《安娜·卡列尼娜》是一篇非常丰满、趋近于完美的作品。不管是人物的塑造还是故事内容,都具有非常强烈的感染力。安娜在这个故事里就是美的象征,托尔斯泰也不吝啬自己的笔墨,从各种不同的角度来塑造安娜的美丽。正面描写、侧面描写,还利用了大量旁人的衬托。通过这种辩证手法,让安娜从内到外都完整、真实地展现在了读者面前。从这种写作方式也能看出托尔斯泰在塑造人物以及心理剖析上有着极高的水平。《安娜·卡列尼娜》的故事结构同样巧妙,两条故事线并行,通过不同环境、不同描写方式的对比给读者更加直观的感受。

人们很难想象,《安娜·卡列尼娜》是一百多年前的作品,时至今日,这部作品仍然光彩夺目,令人感动。

短篇圣手——契诃夫

谈起短篇小说，就不得不提契诃夫。虽然欧·亨利、莫泊桑也是大名鼎鼎的短篇小说家，但"短篇圣手"这个称号几乎没有任何悬念地被契诃夫夺得了。

契诃夫是农奴的后代，他并不避讳这一点，甚至经常说，自己血管里流着农夫的血液。契诃夫在莫斯科大学就读了医学系，大学毕业后他就成了一名医生。在行医的过程中，他接触到了社会不同阶层的人，这也是他日后撰写小说的重要素材。

1880年，契诃夫创作了第一篇短篇小说——《一封给有学问的友邻的信》，后来又创作了幽默小品《在长篇和中篇小说等作品中最常见的是什么》。为了生计，契诃夫在许多书报上发表过短篇作品，使用过大量的笔名。这一时期契诃夫的创作主要是打发无聊的滑稽小品，如《在催眠术表演会上》《外科手术》。他并不喜欢自己在这一时期的诸多作品，在他看来，只顾幽默胡乱创作的作品令人恶心。

1883年，契诃夫的经济状况获得了好转，他开始不断提升自己作品的等级，《在钉子上》《小职员之死》《胖子和瘦子》《变色龙》《预谋犯》《普里希别叶夫中士》都是契诃夫在这一段时间内创作出的不朽名作。这些短篇故事在追求幽默的同时还兼顾了思想性，内容丰满，语言犀利。《小职员之死》和《在钉子上》利用不同身份的人的对比，对沙皇统治时期俄国官场的丑恶现象进行了讽刺。《胖子和瘦

▲ 契诃夫像

子》讲述了俄国官员势利、功利的状况，胖子和瘦子本是一对从小一起长大的好友，久别重逢时两人抱头痛哭。但是身为八等官员的瘦子得知胖子是个三等文官以后，马上一改前貌，变得唯唯诺诺起来。《变色龙》是这一时期契诃夫最著名的作品，刻画了俄国官员变色龙一样的嘴脸，面对官员卑躬屈膝，面对百姓则霸道蛮横。即便是在今天，我们仍能发现某些人身上有契诃夫笔下的变色龙的影子。

1883年到1884年，契诃夫主要讽刺的对象是俄国官场、俄国官员。1884到1886年，契诃夫将目光转向了社会下层劳动者，作品主要是讲述他们的生活。《牡蛎》《哀伤》《苦恼》《歌女》《万卡》都是他在这一阶段的名作。社会下层人民遭受的苦难在契诃夫笔下生动地展现了出来，特别是《万卡》，从一个九岁童工的视角出发，将他现实生活的苦难以及他对祖父和故乡的眷恋描绘得淋漓尽致。

在创作《苦恼》与《万卡》的时候，契诃夫使用了一种全新的方式——抒情心理短篇小说。这种体裁主要讲述平凡生活当中发生的故事，进而将人物的心理状况展示出来，让读者从侧面了解当时社会生活的种种。虽然文字平淡，但其中包含的情感却非常溶浓烈。

随着契诃夫的作品越来越出名，他的创作水平也越来越高。1888年得到了普希金奖金后，契诃夫就开始创作剧本。《蠢货》《求婚》《结婚》《纪念日》这些独幕喜剧就是这一时期的代表作，在《伊凡诺夫》当中也对这一时代人们关注的"多余的人"进行了描写。迷茫的"多余的人"希望能得到一个清晰的现实，没有明确世界观的生活是一件可怕的事情。在中篇小说《枯燥乏味的故事》和《跳来跳去的女人》中，仍然有关于这方面内容的思考。

契诃夫为了深入了解普通人民的困难，还亲自去了沙皇政府流放罪犯的库页岛。在那里，契诃夫看见了人间地狱，看见了生活在那里的人究竟过着怎样痛苦的生活。这段经历对他的冲击很大，他开始思考"托尔斯泰主义"是否正确。接着，他将这段经历融合到作品中，并创作出了《第六病室》和《在流放地》。在这两篇中，他将自己的思考融入其中，对托尔斯泰的逆来顺受提出了批评，认为人在邪恶面前应该抗争，而不是像苦行僧一样看破红尘。

契诃夫将自己的思想完美融入了《第六病室》，主角格罗莫夫是个疯子，也是个看透状况的聪明人，在他被关进第六病室以后又与想要改变现状的"健全人"拉金医生发生了争论。医生在受到刺激以后也开始醒悟，开始清醒地认识到格罗莫夫到底发现了什么，最后也被当成精神病人关进第六病室，被迫害致死。拉金身上发生的故事就是对托尔斯泰主义最强烈的批评，同时也让这部作品成了契诃夫创作生涯的转折点。

契诃夫生活的年代正是俄国社会危机最严重的年代，他在社会活动中进行实践，不断地创作小说和戏剧作品。特别是在19世纪90年代，迎来了他创作的巅峰。《农民》《新别墅》《出差》《在峡谷里》等作品都是描述社会危机带来的一系列问题的。落后愚昧的俄国农村，劳动者对现实的不满、巨大的贫富差距，都是他重点描述的对象。除了贫富差距和其他社会问题外，他还对人们庸俗落后的思想进行了批判与讽刺，特别是小市民思想，他认为是最庸俗的。《姚内奇》《脖子上的安娜》就是以批判这种现象作为主题的。而《套子里的人》《醋栗》《出差》《出诊》《新娘》等作品则表达了一种应该与现有生活决裂、抛弃庸俗生活方式的思想。故事当中除了那些庸俗堕落的知识分子外，还有大量向往光明的优秀知识分子的形象。

契诃夫的作品不仅在思想上有很高的建树，在艺术方面也毫不逊色。托尔斯泰甚至公开表示，契诃夫在写作技术上比自己要更加高明，是一位无与伦比的大艺术家。契诃夫的作品从小处着眼，通过描写平凡人的生活揭露社会生活的本质。小学徒万卡、老车夫姚内奇、新娘娜佳、银行职员古洛夫、检察官鲁仁……这些再平凡不过的普通人身上的故事，都能经由契诃夫的写作技巧变成展现俄国社会的精美艺术品。

中短篇小说虽然篇幅有限，但契诃夫仍然能够将作品中人物的性格、心理变化过程细腻地展现出来。《新娘》当中娜佳的思想变化就是一个典型的例子，不劳而获、庸俗无聊的生活不应该是自然的常态，而抛去心理因素，在娜佳身上不过是发生了一件小事而已。这一件小事，让娜佳看清了安德烈的内心世界和生活理想，让她看清了寄生生活是不道德的，并且生出了要与这种生活决裂的想法。在契诃夫的作品当中，人物的心理变化固然重要，但都是符合逻辑、有迹可循的。

革命文学的雄鹰——高尔基

高尔基原名阿列克赛·马克西莫维奇·彼什科夫,"高尔基"在俄文中是"苦难"的意思,从小就有大量苦难经历的高尔基就将这个词当作了自己的笔名。在三部曲《童年》中就讲述了他在童年的生活。高尔基于1868年出生在一个染匠家中,母亲就是这个染匠的女儿,名叫瓦尔瓦拉;父亲是彼尔姆的一个小市民,名叫马克西姆·萨瓦季耶夫·彼什科夫,是个装饰糊裱工。在他四岁的时候父亲就去世了,没多久,母亲也去世了。外祖父就将他送到鞋店,做一名童工。在这段时间里,他经常接受外祖父的教育,认识了很多的字。

从那以后,他做过很多工作,但都是一些零工。不仅辛苦,也没什么收入。十五岁之前,他都是这样过活的。在这段时间里,他阅读了大量的书籍,其中以古典文学作品居多。十五岁以后,高尔基想要获得更多的知识,于是独自前往喀山求学。结果到喀山才

▲ 高尔基画像

发现，并不是想要获得知识就能进入学校的，还要有钱才行。于是，高尔基又去一家面包店做学徒，拿着微薄的薪水。逐渐长大的高尔基认识了越来越多沦落在社会底层的人，而他也是其中的一个。这段经历让高尔基创作出了《科诺瓦洛夫》《沉沦的人们》等作品，这就是他在社会底层看见的东西。沉沦于社会底层的痛苦一度让高尔基想要结束自己的生命，但求生欲最后占据了上风。

大量的阅读让高尔基在写作时可以熟练地使用各种风格，特别是浪漫主义和现实主义，在他的早期作品中经常是同时存在的。他可以一边描写普通人身上那些美好闪光的品质，也可以将那些可怕的灾难降临在这些好人的身上。《海燕之歌》和他的自传三部曲是最能激发人们斗志的，高尔基认为，文艺就是要将人类身上那些美好而高贵的品质展现出来，激发人们生而为人的自豪感和责任心。

俄国社会的剧烈变化让高尔基的创作方向也在不断改变，他早期创作的小说充满了浪漫气息，在《伊则吉尔老婆子》和《鹰之歌》中狠狠地批判了个人主义。他认为，人们应该为了追求新生活而献身，至少应该有这样的精神。而进入了20世纪以后，高尔基创作的作品大多是社会分析小说，在《三人》《福玛·高尔杰耶夫》中高尔基批判了俄国资产阶级，认为生活应该变得有意义。

高尔基认为，19世纪的现实主义应该被称为"批判现实主义"，他认同那些批判资本主义、得出革命结论的作品，却不认同果戈理、陀思妥耶夫斯基、列夫·托尔斯泰等探索拯救俄国社会方案的理念。高尔基认为，文学应该与革命紧密相连，应该是能够激励革命精神的，也就是利用实际行动来改造实际境况，认为应该在文学作品中塑造英雄人物来展现社会主义现实主义精神。

高尔基的作品在中国被广泛地翻译和传播，特别是自传三部曲

《童年》《在人间》《我的大学》，以及《母亲》《阿尔达莫洛夫家的事业》《克里姆·沙姆金的一生》等经典作品。在《母亲》中，高尔基运用了现实主义手法，详细描述了工人的生活、思想变化，工人运动的逐步发展，以及工人们的斗争方向从经济走向政治的过程。

巴维尔和他的母亲毫无疑问是高尔基想要塑造的英雄形象，故事最开始讲述了沙皇时代工人们的悲惨生活，而后面则讲述了巴维尔在革命知识分子的帮助下，思想受到启蒙，开始追求自己的权益，产生阶级意识的过程。《母亲》的高潮是巴维尔在法庭上发表演说，这篇演说的内容是震撼人心的，也是高尔基对马克思主义深刻理解的体现。

巴维尔的母亲尼洛夫娜是典型的俄国妇女，但在革命思想的影响下，开始觉醒。高尔基通过尼洛夫娜的觉醒过程讲述了革命理论是如何教育人、如何改造人的，这让无产阶级革命运动具有深度和广度的事实更加明显。尼洛夫娜的双眼是展现小说内容的主要元素，她目睹的重大事件就是高尔基想要告诉读者的，她的感受就是高尔基想让读者感受的，这种写作方式无疑能让作品更有感染力。

在《母亲》当中，革命者之间的关系被描写得非常清晰，亲情、爱情、友情，这些都与革命息息相关。革命者的精神境界是崇高的，但如此理想的人际关系显然也是高尔基理想主义的体现。

哥萨克作家——肖洛霍夫

肖洛霍夫是一位哥萨克作家，正是因为他的出现，文学地图上才出现了顿河这一地区。他的作品将自己的生活完全地展示了出来，那些惊心动魄的过往和他的内心感受是其作品当中最精华的部分。

1905年，俄国革命爆发的时候，米哈伊尔·亚历山大罗维奇·肖洛霍夫降生了。这一年正是俄国工人阶级举行罢工起义的一年。从那以后，俄国的无产阶级运动接连不断，而肖洛霍夫的生活也随着社会上的众多运动、变革而起起伏伏。他亲身经历了国内战争、农业合作化、卫国战争等重大历史事件，并亲身经历这些事件带来的社会变革。这些巨大的社会变革有些让他感到快乐，而有些则让他感到痛心。

肖洛霍夫一生中大部分时间都没有离开顿河地区，顿河就如同他的母亲一样，人们在提起顿河的时候也难免会想到顿河的儿子、顿河的歌颂者肖洛霍夫。而在谈起肖洛霍夫的时候，脑海中也不免出现顿河的画面。哥萨克民族就居住在顿河的两岸，哥萨克原本是农奴，并不住在顿河两岸；但是他们不堪忍受沙皇的压迫，于是就逃到了顿河附近。哥萨克人是世界上最崇尚自由、最粗犷彪悍的种族之一，在顿河两岸永远都不缺少壮烈的英雄故事，永远都能听到歌颂起义者的歌声。正是这种充满英雄主义情调的地区培养了肖洛霍夫这样的作家，他的《静静的顿河》同样是一部充满乡土气息、充满

▲ 肖洛霍夫雕像

史诗感的作品。

《静静的顿河》是肖洛霍夫一生当中最杰出的作品,这部伟大的著作从动笔到结束,一共花费了十五年。肖洛霍夫想要将哥萨克民族的革命精神展现出来,在故事的开头更是用一首民歌描述了哥萨克民族过去经历的苦难:"我们光荣的土地不是用犁来翻耕……我们的土地用马蹄来翻耕,光荣的土地上种的是哥萨克的头颅,静静的顿河到处装点着年轻的寡妇,我们的父亲,静静的顿河上到处是孤儿,静静的顿河的滚滚波涛是爹娘的眼泪。"

故事讲述了几个哥萨克家庭中发生的事情,在时代的影响下,哥萨克不同的阶级也在发生着变化。他们的思想、情感、风俗习惯都在新时代中彼此冲突着,而哥萨克地区的风土人情同样是描写的主要内容。

故事的主角名叫格里高利,他喜欢上了邻居的妻子阿克西妮娅。

阿克西妮娅并不幸福，她的丈夫斯捷潘经常虐待她。在斯捷潘服兵役的时候，阿克西妮娅和格里高利走到了一起。这件事情很快被村庄里的其他人知道了。公开的羞辱、背后的指指点点，以及父亲的痛打，都让格里高利下定了与阿克西妮娅离家出走去打工的决心。离开之前，格里高利的父亲给他安排了一门婚事，他匆匆地成了别人的丈夫。

一段时间以后，格里高利也进入了军队服役，格里高利的妻子发现自己的丈夫并不爱自己，伤心欲绝，想要自杀，在家人的多方安慰之下，才打消念头。格里高利休假回家的时候，发现他的心上人阿克西妮娅和军队中的军官尤金有染，于是他痛打了尤金和阿克西妮娅，回到家中请求妻子的原谅。

因为格里高利在军队中的英勇表现，很快他就成了村子里的第一个骑士。在军队中除了敌人之外，他还遇到了哥哥彼得罗以及阿克西妮娅的丈夫斯捷潘。斯捷潘痛恨格里高利，数次暗害他，但都没有成功。格里高利以德报怨，在一次战斗中救了斯捷潘的命。

十月革命爆发以后，国内战争也随后打响了。很多哥萨克人要求在顿河流域建立一个哥萨克人的自治政府，并组织起了反革命武装。而因为十月革命的影响和布尔什维克主义在军队当中的传播，很多人加入了红军，格里高利也成了红军的一名军官。后来因为红军顿河地区的领导人处死战俘，心生不满，于是回到了家乡。

格里高利回到家以后，很快就传来了红军要打来的消息，并且有消息说红军在烧杀抢掠，很多村民选择武装自己，与红军对抗。村民们推举格里高利做领袖，格里高利不愿意，于是他的哥哥彼得罗成了这支部队的领袖。在交战中，反革命武装击败了红军，格里高利之前的上级被俘虏，他痛斥了这位上级的残忍行径。

顿河流域很快就变成了反革命武装与革命军队争夺的地区，彼得罗是个残忍的反革命头目，格里高利虽然加入了白军，但很快就不想参加战争，只想过普通的生活。尤金在一场战斗中失去了一条胳膊，回到家乡后结了婚，抛弃了一直在等他的阿克西妮娅。格里高利也对阿克西妮娅毫无感情，越来越喜欢他的妻子娜塔莉亚。就在这个时候，红军接管了格里高利居住的村庄，并且开始清算。格里高利没办法，只能逃亡。

彼得罗在一次意外中死在了红军俘虏的手上，这大大刺激了格里高利，他开始一反常态，变得凶残、残忍，但还是保守着不对老弱病残下手的底线。他在回家度假的时候，又开始怀念起阿克西妮娅的热情似火，而妻子娜塔莉亚开始讨厌他。格里高利再次遇见阿克西妮娅，他们旧情复燃。白军再次反攻，格里高利成了军官，但是红军的反击力量更加强大。本该逃走的格里高利因为要照顾生病的阿克西妮娅而没能逃走，也正因如此，格里高利加入了红军，并且参加了与波兰的战斗。回到家乡以后，红军马上就有人来追捕他，格里高利见势不妙，赶紧逃走，阿克西妮娅却被前来追击他们的红军打死了。格里高利放下武器，回到了自己家里，与儿子度过了接下来的人生。

《静静的顿河》中既有描述日常生活的细腻画面，又有战争的宏大场景，两者相互切换，风景描写很好地衬托了人物心理变化，人物的经历与宏大历史事件息息相关。《静静的顿河》对于作者来说就是对于现实的描述，即便这些现实非常残酷。格里高利的人物形象是非常复杂的，登场时的生机勃勃与痛苦孤寂的结束成为鲜明的对比。这与他一生当中的经历是环环相扣的，肖洛霍夫更是将全部感情都倾注在了这个角色身上。

《静静的顿河》是史诗小说的开山之作,通过人物的心理活动将魅力展示出来,也是俄国文学史上首次出现将哥萨克农民作为核心的作品。故事情节跌宕起伏,却又高度自洽、和谐,让《静静的顿河》成了描写顿河流域故事作品中最耀眼的一部。

命途多舛的诺贝尔文学奖获得者
——帕斯捷尔纳克

帕斯捷尔纳克是世界上最不幸的诺贝尔文学奖获得者，而他的不幸正是来自获得了这一奖项。帕斯捷尔纳克的全名是鲍利斯·列奥尼多维奇·帕斯捷尔纳克。他出身于莫斯科的艺术家家庭，从小就接受了良好的艺术教育。1914年，他出版了第一部诗集《云雾中的双子星座》，后来又陆续出版了《在街垒上》《生活啊，我的姐妹》《主题与变调》等诗集，成为文学界一颗冉冉升起的新星。

十月革命爆发以后，他也受到了影响，创作了一系列充满革命精神的诗歌。长诗《施密特中尉》《1905年》都是这一时期的作品，他的创作风格也从浪漫变成了现实。

帕斯捷尔纳克在文学方面的造诣远远不止于此，他的小说同样出色。1957年，他出版了长篇小说《日瓦戈医生》，这部作品获得了极高的评价，甚至有不少人因为这部小说忘记了他是个诗人。也正是因为这部作品让他成了诺贝尔奖的获得者，为他带来了可怕的灾难。

日瓦戈自幼丧母，被舅舅抚养成人，成为一名医生。在沙皇时代，他看见了战争加在人民身上的苦痛，而十月革命的新政权让他对未来充满希望。他认为十月革命就是一场外科手术，而腐败的沙皇政府就是长在俄国土地上的腐臭溃疡。

革命是一件长期的事情，并不能一下子让所有人吃饱、穿暖。

日瓦戈一家在革命过后遭遇了苦难，就连吃饱都成了奢望。日瓦戈医生开始反思，革命是否真的像他想象的那样好。他说："你不能否认这不是我们向往的生活，而是某种从未出现过的荒诞的东西……"

的确，革命影响了他的正常生活，不管是写作还是行医都被迫中止了。也正是因为生活难以为继，他才没办法继续幻想革命能为他带来世外桃源一样的生活。一次，他去城里借书，路上被红军的游击队员带走，逼迫他成为随军医生。日瓦戈医生被迫与妻儿告别，在军队里度过了长达一年的时光。

一年以后，他逃出了游击队，发现妻儿都搬走了。于是，他只能住在情人的家里。十二天以后，情人又被一个神秘人接走了，日瓦戈医生走投无路，只好回到莫斯科。在8月的一天，日瓦戈医生乘上了一辆去医院上班的车。下车以后摔了一跤，就这样悄无声息地死去了。

日瓦戈医生的悲剧是时代造成的悲剧，从欢迎革命到怀疑革命，这是那个时代很常见的心路历程。他对美好的生活抱有幻想，但取代了沙皇政府的苏维埃政府同样没有让他过上好日子。的确，苏维埃政府并不是完美的，但是革命带来了曙光和希望，而不是日瓦戈医生看到的丑陋。

帕斯捷尔纳克的小说写完以后先是投给了《新世界》杂志的编辑，结果对方疾言厉色地谴责了他，认为他的作品是在仇恨社会主义，是在诋毁十月革命。帕斯捷尔纳克没有感受到危机，他并不认为一部文学作品会摧毁他。于是，他将小说寄给了一个意大利的出版商。意大利的出版商看见这部作品，马上就被深深震撼了。于是，这部小说就先以意大利语面世了。随后，欧洲其他国家也开始疯狂地阅读这部作品，将《日瓦戈医生》放在了与《战争与和平》同一高度上。

  最终，帕斯捷尔纳克成为诺贝尔奖的赢家，而在冷战时期的苏联，这部作品的政治倾向成了人们的关注点。很多别有用心之徒断章取义地利用书中的某些段落、句子来攻击苏联。于是，一场意识冲突以帕斯捷尔纳克为中心展开了。苏联的《真理报》是这样说的："反动的资产阶级用诺贝尔奖奖金奖赏的不是诗人帕斯捷尔纳克，也不是作家帕斯捷尔纳克，而是社会主义革命的诬蔑者和苏联人民的诽谤者帕斯捷尔纳克。"帕斯捷尔纳克因为一部小说，成了整个国家的敌人。即便是他拒绝接受诺贝尔奖，在《真理报》上写了检讨，仍然遭到了攻击和迫害。一年多以后，就在莫斯科郊外的寓所中郁郁而终了。他成了唯一一个因为获得诺贝尔奖而被侮辱、被迫害的作家。

第五辑

美利坚文学的百花园

为美国诗坛吹响革命的号角——惠特曼

如果说这个世界上有一些诗人,值得你用全部的灵魂去热爱他、赞誉他,那么惠特曼必然是其中之一。

1819年,诗人沃尔特·惠特曼出生在美国长岛亨廷顿附近的西山村。幼时的他只在布鲁克林上了五年学,然后就去了一家律师事务所做勤杂工,再后来又去了排字车间做学徒。1836年到1841年,惠特曼辗转在长岛各地,成了一名乡村教师。之后不久,他开始在报纸上发表一些短篇小说和诗歌,还做过一段时间的报纸编辑,并参与了一些与政治相关的活动。

对于惠特曼来说,1848年是他人生中非常重要的一个转折点,因为在这一年,他终于下定决心,要成为一名作家。而在此之前,他所发表的那些东西,都只是在尽一个编辑的职责而已,称不上是文学。

在惠特曼下定决心之后,1855年美国国庆日这一天,他的代表作品《草叶集》问世了。这是他自费出版的诗集,全书还不到一百页,内容包括一篇自序和十二首诗歌,卷首是一幅他的铜版像。

那时候的惠特曼还非常年轻,敞着衬衫领口,歪戴着草帽,一副劳动者的打扮。他的嘴上蓄着短短的胡须,右手随意地插在裤袋里,漫不经心地看向镜头。他的形象与他的诗集简直如出一辙,一样地那么年轻而充满朝气,粗犷中带着股肆无忌惮,仿佛周身都散发着一种无与伦比的自信与笃定。而事实上，他也确实是自我感觉非常良好的，正如他在自序中所写的："一个诗人必须和他的民族相称……他的精神应该和他的国家的精神相呼应……"

然而，《草叶集》在最初面世时，并未能取得很好的成绩，甚至可以说是非常惨淡的。《草叶集》初版仅印了一千册，却连一本都没能卖出。后来，惠特曼将印出的书都送了人，结果，收到书的惠蒂埃直接就把《草叶集》丢火堆里了，至于朗费罗、洛威尔、霍姆斯等人，虽然没有惠蒂埃这般直接，但显然也是不屑一顾的。在这些早已声名远播的诗人眼中，这个粗野的木匠之子（惠特曼）和他那粗野的作品，是根本没有资格与自己比肩的。

评论界对《草叶集》更是非常不客气，那些口诛笔伐的文章，甚至比这不到一百页的薄册子还要厚得多。那些评论家毫不客气地批评，甚至是攻击惠特曼，那些污言秽语，简直与骂街没什么两样。波士顿的《通讯员》对《草叶集》的评论是"浮夸、自大、庸俗且无聊透顶的大杂烩"，他们甚至指责惠特曼是疯子，"就应该给他一顿鞭子，除此之外我们实在想不出更好的办法了"。就连那些英国人也跑来凑热闹，伦敦《评论报》说："这完全违背了传统诗歌的艺术。惠特曼对艺术根本一无所知，就像畜生对数学一无所知一样。"

随着时代的变迁，美国也迎来了一场场巨变。内战的爆发、黑人奴隶制的废除、伟大的美国总统林肯的被刺身亡事件，还有发生在19世纪70年代的大规模劳工运动事件，这些都成了惠特曼的灵感与养料，最终变为充实《草叶集》的重要部分。他站在时代的浪潮中间，如一个歌手，高唱着时代的哀歌与赞歌。当狄金森在与世隔绝中建立自己一个人的诗歌世界时，惠特曼却高声说道："这一代的男人和女人，以及以后的各代人，我和你们在一起。"

在《草叶集》饱受非议和恶评之际，爱默生是第一个对《草叶集》公开表示赞扬的人。在他写给惠特曼的那封信中，满是溢美之词。若干年后，人们理解并认可了《草叶集》的价值，再回过头去读那封信便会发现，惠特曼和《草叶集》完全当得起那样的赞誉。彼时，爱默生已经作古，而《草叶集》依然萌动着蓬勃的生命力，在一次又一次的蜕变中成长。到1892年惠特曼去世时，《草叶集》已经出到了第九版，其中所收录的诗歌也早已从最初的十二首扩充到了近四百首。

对于《草叶集》，评论界向来有这样一个共识，即认为这部作品"洋溢着希望的绿色素质"，是一个以草叶为象征的有机生命体。确实，从《草叶集》的成长中，我们完全可以感受到如草叶般蓬勃的生命力。但这还不够，事实上，或许惠特曼自己的评价要更为贴切一些，他曾这样说道："这不是一本书，同志们，人们接触它，就如同在接触一个人。"

《草叶集》是惠特曼这一生唯一的一部诗集，但仅仅这一部诗集，就已经足以让他无愧于"美国诗人之王"这一赞誉了。更重要的是，他在创作这部诗集时，所倾注的心血和所经历的风雨，都是那些与他同时代的诗人所难以想象的。在很长一段时间里，那些人都漠视了他的存在，甚至对他的作品进行过无礼的欺侮与谩骂。他为这个时代讴歌，并付出了沉重的代价。

1865年夏，华盛顿内政部开除了惠特曼的公职，原因是上任的新部长读到了《草叶集》这部"淫书"，故而认定惠特曼是个不道德之人。是的，"淫书"，这就是当时的书籍检察官以及众多不理解惠特曼的人对《草叶集》的定位。哪怕是对惠特曼发出过赞誉的爱默生，也曾在1860年《草叶集》推行第三版之前，劝说他将那些有关性爱内容描写的组诗抽掉。当然，即使是面对着对自己有知遇之恩的爱默生，惠特曼也并未接受这一提议。无法争取到出版商的支持，惠特曼便自己排印、发行，甚至兜售。他的自信与执着，如今想来，无不令人感慨非常。

在那个时代，人们之所以不能接受惠特曼的诗，很大程度上是因为他诗歌中那些对性爱内容有关的描述。那时候，虽然会去嫖妓的美国人不少，但人们却不会这样公开地去描述甚至是歌颂性爱。在这一点上，惠特曼就显得十分特立独行，他坦率地歌唱性爱，在一首诗中，他这样写道："性包罗一切，肉体、灵魂、意义……世上一切的政府、法官、神、信徒们/这些都包罗在性里，作为它的各部分和理所当然的证明。"他对同性恋也从不避讳，这与当时美国社会根深蒂固的清教传统思想简直背道而驰，也正因如此，惠特曼被人们扣上了"色情诗人"的帽子。

一百多年之后，金斯堡也同样发表了惊世骇俗的诗作《嚎叫》，但那时，社会风气比惠特曼时代来说已经宽容多了，因此他并没有遭受像惠特曼一样的孤独与不被理解，而是拥有了一批极其狂热的信徒。只能说，惠特曼的孤独与悲苦，绝大部分原因是由时代所造成的。

《草叶集》犹如一个革命者，不仅解放了美国诗歌，甚至对整个英语诗歌都造成了难以想象的冲击与影响。在同时代的诗人们还跟在欧洲传统诗歌身后亦步亦趋时，惠特曼已经创造出了一种全新的、富有内在节奏的自由体诗，也正是自他之后，美国诗歌才真正开始焕发出气势磅礴的表现力。甚至就连中国的诗歌革命，其实在很大程度上也都受到了惠特曼的影响，如郭沫若也成了他的粉丝之一。

若《草叶集》是一个人的形象，那么必然会是一个像惠特曼那样典型的美国男人，他有些粗野，不修边幅，完全丢掉了欧洲大陆上那种禁欲严谨的清教徒气质；他浑身上下都充满着七情六欲，却又总是洋溢着蓬勃的生机，即便是面对艰苦的拓荒生活，也能热情地放声歌唱；他尊重女性，但也从不掩饰内心的爱欲。

若是读过惠特曼的诗，你必然会明白他的伟大之处。他为美好的性爱歌唱，与其他人为自由、民主和平等歌唱没什么不同。他怀着一颗赤子之心，歌颂生命最原始的悸动与最美好的色彩。诚然，即便将所有关于性爱的内容抽出，《草叶集》也仍旧是一本出色的著作，但其中必然将失去许多充满生机活力和极具美国特色的东西。

惠特曼终其一生都在为《草叶集》而战斗，生生顶住了那些来自四面八方的恶意。就如同他的诗歌一般，坦率而有力。他穷了一辈子，孤独了一辈子，晚年时更是过得甚为凄凉，中风瘫痪后便隐居在一个小镇。但他仍旧不曾因现实而妥协，在那些漫长而艰难的岁月之中，他与《草叶集》相依为命、相濡以沫，二者早已融为一体、互为支撑。

不得不说，《草叶集》能够一直出到第九版绝对称得上是个奇迹，就像惠特曼在遭受如此多的恶意之后居然还能坚持下去一样，都令人感到惊讶且敬佩。毕竟现实总是比童话要残酷得多，能够忍受住这样寂寞与诋毁之人，又能有多少呢？

如今，惠特曼早已被公认为是美国历史上最杰出的民族诗人之一了，世人对他的尊重与喜爱，或许只能用与他同时代的著名演说家罗伯特·英格索尔在他墓前所讲的那段话来表达了："他曾活过，如今已死去，而死并不如从前那样可怕……他曾讲述的那些勇敢的话还会像号角一样对着那些垂死者响亮地吹奏……他活着时我爱他，他安息之后我仍旧爱他。"

为娱乐的写作——爱伦·坡

1827年5月,一个名叫卡尔文·F. S. 托马斯的印刷所小老板兼工人,在他那家位于波士顿市华盛顿街70号的小印刷所中,出版了一本名为《帖木儿及其他诗》的诗集。这个十九岁的小伙子还在这本诗集的扉页上印上了自己的名字。而创作这本诗集的作者,是一个年仅十八岁的小青年,他并未将自己的名字留在这本诗集上,而是署上了"一个波士顿人"的笔名。

许多年后,人们早已无从得知那位姓托马斯的印刷所小老板后来何去何从、发生过怎样的故事。但那位连自己真实姓名都不曾留在诗集上的作者,却早已蜚声文坛、名垂青史,他的名字叫作埃德加·爱伦·坡。而那册仅仅只收录了十首小诗,当初也只印刷出五十册左右,售价仅为12美分的《帖木

▲ 爱伦·坡画像

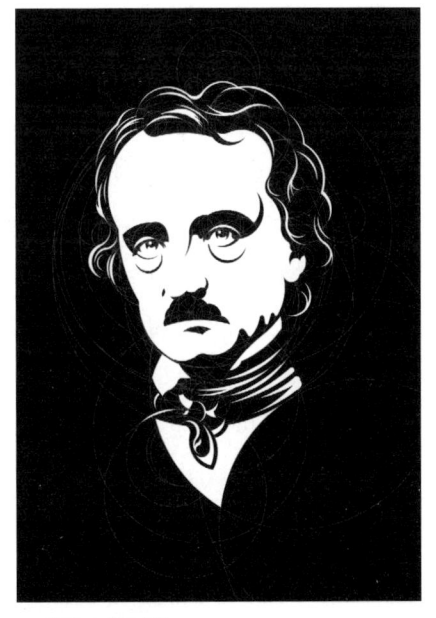

儿及其他诗》原版,如今已是美国文库中的无价之宝,世上只有四册得以流传下来。

爱伦·坡的一生,可谓是与逆境搏斗的一生,其命运的跌宕起伏,即便放眼整个美国文学界,恐怕也是无出其右的。

1809年1月19日,爱伦·坡出生在波士顿的一个流浪艺人家庭。很小的时候,他就失去了双亲,幸好他的养父收养了他。养父母对坡很好,为他准备了家具齐全的房间、样式流行的服装、各种各样他感兴趣的书籍,甚至还有一架天文望远镜——年少时的坡常常约朋友一起到家中用它眺望遥远的星空。

对少年时代的坡来说,除了失去双亲之外,遭受过的最大打击,是一个女人的病逝。这个女人就是坡的同学罗伯特·斯坦纳德的母亲斯坦纳德夫人,这位夫人端庄美丽,是年少时的坡心中对于"美"的认知与象征。

斯坦纳德夫人的病逝让坡非常伤心,在之后很长一段时间里,坡都精神恍惚,还常常做噩梦,他甚至曾多次偷偷一个人在深夜里跑去斯坦纳德夫人的坟前痛哭。后来,坡创作了《致海伦》一诗,将自己的"失美之痛"融入其中,展现得淋漓尽致。

也正是在这段时间里,坡的养父约翰·爱伦的商行倒闭了,事业失败的打击让爱伦变得越来越暴躁,动辄就发怒,对坡的关爱也越来越少。虽然后来约翰·爱伦还是将坡送进了弗吉尼亚大学就读,但却只给了他110美元,而在当时,弗吉尼亚大学一名学生一年的费用大约是350美元,这实在令人感到费解。也正是这件事,使得坡最终离开了他的养父,开始四处漂泊。

坡的心中一直怀揣着一个文学梦,但可惜的是,那本他在波士顿出版的《帖木儿及其他诗》始终无人问津。为了生存,他只得化名应征入伍，后来甚至还进入了西点军校。但最终，为了自己的梦想，为了对文学的渴望，他还是离开了军校，在困苦的生活中苦苦挣扎。

1849年10月3日，昏迷在巴尔的摩街头的坡被人发现，然而仅仅四天之后，他便溘然长逝了。据说在临死之前，他曾仰望着头顶阴霾的天空，用尽力气愤然高喊道："愿上帝保佑我！"这是坡在人世间留下的最后声音，是他第一次向上帝发出乞求，也是他最后一次对命运的抗争。

爱伦·坡的一生都陷于痛苦的泥淖不可自拔，仿佛一切不幸都与他的命运死死纠缠。他早早便失去了双亲，然后失去了兄妹，之后又失去养父养母给他的家，继而失去爱妻，失去生活的基本保障，直至最终，失去了种种生活的理想。在接踵而至的不幸中，他的内心始终与恐惧相伴，"恐惧"成了他一生的主题，同时也成了他所有创作的主题。

在坡的作品中，尤其是那些恐怖小说作品，字里行间都充斥着令人战栗的恐怖，并抽丝剥茧地将人因恐惧而丧失理智的过程展现得淋漓尽致。他开创了四种截然不同的小说叙述类型：

一是恐怖悬疑类小说，如《黑猫》《亚夏古屋的崩塌》《贝瑞妮丝》《泄密的心》等，这类小说探讨的大多是人的异常心理而造就的恐怖。

二是假想故事类小说，如《别用你的脑袋跟魔鬼打赌》和《红死病之面具》等，具有很强的寓言性。

三是侦探推理类小说，如《玛莉·罗杰疑案》和《莫格街凶杀案》等，皆为侦探小说的鼻祖。

四是科学冒险小说，如《气球骗局》等。

在爱伦·坡所生活的时代，美国文坛可以说是英杰辈出，欧文、库伯、爱默生、梭罗、朗费罗、霍桑等,无一不是美国文学史上惊才绝艳的人物。然而,唯独只有他,被历史戴上了天才的桂冠。

但我们都知道,真正的天才往往都是不幸的,因为他们总是走在所有人的前面,很难被同时代的人所理解和赏识。就像坡,他试图在作品中阐释人对死亡的欲望,但在弗洛伊德向世人剖析人的心理和欲望之前,谁又能理解这一切呢?坡擅长描写那些充斥着血腥与残酷的暴力,然而在海明威的那些小说问世之前,又有多少人懂得欣赏暴力小说这种艺术?就连坡在作品中所制造的那些惊悚战栗与恐怖悬念,对于那个时代的读者而言,大概也是令人难以理解和欣赏的。

在《诗歌原理》中,坡曾这样点评了平克尼的一首诗:"不幸的是平克尼先生出生在遥远的南方,否则他早已成为美国的头号抒情诗人。"

如果说平克尼生错了地方,那么爱伦·坡显然生错了时代。他的思想实在太超前了,他曾不止一次地创作过与双重自我相关的小说,然而在他所属的时代,人们脑海中甚至还不存在人格分裂的概念;他曾为被高炉浓烟所蹂躏的青山绿水而喟叹不已,然而在他的时代,芸芸众生甚至还没有开始生出"环保"的意识;他曾因科学的发展并未给世人带来真正的幸福而嗟叹不已,然而在他的时代,却根本没有人热衷于谈话以及关怀的话题。

爱伦·坡是超越时代的天才,或许他本人也早已经意识到了这一点,在《我发现了》中,他这样写道:"我不在乎我的作品是现在还是将来被人们所阅读,我愿意花费一个世纪的时间来等待读者……"

在短短四十年的人生中,爱伦·坡留下了不少作品,其中文学评论是非常重要的一部分。在当时的文坛上，坡的文学评论，除了詹姆斯·罗塞尔·洛威尔之外，几乎无人可与之匹敌。而一向不轻易赞美他人的洛威尔也曾称赞过坡是"最有见识、最富哲理的大无畏评论家"。当代著名的文学评论家埃德蒙·威尔逊也曾感叹过"坡的文学评论确实是美国文坛上空前的杰作"。

坡一向主张"为艺术而艺术"，这一点也始终贯彻于他的所有创作中。他曾宣称"一切艺术的目的是娱乐，不是真理"，他这样说道："在诗歌中，唯有创造美——超凡绝尘的美，才是令人心折的正当途径。在诗歌中，音乐是不可缺少的成分，这对超凡绝尘的美的展现尤为重要。而在故事写作上，艺术家则应努力制造出强烈的情感效果，比如惊险、恐怖等。"

爱伦·坡死后长眠在了巴尔的摩，那些将他安葬的人，并不是他的朋友，而是一些与他毫不相干，甚至是怀有敌意的人。他们将一块沉重的石板放置在了他的墓穴之上，希望这位极不安分的诗人能够在死亡中沉息下去。然而，这块石板却莫名地断裂了。次年春天，那些随风飘来的种子在石板的缝隙中安家落户，开出了一簇簇生机勃勃的野花，长出了一丛丛春意盎然的野草，就如爱伦·坡坚韧的灵魂，从不曾停歇对命运的抗争。

美国心理分析小说的开创者——霍桑

  1850年，美国文学史上首部象征主义小说《红字》横空出世，在评论界引起了巨大震荡，并为其创作者霍桑赢得了"出生于本世纪的最伟大作家"的赞誉。此后百余年间，《红字》被译成多种文字，并多次被改编成戏剧和歌剧搬上舞台。

  1804年7月4日，纳撒尼尔·霍桑出生在新英格兰的一个破落贵族世家。他年幼失怙，随寡居的母亲生活在缅因州的舅舅家。

  十四岁时，霍桑曾在祖父的庄园住过一年。庄园附近一处风景优美的湖泊，名为巴果湖，霍桑常常在那儿附近读书、打猎、钓鱼，充分享受美好的自然风光。据他晚年回忆，那段生活，可以说是他这一生最为自由和愉快的时候，也正是在那里，他逐渐形成了孤僻的个性与诗人的气质。

  霍桑家族世代都是虔诚的加尔文教信徒，那时候社会上也充斥着浓重的加尔文教气氛。霍桑从不去教堂，但却又喜欢在礼拜日，站在窗帘背后看窗外的人们做礼拜。他为祖先们在迫害异端时所展现出的狂热而感到负罪，以至于在上大学之后，特意将一个"W"的字母加入自己的姓氏，以表示自己与祖先们的不同。但与此同时，在家庭的影响下，他又无法彻底摆脱这种信仰文化所带来的影响。

  1825年，从大学毕业之后，二十二岁的霍桑回到了萨莱姆故居，并在那里居住了十二年。在这段漫长的岁月中，他几乎将所有的时间都用在了思考、读书与写作上。最开始的时候，他对自己的作品并不满意，因此都是以匿名的形式进行发表的，有一些原稿甚至被他直接焚毁了。经过长久的思考与磨砺，1837年，霍桑终于出版了他的首部短篇小说集《重讲一遍的故事》，赢得了一些名气。

1850年是霍桑在文学界崛起的一年，他的首部长篇小说《红字》一经问世，就让他成了当时最炙手可热的作家。

这部小说虽然写的是二百多年前殖民地时代的美洲，但实际上所揭露的，却是19世纪资本主义发展时代下，美国社会法典的残酷、宗教的欺骗以及道德的虚伪。小说使用象征手法，无论人物、情节还是语言都具有浓厚的主观想象色彩，着重描写了人的心理活动和直觉。作为小说的第一女主人公，海斯特·白兰犹如崇高道德的化身，用她自身的高尚感化了表里不一的丁梅斯代尔，同时也感化着这个充满罪恶与黑暗的社会。而她的丈夫奇林渥斯则被描绘成一个窥秘复仇的影子式人物，为小说情节的每一个发展来做铺垫。

在《红字》中，海斯特·白兰在与丈夫一起从英国移居到美国波士顿的途中，丈夫不幸被印第安人所俘虏，海斯特只得孤身一人到了美国。在艰难的生活中，海斯特遭到了一名青年牧师的诱骗，并怀了身孕。在当时的清教徒社会，这件事在人们看来，堪称大逆不道。因此，海斯特很快被当局逮捕入狱，不仅要游街示众，还必须终身佩戴一个象征着耻辱的红色A字（Adultery：通奸犯），并接受公开审判。

这场对海斯特的审讯是由州长亲自主持的，而那个诱骗了海斯特的浑蛋——被世人认为是最高道德典范的教区牧师丁梅斯代尔，甚至还假惺惺地"劝说"海斯特，让他招出奸夫的姓名。然而，海斯特最终还是什么也没说，一个人默默忍下了所有的屈辱和痛苦。

背上罪名的海斯特就这样孤苦而顽强地活着,哪怕被整个社会孤立、受尽嘲笑与讥讽,她也从来不曾放弃。在这黑暗而冰冷的生活中,只有女儿珠儿是她唯一的支柱。看着代人受过,却仍旧忍辱负重、不屈不挠的海斯特,丁梅斯代尔心中充满了愧疚与痛苦,不久后就病倒了。

而此时,海斯特那个被印第安人抓走的丈夫罗杰·奇林渥斯医生也获释回来了,他一直都在暗中侦查这一切。后来,在给丁梅斯代尔治病的时候,奇林渥斯终于获悉了真相,并一度想将丁梅斯代尔杀死。

为了逃离死亡的威胁,丁梅斯代尔与海斯特决定带着孩子,在新市长宣布就职的那天乘船离开。然而,这一切的计划都被奇林渥斯识破了。于是,丁梅斯代尔鼓起勇气,在新市长就职的当天,带着海斯特与珠儿一起走上示众台,在众人面前坦白了自己的罪行。最后,他死在了海斯特的怀抱中,而海斯特也终于从罪恶中解放出来,带着女儿离开了这个地方。

许多年后,珠儿已经长大成人,并拥有了自己的家庭。海斯特再一次回到了波士顿,她的身上依旧佩戴着那个红色的A字,在她心中,这个耻辱的红字早已成了道德与光荣的象征,而她,也将永远佩戴着它,直至生命的终结。

在《红字》这部被霍桑自称为"心理罗曼史"的小说中,为了表达深邃的主题,他极尽所能地运用了诸多隐喻和象征。比如故事一开篇,首先提到的,就是"新殖民地的开拓者们"对监狱修建的重视,而这朵"文明社会的黑花从来不曾经历过自己的青春韶华",因它总是"与罪恶二字息息相关",就连门前都是"过于繁茂地簇生着的不堪入目的杂草",然而,就是在这样一片晦暗凄楚的色调中,却有一簇傲然挺立的玫瑰"盛开着宝石般的花朵",象征着人类最美好的道德……这种以自然景象来渲染环境、烘托气氛以及映射人物内心活动的表现手法,在文中比比皆是。尤其是那两场丁梅斯代尔牧师与海斯特和珠儿在夜晚及密林约见的描写,更是将整个故事的氛围推向了高潮。

对于霍桑来说,他写《红字》,不仅仅是想讲一个爱情故事,他真正想要探讨的,是当时的社会现状与人类命运,从而寻找出"善"与"恶"的真理。故事中的示众台,最初的描述是"像是教堂的附属建筑",仿佛在隐喻社会上的一切丑恶及不人道,根源都在于宗教;继而,霍桑又笔锋一转,描述它是"如同法国大革命时期恐怖党人的断头台",似乎表达出他对于当时社会变革的种种不解和恐惧。

从这些细节就能看出,在写这部小说时,虽然霍桑以敏锐的目光洞悉了社会上存在的种种弊端,但他却并不知道应该何去何从。他将社会上那些不合理的现状和人类所遭受的种种悲剧,都归结成"善"与"恶"的较量,但偏偏在善恶观念上,他又深受宗教文化的影响,最终只能说出一些夹缠不清的空话,比如什么"爱总要比恨来得容易,这正是人类本性之所在……恨甚至会通过悄悄渐进的过程变成爱"等,甚至还提出"恨和爱,归根结底是不是同一的东西……"这样的论断。而且,总体来说,《红字》的整体氛围是浓重而阴郁的,带给人们的压抑要远远多于振奋。

霍桑是一位世界观非常复杂的作家,这与他的身世和经历息息相关。爱情本是人的天性,但在基督教的教义中,亚当与夏娃因偷吃智慧果而懂了男女情爱,最终被上帝赶出伊甸园,这便成了人类的"原罪",而私情,更是直接触犯了"第七戒"。

霍桑本身受教会影响极深,但自从文艺复兴以来,爱情俨然成为诸多文艺作品讴歌赞颂的主题,霍桑作为一名艺术家自然也不会例外。因此,在《红字》中,处处都能感受到霍桑的纠结与痛苦。他谴责不合理的婚姻,歌颂爱情是"神圣的贡献",但与此同时,他也无法去肯定不合"法"的感情,所以最后,有情人必定不能成眷属。

在创作中,霍桑渲染气氛、深挖心理的写作手法一直颇为后世所推崇,许多后来有名的作家在创作时都借鉴过霍桑的这一表现手法。单从这一点来说,霍桑对文坛的贡献是不可磨灭的,而他的代表作《红字》也绝对称得上是文学史上不朽的明珠。

挑战自然的悲剧——麦尔维尔

悲剧作品本身其实并非悲剧，只有当创作悲剧作品之人在现实中成为真正的悲剧主人公时，才是真正悲剧的诞生。《白鲸》毫无疑问是一出悲剧，而它的创作者赫尔曼·麦尔维尔，又何尝不是一出令人心痛的悲剧呢？

如今的我们毫不怀疑《白鲸》的伟大，然而，在麦尔维尔的时代，却没有人能真正读懂这部作品，也没有真正认识到它前所未有的价值。所以，在麦尔维尔活着的时候，他始终只是一个小人物，靠着微薄的薪水度过余生。《白鲸》不曾让世人认识他、了解他，没有人知道，在那个时代，他们究竟错过了什么。这是整个时代的悲剧。

麦尔维尔的祖先曾是苏格兰的贵族，在麦尔维尔祖父那一代，他的家族来到美国定居，还参与了当时的独立战争，在社会上获得了一定的影响力。麦尔维尔可以说是含着金汤匙出生的，但不幸的是，在少年时代，他的家庭就因父亲破产而陷入贫困潦倒之中，他的生活也一朝从无忧无虑的天堂，坠入了冰冷残酷的地狱。此后，为了生存，他先后做过银行职员、店员、农场工人、小学教师等工作，尝遍了人情冷暖、世态炎凉。

1837年，麦尔维尔将满十八岁，心中却早已塞满了对社会的抵触与对命运的愤懑。为了逃离沉重的生活，他不顾一切地逃上一艘帆船，拉开了航海生涯的序幕。

这一次的航海或许是始于一时的冲动，但却激起了他更为强烈的渴望。于是，从1841年开始，他便正式成了一名捕鲸船上的水手。随后的三年里，他乘坐捕鲸船游遍世界各地，这段旅程既让他开阔了眼界，又让他收获了许多知识。而且，他还参与了捕鲸船上的反专制斗争，后来出于参与暴动等原因而受到监禁。之后，麦尔维尔又去了"美国号"军舰服役，一直到1844年，他才正式结束航海生涯，在波士顿上了岸。

这段航海生涯对麦尔维尔有着非常重要的影响。很长一段时间，他都是待在捕鲸船上度过的，这也基本奠定了他此后的思想基础。坎坷的命运、丰富的经历以及强烈的思想，共同构建了麦尔维尔的创作世界。他所创作出来的作品，既是他现实生活的写照，同时也是他思想的体现。

1850年2月，麦尔维尔开始创作《白鲸》（又名《莫比·迪克》），历时一年有余，终于在1851年顺利出版，这一年麦尔维尔三十二岁。这部伟大作品的诞生，本该引起美国文坛的震动，但事实却是，这部堪称美国文学史上的史诗之作，不仅没有引起任何轰动，反而还为麦尔维尔招致了无数非议。

《白鲸》的失利让麦尔维尔感到非常失望，但他也并未因此就结束了自己的文学生涯。在《白鲸》之后，他又先后创作了《彼埃尔》（1852）、《伊萨雷尔·波特》（1855）、《骗子》（1857）、《比利·巴德》（死后于1924年被整理发表）和短篇故事集《广场故事》（1856）等多部作品。然而，这些作品却都没能为麦尔维尔带来成功与肯定，不仅读者反响平平，就连在评论界，都没能获得什么好的反响。

1891年，几乎被世人遗忘了的麦尔维尔在纽约——他的出生地——溘然长逝。甚至一直到他死后的第三天，《纽约时报》才在一个不起眼的小角落里发布了他的讣告。

直到20世纪二三十年代时，人们才终于读懂了《白鲸》，读懂了这部超越时代的伟大作品。评论家们惊讶地感叹："这绝对是一部旷世之作啊！"现在，已经不会再有任何人质疑麦尔维尔和他的《白鲸》了，他们已成了全世界讨论度最高，且最具研究价值的作家与著作之一。

《白鲸》的故事是以第一人称的叙事角度展开的，叙述者名叫伊什梅尔，是"裴廓德号"捕鲸船上的一名雇员。"裴廓德号"的船长名叫亚哈，是个十分狡猾老练的水手。在许久前的一次航行中，他的一条腿在失败的捕鲸行动中被毁了。毁了他腿的"仇人"，就是白鲸莫比·迪克，此后，他便一直心心念念地要找这头白鲸报仇。

在复仇的过程中，他们捕猎到一些鲸鱼，又和几艘捕鲸船发生相撞。再后来，他们终于找到了白鲸莫比·迪克。亚哈与白鲸大战了三个昼夜，终于用鱼叉刺中了它。受伤的白鲸被激怒，撞沉了"裴廓德号"。最后从这场浩劫中活下来的，只有伊什梅尔，也正是他，向人们讲述了这个故事。

很显然，这个故事中最主要的两个主人公，一个是船长亚哈，一个是白鲸莫比·迪克。他们分别代表了人类与自然，他们之间存在的尖锐矛盾，所象征的正是人类与自然之间的激烈冲突。

船长亚哈显然就是人类一方的代表，他身上有着种种的美德，坚毅、刚强、英勇不屈、不为名利所动。与此同时，他也具备大多数人类天性中的劣迹，疯狂、自私、刚愎自用，等等。他是一个立体的人，一个有着多种面孔的形象。他是代表人类前来征服自然的，他与白鲸之间的种种斗争，正是人类对自然的抗争。

从亚哈的角度来看，剿灭白鲸是他必须背负的使命，这个使命是神圣的，具有历史性的。就像人类对自然的征服，不正是像这样，由无数个剿灭白鲸的过程所组成的吗？而亚哈就是人类征服自然的领袖，他担负着人们征服和改造自然的美好愿望，同时也背负着带领人类与自然抗争的使命。他赢得了无数勇敢者的尊敬与爱戴，却也招致了无数懦弱者的恐慌与憎恶。这是人类自身所存在的矛盾，这种矛盾将会在人类征服自然的过程中愈演愈烈，只有先解决好人类内部的矛盾，克服人类天性中存在的种种弱点，才可能在与自然的抗争中获得胜利。而亚哈的"裴廓德号"就像是人类社会的一个缩影，同时也是那个时代人类状态的一个缩影。

与亚哈相反，白鲸莫比·迪克无疑是自然的代表，与亚哈所在的人类阵营处于对立面。莫比·迪克是强大的，就像同样强大的自然力量一般。和白鲸一样，自然是丰厚而大度的，它如同一座物产丰饶的宝库，又如人类的衣食父母，它的身上，有许许多多丰厚的资源；但同时，它也和白鲸一样，是吝啬的，从来不会主动给予人类任何馈赠，人类从它身上得到的一切好处，皆是靠着主动的索求甚至是掠夺而得到的。

所以很多时候，人类与自然之间的关系是极为矛盾的。我们总是搞不清楚，自然于人类而言，究竟是恩人还是仇人。但就《白鲸》来说，亚哈与白鲸之间的矛盾，注定了他们只能是你死我活的结局。因此，亚哈对白鲸只展现出了人类对自然最残酷和无道的一面，而白鲸对亚哈也只展现出了自然对人类的殊死反抗与残忍报复。

在故事的结局中，船长亚哈与白鲸莫比·迪克同归于尽了，人类与自然，谁也无法征服谁，谁也不能战胜谁，就好像是地球的两极，背道而驰，却又相互依存、互为补充，共同维持着世界的运转。

人类与自然之间究竟何去何从？这个问题始终找不到答案。无论是同归于尽的船长亚哈与白鲸莫比·迪克,还是现在的我们,始终没有找到最好的答案。这是人类永远都无法逃避,也永远都必须思考和探索的问题。

  《白鲸》的伟大,是思想与力量的伟大,它是美国文学史上当之无愧的史诗之作。麦尔维尔将他一生命运的跌宕起伏都融入了这部作品之中,而他多舛的命运和不屈的抗争,则决定了这部作品的力度。

挑起一场大战的小说家——斯托夫人

美国总统林肯曾在南北战争结束前夕接见过一位女士,他称这位女士是"写了一部书,就酿成一场大战的小妇人"。林肯总统口中的这位"小妇人"就是斯托夫人,而这部酿成一场大战的书正是《汤姆叔叔的小屋》。

1811年6月14日,比切·斯托出生在北美的一个牧师家庭。她的父亲是虔诚的教徒,舅舅推崇自由党信仰,而她本人则十分喜爱阅读司各特浪漫主义小说。因此,在她的成长过程中,一直都伴随着这三种不同思想文化的影响。

从学生时代开始,斯托就是一名资产阶级民主主义思想的拥护者。她曾在辛辛拉提市生活了十八年,这里一河之隔的地方就是南部蓄奴的村镇。因此,她从很早之前,就已经与一些逃亡的黑奴接触过,对他们悲惨的生活也有一些了解。后来,她还亲自去过南方,对于这些可怜的奴隶,她一直都抱有深刻的同情。就是在这样的背景之下,她才创作出《汤姆叔叔的小屋》这一作品的。

1852年,《汤姆叔叔的小屋》首次在《民族时代》刊物上连载,一经发表就引起了各界的强烈反响。仅仅第一年,这一作品就在美国国内刊印了一百多版,销售量达到三十多万册,后来又陆续被译成二十多种文字,在世界各地出版发行。

在一个奴隶主与奴隶贩子的讨价还价中,《汤姆叔叔的小屋》拉开了帷幕，一个悲惨的故事渐渐展现在人们眼前——

谢比尔是美国肯塔基州的一名奴隶主，因股票市场上的投机失败，他欠了一屁股债，不得不考虑将手下的两个奴隶卖掉。谢比尔准备卖出的两个奴隶，一个叫汤姆，是在他的种植场出生的，因颇得主人欢心，现在已经当上了家奴总管，为人十分忠诚；另一个叫哈利，是黑白混血女奴伊丽莎的儿子。

伊丽莎与汤姆不同，她对主人可没有多少忠心，更不是那种逆来顺受、俯首帖耳地任由奴隶主摆布的奴隶。因此，在得知主人居然想卖掉自己的儿子以后，她便果断决定要带着儿子逃走了。伊丽莎的丈夫乔治·哈里斯也是附近种植场的奴隶，在得知妻子的计划后，他也伺机逃出，两人带着儿子历尽艰险，最后在废奴派组织的帮助之下，逃亡到了加拿大。

对于伊丽莎想要逃走的事情，汤姆其实早就知道了，并且也支持伊丽莎的决定。但他自己却丝毫没有逃走的打算。汤姆从出生就生活在种植场，从小被奴隶主灌输诸如要敬畏上帝、忠心主人、逆来顺受等一类的思想，这些思想在他心中早已根深蒂固。因此，对于主人打算将他卖掉抵债一事，他心中是毫无怨言的，也心甘情愿地接受主人的安排。最终，汤姆被卖到了新奥尔良一个名叫海利的奴隶贩子手中。

一个偶然的机会下，汤姆救了一个溺水的小女孩伊娃。伊娃的父亲是一个名叫圣·克莱的奴隶主，他对汤姆十分感激，便从海利手中将他买了回来，让他负责赶马车的工作。伊娃非常喜欢汤姆，两人在相处的过程中建立了非常深厚的感情。后来，伊娃突然病死，圣·克莱非常伤心，他知道，女儿和汤姆感情很深，并且对黑奴们一直都抱有深刻的同情，因此他决定要遵循女儿生前的愿望，解放汤姆和其他黑奴。

然而，不幸的是，解放黑奴的手续还没有办妥，圣·克莱就在一次意外事故中被杀死了。而圣·克莱的妻子也并没有遵循丈夫的意愿解放这些黑奴，反而将他们转手卖了出去。汤姆从此落入了"红河"种植场的奴隶主莱格利手中。

莱格利是个十分凶残暴虐的奴隶主，在他眼中，黑奴根本不能称之为人，只能算是"会说话的牲口"，动辄打骂是"家常便饭"。在莱格利手下，汤姆一直忍受着非人的折磨和虐待，但他仍旧从未想过要逃走，依然默默地做着一名忠心的奴隶。

有一次，两个可怜的女奴为了活命，决心要逃出种植场。她们悄悄躲了起来，伺机寻找逃离的机会。莱格利发现之后非常愤怒，他怀疑汤姆也是知情者，甚至可能是"帮凶"。于是，他命人将汤姆捆起来，用鞭子将他抽得皮开肉绽，逼问他两个女奴的下落。然而，不管遭受怎样的酷刑，汤姆却始终不肯说一句话。

就在此时，乔治·谢尔比——汤姆第一任主人谢尔比的儿子——找了过来，想要将汤姆赎回去。汤姆是乔治·谢尔比幼时的仆人及玩伴，两人之间有着非常深厚的感情，自从汤姆被卖掉之后，小谢尔比就一直想着要将他找回去。但他还是来晚了一步，伤痕累累的汤姆没能挺过去，就这样离开了人世。

汤姆的死让乔治·谢尔比深受打击，他狠狠给了莱格利一拳，然后埋葬了汤姆。回到家乡后，乔治·谢尔比便以汤姆大叔的名义，将他名下所有的黑奴都解放了，并对他们这样说道："每当你们看到汤姆大叔的小屋时，都应联想到你们所获得的自由！"

在《汤姆叔叔的小屋》中，无论黑奴还是奴隶主，都是十分多样化的。不同的黑奴有着不同的性格和表现，不同的奴隶主也有着完全不同的嘴脸。有逆来顺受、深受基督教精神所影响的黑奴汤姆；也有向往自由、不甘心接受命运摆布、极具反抗精神的伊丽莎与丈夫乔治·哈里斯。对奴隶主的刻画也是如此，有对黑奴抱有深刻同情的奴隶主，如小谢尔比；有对黑奴遭遇冷漠以对的奴隶主，如圣·克莱的妻子；也有残暴不仁，完全不把奴隶当人看的奴隶主，如莱格利。

通过这本书、这个故事，斯托夫人向我们展示了一个必然的结局：命运只有掌握在自己手中时，才有希望与未来。逆来顺受，无论何时都任由奴隶主摆布的汤姆，即便也曾遇到过许多对他抱有深刻同情的主人，但最终的结果还是难逃一死。而向往自由、敢于反抗的乔治夫妇，却在历经艰险、生死搏斗之后得到了新生。

很显然，在斯托夫人看来，奴隶制度的存在对于美国而言，本身就是一种时弊和耻辱。她以这样一个故事向世人提出了一个爆炸性的问题：这万恶的奴隶制度究竟还要继续多久？

《汤姆叔叔的小屋》横空出世，为美国的废奴运动奠定了广泛的社会基础，其所造成的舆论效应有效地推动了废奴运动的发展。在那一时期，南北战争爆发之前，社会上最引人注目的事情有两件：一就是《汤姆叔叔的小屋》一书的出版，二就是1859年爆发的黑奴约翰·布朗所领导的奴隶起义。此刻，隆隆的炮声已经在人们耳旁响起，一场伟大的战争即将拉开帷幕。

从领航员到作家——马克·吐温

"当真理还在穿鞋的时候,谎言已经走遍半个世界。"这是来自马克·吐温的一句至理名言。作为美国19世纪最优秀的批判现实主义作家,他的作品总是充满了幽默感与对现实的讽刺意味,让人在会心一笑的同时又不禁心有所感,回味起来更是余韵悠长,也难怪美国评论家威廉·豪威尔斯会评价他是"美国文学上的林肯"。

马克·吐温原名叫塞缪尔·兰霍恩·克莱门斯,出生在密苏里州一个不算大的村落。父亲是当地的律师,但经济收入微薄,家庭负担很重。为了摆脱贫穷的泥淖,他们一家之后移居到了距离密西西比河岸不远的汉尼拔镇。

那是一处十分荒凉的地界,几乎未曾被人们开垦。附近有一个农场,那是塞缪尔童年时期最常去的游玩场所。在那里,他和一群小伙伴去湖里游泳,在树林中捕捉响尾蛇和蝙蝠,到山上采集榛子和野山梅。他还在那里认识了一位黑人朋友,人们叫他丹尼尔大叔。丹尼尔大叔是个特别会讲

▲ 马克·吐温画像

故事的人,每天傍晚,塞缪尔便和一群小伙伴一起围坐在丹尼尔大叔身边,听他讲各种各样有趣的故事。

在塞缪尔看来,这些勤劳朴实的黑人都十分可爱,有着高尚的人品和智慧,尤其是丹尼尔大叔,在他心中简直就是高尚品质的化身。在塞缪尔的成长过程中,汉尼拔镇是他童年最美好的记忆,在这里,他收获了快乐、朋友、知己,而这一切都成了他以后创作的宝贵素材。

塞缪尔年仅十二岁时,父亲就去世了,本就不甚富裕的生活变得更加艰难,他就被送到汉尼拔镇的印刷厂做学徒工了,没有工钱,只包吃和穿。后来,离开这家印刷厂之后,他成了一名流浪的排字工人,在密西西比河沿岸的各个城市辗转。

那一时期,他常常能听到密西西比河上的水手们在测量水深时高喊着:"马克·吐温!"意思就是在说,这里有"两寻[1]"深。只要听到这一喊声,领航员就知道前方是安全的,可以放下心来继续引导着轮船前进。那时候的塞缪尔对领航员这个职业简直羡慕极了,在他看来,领航员就仿佛是密西西比河上的"国王"或者"主宰"一般。

后来,经过刻苦学习与努力,塞缪尔也成了一名领航员。他引导着轮船四处漂流,认识了各种各样的人,见识了种种不同的风景。他与不同的人打交道,洞悉他们的心灵,了解他们的生活,探索他们的性格,从而真正见到了世间百态。

这些丰富的人生经历为塞缪尔提供了无数的灵感,他开始以水手们口中喊的那句"马克·吐温"作为自己的笔名,在地方报纸上发表一些小文章,从而一步步展开了他的文学生涯。

---

1 "寻"是英美长度的旧称,一寻合 1.829 米。

1861年,美国爆发南北战争。也就是在这一场战争之后,马克·吐温真正开始了他的文学活动。他陆续发表了许多作品,其中比较有名的包括:《傻瓜国外旅行记》《竞选州长》《汤姆·索亚历险记》《王子与贫儿》《哈克贝利·费恩历险记》《密西西比河上的生活》《致坐在黑暗中的人》《私刑合众国》《战争祈祷》等。

1875年,在完成《汤姆·索亚历险记》之后,马克·吐温便开始了《哈克贝利·费恩历险记》的创作。刚开始的时候,一切都非常顺利,但还没写多少,马克·吐温就陷入了"瓶颈",不得不中道搁笔。后来,一直经历了六年的酝酿与构思之后,他才再次动笔,一气呵成地将这个故事写了下去。

1885年,《哈克贝利·费恩历险记》终于顺利问世,这部"姗姗来迟"的小说被认为是马克·吐温最为成功的佳作。就连著名作家海明威也称赞这部小说是"我们所有书中最好的一本书"。

《哈克贝利·费恩历险记》讲述的是一个名叫吉姆的黑奴,为了摆脱被奴役和出卖的命运,从奴隶主手下逃出后四处漂泊流浪的故事。从小说中可以看出,对于那些有着不幸遭遇和悲惨生活的黑人奴隶,马克·吐温是抱有深刻同情的,而对于奴隶主的暴虐无道与当时社会上普遍存在的种族歧视,马克·吐温也给予了强烈的谴责。

在《哈克贝利·费恩历险记》的故事里,作为中心人物的哈克贝利是个天真的白人孩子,他身上具备许多美好的品德,质朴、善良、勇敢而又聪慧。他不屑于资产阶级的虚伪客套,因为理念的不合,屡屡遭到父亲毒打。于是,他最终逃离了那个家,决定去过那种自己所向往的、充满罗曼蒂克精神的冒险生活。

在旅途中,哈克贝利结识了刚从奴隶主手下逃出的黑奴吉姆。按照当时的美国宪法规定,如果有人发现黑人奴隶逃跑,是应该去向当局告发的。哈克贝利却没有这么做，当然，他对吉姆也并没有太友好，而是和其他白人一样，歧视并且戏弄他。但随着两人的相处，哈克贝利渐渐发现，吉姆和他想象中似乎并不一样，他诚挚而忠厚，远胜于他曾经认识的许多白人。

哈克贝利与吉姆就这样建立起了深厚的友谊，他不再戏弄吉姆，而是竭尽所能地帮助他逃走。在与吉姆相处的过程中，随着思想上的逐渐转变，哈克贝利完成了自我的蜕变，成了一个具有"健全的心灵"，不再因种族或肤色而歧视他人，并主张人人平等的人。

作为小说中另一个重要人物吉姆，他虽然是个黑人奴隶，身上却同样具有许多优秀的品质，勤劳、善良、诚实、纯朴、忠厚、勇敢。他向往自由，不甘接受被奴役的命运，于是勇敢地逃出了奴隶主的魔掌。他有着不屈的意志，哪怕历经千辛万苦，也始终保持着独立自由的思想和作为人的尊严。

《哈克贝利·费恩历险记》以极度夸张的手法，打造了一个诙谐幽默、滑稽可笑的故事，呈现出一种漫画式的效果，让人在阅读过程中总是忍俊不禁。但与此同时，又以极为细腻的笔触，详细刻画并分析了人物的内心活动和思想变化，十分触动人心。但不得不说，作者对于种族压迫的认知还是太过理想化，没有看到其本质下的阶级实质，故而才在小说中，对黑奴解放这一问题，呈现了道德感化的阶级调和态度。

对于这部小说的主题思想，马克·吐温后来做了这样的归纳："健全的心灵与畸形的良心发生冲突，最后心灵战胜了良心。"

事实上，在马克·吐温之前，已经有无数人表达过对蓄奴制的反对，也创作过许多相关类型的作品。但在美国文学史上，这还是首次有人从批判良心的高度来批判蓄奴制，即使在美国思想史上，这也是少有先例的事情。

　　此外，马克·吐温还是中国人民的好朋友。1900年，中国爆发义和团反帝斗争的时候，他就曾公开称赞义和团的行为。而对于"八国联军"对中国的入侵，他也始终秉承反对和批判的态度。他是正义的，有着自己的良心与底线，有着洞悉一切事物本质的眼光和智慧。

　　1910年4月，马克·吐温病逝。临终前，他让速记员记录下他所口述的，对资本主义社会的种种批判与憎恶，并让其公开发表出去。这是他对这个世界发出的最后的批判与讽刺。

诗歌现代派运动领袖——艾略特

他是虔诚的英国国教式天主教徒,他是支持皇室的保皇派,他是文学上的古典主义者,他蔑视民主,对那些不学无术的普通人充满厌恶,他甚至还倾向于纳粹的反犹太主义。在他身上,明显能看出"一战"后西方青年的精神状态。他就是托马斯·斯特恩斯·艾略特——一个生于美国、长于美国,而后又选择加入英国国籍的"预言诗人"。

1888年9月,艾略特出生在美国密苏里州的圣路易斯市。他的祖父创办了华盛顿大学,父亲是一名砖瓦商,母亲则是位诗人。

艾略特的家境十分优越,生活也少有波折。十六岁之前,他一直在圣路易斯的史密斯学院学习;1905年考入哈佛大学学习哲学,新人文主义者欧文·白璧德的反浪漫主义观点对他造成了很深的影响;1910年进入法国巴黎大学深造,学习哲学与文学,与波德莱尔、拉弗格和马拉美等象征派诗歌的作家有所接触;1911年又回到美国哈佛大学,进行印度哲学和梵文的学习;1914年到德国继续求学,后因爆发第一次世界大战而中断;1915年进入牛津大学进行希腊哲学的学习,并开始定居伦敦,同时在海格特学校展开拉丁文和法文的教学;1917年到1925年,进入劳埃德银行工作;此外在1917年至1919年,他还同时担任着《自我中心者》杂志的助力编辑工作;1922年创办文学评论季刊《标准》,在业内颇具影响力,1939年之前一直担任该杂志主编；1927年正式加入英国国籍，放弃原本的美国国籍，并加入了英国国教会。此外，艾略特还长期在费柏出版公司担任董事长的职位，一直到他去世为止。

人们将艾略特誉为"现代文学批评大师"。早在1915的时候，他就已经开始撰写文学评论了。此后又在1920年出版了自己的第一本文学论文集《圣林》，然后又相继编写《论文选集》（1932年出版，1951年修订）和《古今论文集》（1936）等。此外，《传统与个人才能》（1917）、《玄学派诗人》（1921）、《批评的功能》（1923）和《诗歌的用途和批评的用途》（1932）等较为著名的批评著作，也都是艾略特的代表作品。

在艾略特的诸多文艺理论中，最突出也最具特色的，就是他提出的"非人格化"理论。艾略特认为，诗歌不应该成为一种主观的自我表现，他曾这样说道："诗不应是情感的放纵，而应是情感的避却。诗不应用来表达个性，而应避却个性。"在他眼中，作品与作家应该是两个完全独立的个体，作品只是一种客观的象征物。如果诗人想将自己的感情融入作品，那么就必须先将其转化为非人格的东西，让它脱离作者本人的人格，成为一种独立的艺术性情绪。只有这样，才能让艺术更接近于科学。

艾略特还提出，要想成功做到这种"转化"，就要求作家必须具备高超的艺术表现手法。针对这一点，他提出了一种称为"客观对应物"的情绪表现方法，即将客观事物，包括各种事件、情形、掌故及引语等，搭配在一起，组成一幅图案来作为某种情绪的象征。

在诗歌创作方面，艾略特深受法国象征派、17世纪玄学派以及英国詹姆士一世时期的剧作家所影响，与欧美诗歌的传统表现手法截然不同，完全抛弃了浪漫主义直抒胸臆的写作方法。在情感表达方面,他一直遵循着所提出的"客观对应物"的表现方法,以象征和暗示来作为情绪的表达。

在第一次世界大战爆发前后,艾略特就通过这种全新的艺术表现手法,创作了许多反映战争前后,英、美两国上流社会人们普遍弥漫的悲观情绪,以及精神方面的空虚和疲惫的诗歌。比如《普鲁弗洛克的情歌》一诗,艾略特就通过自嘲的表现手法,运用许多新奇的比喻和对照,引经据典,描绘出了一个青年男子在追求爱情时的矛盾心理。想爱又没有勇气去追爱,既缺乏勇气,又对爱情充满怀疑与不确定,惟妙惟肖地将一个上流社会里的庸碌青年形象刻画得入木三分。

但要说艾略特最具代表性的作品,还当属他于1922年时所创作的长诗《荒原》。这首诗最初是发表在艾略特编辑的杂志《标准》创刊号上的,一经面世就轰动一时,引起了西方诗界的广泛关注。美国著名诗人威廉斯这样评价道:"它(《荒原》)结束了世人的所有快乐;犹如一颗炸弹,瞬间就摧毁了整个世界。"

《荒原》是划时代的产物,是西方资本主义文明走向堕落与空虚的象征。《荒原》的诞生为艾略特奠定了后来获得诺贝尔文学奖的基础,同时也在诗界揭开了20世纪20年代以后"艾略特时代"的序幕。

《荒原》一诗形象地描绘出了战后西方悲观情绪蔓延的景象和人们精神世界的贫乏,急切表述了在宗教信仰日益淡薄、西方文明走向衰落之际,人们内心的焦虑与不安。这是艾略特对荒原世界与荒原人所发出的一次新的救赎的呼喊。所谓的"荒原"自然不只是现实意义上的荒原,更象征了当时背景下的社会与个人的复合体,评论家们将其称为"以个人自由开始并以概括时代为结束"的长诗。

在经历了战争的洗礼之后,那时候的西方社会,早已如同一片干旱荒地，赤土千里，干涸枯败，连庄稼都生长不出。人们的精神世界在这样的苦旱之中，已变成一片荒原，失去信仰、失去理想，再也看不到未来和希望。这就是《荒原》所展示出来的景象与情感。

《荒原》一共有五个章节，即《死者的葬仪》《对弈》《火诫》《水里的死亡》《雷霆的话》。这是集艾略特这一时期所有艺术技巧的大成之作，鲜明的形象，暗示、象征等手法，加上丰富的自由联想，共同构建了这部思想与情调完全一致的诗篇。全诗极少用韵，语言表达也千变万化，除了英语之外，还综合了法、西、德、拉丁、希腊和梵文等六种语言，将里巷歌谣、历史掌故、名篇大作融为一体，在为诗篇增色的同时，也赋予了它生趣盎然的异国情调。

1927年之后，艾略特的诗歌风格发生了一些转变，进入创作的第二时期。在这一时期，他所创作的诗歌融入了更多的宗教色彩。在这一时期，无法解决的社会矛盾让艾略特身心俱疲，于是他转而向宗教寻求救赎。因此，他在这个阶段所创作的诗歌从内容上来说，大多是比较消极的，但在艺术表现方面则产生了不少新的突破，颇具自然、和谐、冥幻的风格。长诗《四个四重奏》就是他这一时期最具代表性的作品。

艾略特是在1935年到1941年创作出《四个四重奏》的。从艺术技巧上来看，《四个四重奏》要比《荒原》更加成熟，文字表达得也更为自然流畅，这首诗被认为是艾略特的巅峰之作。

这是一首哲学宗教性长诗，它的四个"四重奏"分别为：英国乡间的玫瑰园遗址"诺顿"；艾略特祖先曾在英国居住过的"东科克"村庄；美国马萨诸塞州海边一组名为"萨尔维奇斯"的礁石；英国17世纪一座名为"小吉丁"的教堂。全诗主要表达了人类历史始终围绕天主的意志，周而复始、循环不已的思想，着重强调并渲染了基督教的服从精神。

1948年,"因对当代诗歌做出的卓越贡献和所起到的先锋作用",艾略特被授予了诺贝尔文学奖。

20世纪最著名的小说家之一——海明威

"一篇短小的故事,在他手中经过反复推敲、悉心裁剪之后,以简练的语言,铸入了一个较小的模式,变得既凝练,又精当。如此,在阅读时,人们就能获得极其鲜明且深刻的体验,并牢牢把握住其想要表达的主题。他以这样的方式,将其艺术风格推向了极致。《老人与海》就是这样一部将此叙事技巧体现得淋漓尽致的典范作品。"这是1954年海明威被授予诺贝尔文学奖时授奖人所说的话。

欧内斯特·海明威出生在芝加哥市郊的橡树园小镇,从小他就酷爱体育运动,尤其热衷于捕鱼和狩猎等活动。高中毕业之后,十八岁的海明威放弃进入大学,做了一名见习记者;"一战"爆发之后,他不顾家人反对,毅然前往意大利,做了一名战地救护车司机;1918年,因被炸成重伤,海明威被迫离开前线,回国休养;1923年,他的处女作《三个故事和十首诗》正式发表;1926年,他的首部长篇小说《太阳照样升起》顺利出版,斯坦因将其称为"迷惘的一代";1929年,《永别了,武器》的出版让海明威声名大振;西班牙内战爆发时,海明威再次以记者身份亲临前线,并在炮火中创作了剧本《第五纵队》,以及长篇小说《丧钟为谁而鸣》;1952年,海明威在客居古巴期间创作了《老人与海》,这部作品为他赢得了诺贝尔文学奖;晚年时,海明威返回美国定居,最后因病痛而受尽折磨,于1961年7月2日,饮弹自尽。

《老人与海》是海明威根据一位古巴渔夫的真实经历所改编创作的故事，成功地塑造了一个在面对危险和挑战时，坚忍不拔、百折不屈的硬汉老人形象。

小说主人公名叫桑提亚哥，是古巴一个以打鱼为生的老渔民。他已经接连八十四天都没有捕到一条鱼了，最开始的时候，还常常有一个名叫曼诺林的男孩跟在他的身边，但后来，随着日子一天天过去，曼诺林的父母见老人始终打不到鱼，便把他送上了另一条渔船，让他跟随别人去出海。果然，在离开老人之后，男孩第一个星期就收获了三条不错的鱼。

男孩和老人是忘年交，男孩第一次捕鱼就是老人教的，因此他非常尊敬和爱戴老人。看到老人每天出海都空船而归，男孩觉得非常难过，于是总来帮他拿东西，希望能用自己的方式给予他一些帮助。

桑提亚哥年纪已经很大了，他瘦削而憔悴，脖颈上满是皱纹，但他那双海水一般湛蓝的双眼，却丝毫也没有沮丧之色。虽然村里的渔夫都嘲笑他，拿他捕不到鱼的事情打趣。但他一直都是男孩心中最好的渔夫，因为男孩知道，他们打鱼不仅仅是为了赚钱，更是将它当作一项热爱的事业。

男孩为老人准备热乎乎的饭菜，和他一起讨论垒球赛。垒球好手狄马吉奥是老人最欣赏的选手，因为他是渔民的儿子，哪怕脚跟上长了骨刺，打球时也依然生龙活虎的。老人觉得，虽然自己已经不年轻了，体力也差了许多，但他有着丰富的捕鱼技巧和经验，以及百折不挠的决心，因此他依旧可以做一名好渔夫。

老人和男孩约定第二天一起出海。当天晚上，他做了一个梦，梦中的自己还是少年模样，刚刚当上水手，远航到非洲时，突然瞧见海滩上有几只狮子在嬉戏。醒来时,月光正好,老人将男孩叫醒,分别乘坐两条船,驶向自己所选择的海面。

此时天还没有大亮,老人将新鲜的沙丁鱼鱼饵包在鱼钩上,放入了水中。他聚精会神地看着手中的钓丝,突然,露出水面的一截绿色竿子猛地坠入水中。老人赶紧用手轻轻捏住钓丝,他感觉到钓丝又颤动了一下,拉力不是很猛。

丰富的经验告诉老人,此时,在100英尺[1]之下,正有一条马林鱼在吃鱼钩上包裹的沙丁鱼。他感觉到了钓丝轻轻的扯动,心中十分高兴。一会儿之后,他感觉到了钓丝下硬邦邦、沉甸甸的重量,这分明是一条马林鱼,而且个头不小!

他先松开了钓丝,然后再用尽力气猛地将钓丝收拢,但可惜,鱼不仅没被扯上来,反而还慢慢地游走了。老人想把钓丝背在脊梁上,以增加对抗马林鱼的力量,但可惜,没起到什么作用,只能眼睁睁看着小船一直朝西北方向漂去。

老人想,没关系,一直这样用力过猛,鱼很快就会死了。但已经过了四个小时,鱼却仍旧拖着小船在广阔的海面上漂荡,老人也仍旧紧紧抓着钓丝,不肯放手。此时,船距离陆地已经很远了。

太阳西坠,繁星遍布,老人仰头望天,根据星象判断出,这条鱼竟一直没有改变方向。温度渐渐降低,老人感觉自己浑身都冷冰冰的。为了减少钓丝对肩膀的压迫,老人将一个麻袋垫在了肩膀上,弯腰靠在船头,僵硬的身体终于放松下来。此刻,他突然觉得,如果男孩能在场,那该有多好,他就可以让他帮帮忙,再好好瞧瞧这一切。

黎明前夕,气温骤降,老人只能抵着木头取暖。但他想,既然

---

[1] 1英尺 ≈ 0.3048米。

鱼能坚持，那我肯定也能坚持。于是，他仍旧紧紧扯着钓丝，决心与它周旋到底。

太阳终于升起来了，鱼仿佛不知疲倦。但老人根据钓丝的倾斜度判断，鱼很可能就要跳起来了，这让老人欣喜不已。果然，鱼开始不安分了，甚至把小船都扯得晃荡了起来。老人握着钓丝的右手开始流血，但他还是没有放弃。过了一会儿，就连左手都开始抽起筋来，但他依然还在坚持。

为了恢复体力，老人吃了几片金枪鱼肉，打算继续对付这条大鱼。这时，钓丝突然慢慢升起，大鱼也总算露出了水面。鱼鳞在阳光的照耀下闪闪发光，甚是好看。它有一根很长的喙，像极了垒球棒，但前端又非常尖细，好似一柄利剑。突然，它大镰刀一般的尾巴猛地没入了水里，钓丝也随即飞快滑了下去。老人这才发现，这条大鱼居然比小船还要长得多。他和大鱼再次展开了搏斗，一直相持到日落时分。至此，他已经和这条大鱼对峙了整整两天一夜。

老人突然回忆起自己年轻时候在卡萨布兰卡的一段记忆，那时候，他和一个黑人比赛掰手腕。他们用粉笔在桌上画了线，然后将胳膊肘放到画线的地方，伸直前臂，两手紧握，相持了一天一夜。直到裁判都换了好几个，他们也没能分出胜负，就连指甲都流出了血，但却谁也不肯放弃。后来，一直到第二天天亮时，他终于奋力地扳倒了黑人，获得了最后的胜利。但凡是观看了那场比赛的人，都将他们当成了心目中的英雄。

老人和大鱼又一次从黑夜搏斗到天明，大鱼已经从水中跳跃起了十余次，一直围着小船打转。此时，老人已经有些体力不支了，眼前仿佛有黑点在晃动一般，但他的手却依然没有放松钓丝。

终于，当大鱼又一次从他身边游过时，老人突然举起鱼叉，猛地插入了大鱼的身体。大鱼最后一次奋力跃起，在空中划了一道美丽的弧线，然后轰然落入水中，溅了老人一身的浪花。它银白色的肚皮向上翻起，流出的血染红了大海，终于一动也不动了。

老人将鱼绑在船边，带着愉快的心情返航。然而，不幸却并未远离。一个多小时后，大鱼的血腥味引来了巨大的鲨鱼。看着这个海洋中凶残的杀手，老人冷静地用绳子系住鱼叉，待鲨鱼靠近时，猛地将鱼叉刺进了鲨鱼的脑袋。鲨鱼用力甩尾，挣断了绳子，慢慢沉下了水。老人丢掉鱼叉，在船桨把上绑上刀子，然后接连杀死了两头来犯的鲨鱼。在搏斗中，刀子被折断了，老人干脆改用短棍。等到半夜时，面对成群结队而来的鲨鱼，老人已经无计可施了……

黎明时分，小船晃晃悠悠驶进港口，人们看到，在老人的船边，绑着一架巨大的白色鱼骨。

早上，男孩来探望老人，看到他疲倦不堪的样子，心疼得放声大哭。老人醒来之后，男孩给他端来了一杯热气腾腾的咖啡，并约定好过几天再一同出海打鱼。男孩离去后，老人又倒头睡下了，并再一次在睡梦中见到了狮子。

海明威在《老人与海》中所塑造的桑提亚哥是一个非常典型的硬汉形象，尽管生活不如意，也仍旧充满信心。就像书中所说的，哪怕接连八十四天没有捕到一条鱼，他如海水一般湛蓝的眼中，也没有丝毫的沮丧。

海明威细致地刻画了桑提亚哥在与自然的殊死搏斗中的悲壮与崇高。最终的结果可以说是不太好的，经过几天几夜不眠不休的抗争之后，老人拖回来的，只有一副白森森的鱼骨。如果单纯从物质方面考量，显然这场"交易"绝对是亏本的，毕竟他殊死搏斗得到的东西，既不能吃，也没有什么实际用途；但如果从精神方面来说，那么这场战斗的胜利无疑是最好的奖赏。老人以顽强的毅力与不屈的精神，一次次地捍卫住了自己的自尊与自信，有力地证明了自己的勇气与实力。诚如文中最为经典的那句话："一个人可以被毁灭，但不能被打败。"

桑提亚哥与海明威其他小说中的硬汉形象是完全不同的，在他的身上，我们可以看到人类的精神力量和相对于自然的价值，而他的顽强不屈也能给读者带来强大的动力。因此，当《老人与海》这部小说出版时，仅仅四十八小时之内，就成功售出了五百三十万册，创造了人类出版史上一个空前的纪录。

海明威曾这样形容过自己的创作风格："我总是试图以冰山的原理去写它，只让八分之一露出水面，而另外八分之七则是在水面下的。"而在《老人与海》中，这一点也确实体现得淋漓尽致，在洗练的文字风格下，充满了各种深刻的象征与隐喻。

在青年时代，海明威曾是才华横溢的作家，发表过无数佳作。但在1940年，创作完《丧钟为谁而鸣》之后，他就陷入了沉寂，整整十年都不曾再有过什么佳作。一直到了1950年，他才又出版了一部毫无新意的长篇小说《过河入林》。那时，许多评论家都说海明威已经是"江郎才尽"了。但后来，《老人与海》的横空出世则有力地证明了海明威的实力，并为他带来了诺贝尔文学奖的殊荣。据说，在创作这部作品时，海明威曾将原稿反复读了两百多遍才付印，如此认真严谨的态度，也难怪能够获得这样的成功。

"乱世佳人"的缔造者——玛格丽特·米切尔

她一生只创作了一部小说,就在一夜之间成为美国文坛的名人,收获巨大的声誉。她的这部作品被翻译成二十七种语言,销售量达到两千万册。她就是美国著名小说家玛格丽特·米切尔,"乱世佳人"的缔造者。

1900年,玛格丽特在美国佐治亚州的首府亚特兰大市出生,她曾先后在华盛顿女子学校和马萨诸塞州的史密斯学院就读。1922年,她首次以"佩吉"的笔名为《亚特兰大日报》撰稿,其后四年间,她又陆续撰写了大量稿件发表于诸报刊,其中有129篇是署名的,还有大量是没有署名的。1926年,因脚踝受伤,玛格丽特辞去了原本的工作,并在丈夫的鼓励下开始尝试创作小说,她的著名作品《飘》就是在此时开始着手创作的。

据玛格丽特所说,她花了近十年的时间,才将《飘》写完。事实上,早在1929年的时候,玛格丽特就已经完成了这部小说中的大部分内容。但她在创作这部小说时,并没有按照正常的顺序进行。她最先完成的,其实是小说的最后一章,之后才又返回来写其他的章节,而且往往是想到哪里就写哪里。有趣的是,在《飘》彻底完成的近十年间,玛格丽特几乎从来不曾对身边的人谈论过这部作品,以至于很多人都知道她在创作,却压根儿不知道她在写什么。

1935年春,在麦克米伦出版公司任职的编辑哈洛尔德·拉瑟姆正满世界地组稿，当他听说玛格丽特正在写书之后，便和她取得了联系。但一开始，玛格丽特并没有承认自己正在创作，她认为，作为一名北方的出版商，哈洛尔德恐怕并不会认同她这个南方人对南北战争的某些看法，可她的作品却又恰好是以南北战争为题材而创作的。但后来，玛格丽特最终还是送出了自己的手稿。同年7月，麦克米伦公司便给出答复，决定出版这部小说，并将书名暂定为《明天是新的一天》。

确定出版之后，玛格丽特又花费了近半年的时间，用以确定和核实小说中提到的各种历史事件发生的时间与地点。在最后确定出版之前，她从美国诗人欧内斯特·道森的一首诗中得到灵感，将书名更改成了《随风而去》（中文译名为《飘》）。

在这段时间，麦克米伦公司也没有闲着，他们对这部即将出版的小说进行了全方位的宣传。成果显然是喜人的，1936年6月30日，《飘》这部小说，一经出版就打破了美国出版界的多项纪录。当时这部小说的日销量最高达到了5万册，光是前六个月的发行总量就达到了100万册，一年后，发行量累积到200万册。

1937年，该小说荣获了普利策文学奖和美国出版商协会奖。而小说刚一问世，其改编成电影的版权就已经被好莱坞以5万美元的价格买走了。1939年，这部由维克多·弗莱明执导，克拉克·盖博和费雯·丽主演的改编自《飘》的电影《乱世佳人》正式问世。

自《飘》出版半个多世纪以来，一直牢牢盘踞在美国畅销书的前列。那么，这部如此受欢迎的小说，究竟讲述了一个怎样的故事呢？

《飘》的女主人公是位美丽坚强且敢于与命运抗争的女性，她的名字叫斯佳丽，而这部小说正是通过讲述斯佳丽在爱情上的曲折历程，反映出美国南北战争时期人们的社会生活。

斯佳丽是个聪慧美丽，又有些任性好强的姑娘，当地许多小伙子都对她倾慕不已。但斯佳丽心中喜欢的，却是表妹梅兰妮的未婚夫，温文尔雅的阿希礼。

在阿希礼与梅兰妮的订婚宴上，斯佳丽向阿希礼表达了自己的感情，并恳恳阿希礼与她一同私奔，结果却遭到了阿希礼的拒绝。这一切恰巧被参加宴会的瑞特·巴特勒听了去，瑞特非常欣赏斯佳丽的勇气，并在心中记住了这个美丽又勇敢的女孩。

被阿希礼拒绝之后，斯佳丽非常生气，怀着一种报复的心思嫁给了梅兰妮的哥哥查尔斯，并且特意将婚礼安排在阿希礼与梅兰妮结婚的头一天。由于南北战争的爆发，婚礼才刚举行完，男人们便陆续上了前线，查尔斯和阿希礼也在其中。

不久之后，斯佳丽就收到了查尔斯的死讯，由此成了寡妇。丈夫的死并没有让斯佳丽感到多难过，但寡居的无趣生活却让她感到难以忍受。恰好此时，亚特兰大的姑妈写信邀请斯佳丽前去小住，她便应下了这一邀约。

到亚特兰大之后，斯佳丽又偶遇了瑞特·巴特勒。两人十分投缘，常常一起出现在各种社交场合，成为众人非议的对象。斯佳丽毕竟是个寡妇，在当时的人们眼中，她公然与瑞特来往显然并不是件很道德的事情。只有表妹梅兰妮一直在维护斯佳丽，而她也根本不知道，自己的表姐其实一直在惦记着自己的丈夫。

1863年，圣诞节之际，阿希礼从前线回来休假，此时，南方几乎败局已定，这一切都让阿希礼感到十分痛苦。在离开之前，阿希礼特意拜托斯佳丽照顾梅兰妮。

1864年7月，随着战局的扩大，亚特兰大也已经不再太平了，人们纷纷开始出逃。斯佳丽也想离开,可偏偏梅兰妮怀孕了,而她曾答应过阿希礼会照顾梅兰妮,于是她只得继续留在亚特兰大,与梅兰妮待在一起。

9月时,南军终于决定撤离亚特兰大,梅兰妮也在此时生下了孩子。在瑞特的帮助之下,斯佳丽驾着马车,带着梅兰妮和孩子一起逃回了老家塔拉庄园。

此时的塔拉庄园状况其实也不好,母亲去世,父亲痴呆,两个妹妹又卧病在床,生活的重担一股脑儿全都压在了斯佳丽身上。那段日子简直就是斯佳丽的噩梦,四处抢掠的北方佬,没日没夜都在遭受饥饿,这一切都让斯佳丽备受折磨。在很长一段时间里,她都会陷入噩梦,遭受这段日子带来的恐慌与折磨。

1865年4月,南军正式投降,南北战争宣告结束,阿希礼也在9月平安地回来了。这个时候,斯佳丽一家陷入了困境,因为没有能力支付高额的附加税,他们将失去塔拉庄园。为了保住庄园,斯佳丽本想前往亚特兰大去向瑞特求助,但偏偏这个时候,瑞特因为侵吞国库钱款的罪名被捕了,无奈之下,斯佳丽只得自己想办法。

最后,为了弄到足够的钱来保住庄园,斯佳丽嫁给了妹妹的情人肯尼迪。此后,她便留在亚特兰大,一心经营锯木厂。那个时候,由于社会不稳定,亚特兰大的治安非常差,很多人就连白天都不太敢去城外。但斯佳丽却几乎每天都要跑去锯木厂,关心自己的生意,而瑞特则一直在暗中关注照料着她。

一天傍晚,斯佳丽在回家途中遭遇了抢劫,幸而一个认识她的黑奴救了她。而就在当天夜里,她的丈夫肯尼迪和梅兰妮的丈夫阿希礼却在参加三K党的行动时中了埋伏,幸好瑞特相救,阿希礼才逃过一劫,但肯尼迪却不幸丧生于火海之中。就这样,斯佳丽又成了寡妇。

不久之后，斯佳丽答应了瑞特的追求，并同他结婚，成了巴特勒太太。婚后，斯佳丽为瑞特生下一个女儿，取名邦尼。瑞特十分疼爱邦尼，几乎对她有求必应。为了让女儿拥有一个美好的未来，瑞特开始做慈善，变成一个彬彬有礼的人。

一切原本都很幸福，可就在这个时候，斯佳丽却提出了分居。她始终无法忘记阿希礼，而且就在阿希礼生日的那天，他们坐在一起回忆往事时，情不自禁地就拥抱在了一起。结果，这事被别人看到了，一时之间闹得满城风雨。瑞特对此非常生气，两人大吵一架，瑞特一怒之下便强暴了斯佳丽。第二天，瑞特一个人带着女儿邦尼离开了亚特兰大。

瑞特走后没多久，斯佳丽就发现自己怀孕了。一直到三个月后，瑞特才带着女儿回来，斯佳丽本想将怀孕的消息告知他，但还没来得及开口，仍心存芥蒂的瑞特就已经开始对她冷嘲热讽，在争执中，斯佳丽失足从楼梯上跌落，失去了腹中的孩子。不幸的是，没过多久，女儿邦尼也在骑马跨栏时遭遇意外摔死了。一系列的变故让瑞特痛苦不已，他终日沉浸在酒精之中，而斯佳丽也离开了这个充满伤心回忆的家。

后来，因梅兰妮难产，生命垂危，斯佳丽和瑞特都赶去了梅兰妮家中。临终之前，梅兰妮请求斯佳丽替她照顾丈夫阿希礼和年幼的儿子。看着惊慌失措的阿希礼，斯佳丽突然之间意识到，一直以来，她心中所恋慕的，或许只是存在于自己想象中的阿希礼，而非眼前这个男人。她真正应该爱的，是她的丈夫瑞特。

然而，斯佳丽的醒悟似乎太晚了，早已对斯佳丽心灰意冷的瑞特已经选择黯然离开。面对这样的状况，斯佳丽只好告诉自己："先不去想他，我决定了，明天再说。明天，我会回到塔拉，然后想尽一切办法使他回来。毕竟，明天又是新的一天！"

《飘》的出版让玛格丽特收获了巨大的声誉，同时也彻底改变了她的生活。她曾在与一位教授通信时讲述了她的感受：

"事实上，我根本不知道成为一名作家之后，生活会变成这个样子。如果我知道，那么我绝对不会选择成为一名作家。我的生活在过去几十年中一直都非常平静，我喜欢这样的生活，因为我从来都不善于与人交往。我希望能安静地工作，拥有充足的休息。但近日来，这一切离我却越来越遥远了。"

她的一名女用人也回忆道："小说出版的那天，电话铃几乎每三分钟就要响一次，每五分钟就能听到有人敲门，每七分钟就得去收一封电报。还有公寓门口，总是围着十几个人，想要得到玛格丽特的签名。"

成名所带来的种种困扰，以及接踵而来的版权、翻译权等纠纷，让玛格丽特不胜其烦。因此，在《飘》之后，她再也没有发表过任何作品，一直到 1949 年 8 月 16 日，不幸于车祸中丧生。

美国当代最著名的小说家之一
——约瑟夫·海勒

幽默总能为人们带来快乐与欢笑，而"黑色幽默"在让人欢笑的同时，往往还能让人在荒诞不经与滑稽可笑之中品尝到一丝无奈与悲凉。《第二十二条军规》就是美国"黑色幽默"文学的代表作品之一，也是犹太小说家约瑟夫·海勒的成名作。

约瑟夫·海勒1923年出生在纽约市布鲁克林的一个犹太移民家庭。第二次世界大战爆发之后，他应征入伍成为一名投弹手，在美国空军服役。战后，他进入纽约大学学习，并于1948年顺利毕业。次年，他又在哥伦比亚大学获得了文学硕士学位。《第二十二条军规》是海勒历时六年完成的作品，1961年此书出版后，海勒便一举成名，正式展开了他的写作生涯。此后，海勒又陆续出版了《出了毛病》（1974）和《像戈尔德一样好》（1979）等两部长篇小说。1982年，海勒患上一种麻痹症，治疗数年才得以恢复健康。晚年时，海勒也一直沉浸在写作之中，直至逝世之前，还完成了他人生中的最后一部小说《一位艺术家的老年画像》。

作为黑色幽默文学的代表人物之一，海勒的作品一直取材于现实，并注重对社会重大议题的挖掘。他常以夸张的手法，将生活漫画化，表现出一种区别于写实性质的真实，比如《第二十二条军规》就是非常典型的代表作品。

在《第二十二条军规》中，作者塑造了许多夸张且非常有意思的人物。比如驻扎在"皮亚诺扎"岛上的飞行大队指挥官卡思卡特上校，他一心想要当将军，为了达成这一目的，他甚至罔顾部下的生命安全，任意增加轰炸飞行任务。

除此之外，这支部队中还有两个十分"出类拔萃"的人物。一个是毕业于预备军官训练队的谢司科普夫少尉，表面一本正经，实则野心勃勃。战争的爆发让他非常高兴，因为在战争中，他可以每天穿着军官制服，对那些即将到战场上送死的小伙子高喊口令。更重要的是，因为视力不佳且有瘘管病，他是完全可以不上前线面对危险的。为了在检阅中讨上级欢心，他特地研究出了不挥动双手的行进队列，并因此当上了中将司令官，被人们赞誉为"名不虚传的军事天才人物"。

另一个是食堂管理员迈洛，一个看上去忠厚老实、实则赚钱有术的家伙。他常常以采购伙食的名义，背地里大搞投机倒把，并成功创办了一个跨国公司。他利用飞机走私，甚至雇用敌军的飞机做运输。而就是这样一个人，后来竟成了国际知名的大人物。

这就是小说主人公尤索林所生活的世界。是的，他也在这个飞行大队里服役，是一名上尉轰炸手。他原本满怀着热血与正义参战，并因立下战功而成为上尉。但在目睹了军中种种荒诞、疯狂而又残酷的真相后，他终于看透了战争的本质，一心只想要活着回家。

看着身边的同伴一批批死去，他感到了前所未有的恐惧。他渴望活下去，渴望逃离这个黑暗而又残酷的战争世界。于是，他开始装病，希望至少能在医院里度过往后的战争岁月，却仍旧未能如愿。

根据第二十二条军规规定，只有疯子才能被批准免予飞行，但这一申请必须由本人亲自提出。与此同时，又规定，但凡是能够意识到飞行有危险,并且提出免飞申请的人,都属于头脑清醒之人,必须继续执行任务。此外,这条军规还规定,飞行员在飞满上级规定的次数之后就能申请回国。它又规定,飞行员必须绝对服从指令,否则就不能回国。这样一来,上级就可以无休止地给飞行员增加飞行次数,而飞行员却毫无反抗的能力。如此一来,便是无休无止。

最终,尤索林终于认识到,所谓的第二十二条军规,就是一个彻头彻尾的骗局。只要身处其中,就没有任何人能逃脱这个圈套,逾越这个障碍。而在这个世界上,到处都有"第二十二条军规"的影子,无论你怎样挣扎,都无法逃出这个天罗地网。

虽然《第二十二条军规》是以第二次世界大战为背景,但实际上,它并没有去描述战争,而是将重点放在了官僚权力结构中的个人关系上。所谓的"第二十二条军规"也并非一个真实存在的东西,但它又的的确确无处不在。它是一种无形的力量,是一种难以挣脱的束缚,有着无数内容,遍植于每一个领域。

"第二十二条军规"象征着一种"有组织的混乱"和"制度化了的疯狂",是军事官僚体制灭绝人性的本质体现。它仿佛给予了你选择,但实际上却牢牢将你抓在手里,既滑稽,又可怕。

《第二十二条军规》这部小说之所以能够在当代美国文学中一鸣惊人,除了它深刻的内涵之外,还因为其在艺术技巧上的创新。在创作这部小说时,海勒摒弃了现实主义的传统写作方法,以"反小说"的叙事结构,用叙述、谈话以及回忆等来进行事件、人物以及情节的组接。并且还使用了自己丰富的想象力,夸大了故事的情节和故事里的角色,让每个情节都变得十分滑稽可笑,在笑过之后又忍不住去思考作者想要表达的观点。作者使用了大量象征主义手法,让自己的人生观、世界观融入作品之中。因此,将这部作品称为离奇的当代寓言也毫不为过。

《第二十二条军规》象征着美国无处不在的压迫制度,人们痛恨这些东西,想要消灭这些东西,这也是作者想要表达的观点。"第二十二条军规"甚至在世界范围内成为一个象征着"无法摆脱的困境"的专有名词。

第六辑

其他西方国家文学

西方文学的源头活水——《荷马史诗》

古希腊是西方文明的发源地,因为希腊史上诞生了无数的诗人、艺术家。由希腊盲诗人荷马创作的《荷马史诗》不仅是古希腊最伟大的作品,也是西方文学的源头活水,是当之无愧的史诗级巨著。

希腊文献中,有关荷马的记载少之甚少,从希腊的历史学家希罗多德的记载中,可以窥见荷马出生于公元前850年前后,是一位盲人,下巴长着一把茂密的大胡子。而荷马的身份是一位流落街头以吟唱为生的艺人。希腊的历史学家修昔底德,以及哲学家柏拉图和亚里士多德都认定是荷马创作出了《荷马史诗》。

因为有关荷马的记载太过稀少,令许多历史学家和学者们都在质疑荷马这个人是否存在,《荷马史诗》是否由荷马创作。

▲ 荷马雕像

18世纪初，法国的众多历史学家经过大量的考证，认为希腊历史上根本没有荷马这个人。所谓的"荷马"其实是希腊吟唱艺人的总称。所以，《荷马史诗》是由众多的吟唱艺人一起写成的。此外，他们还指出，《荷马史诗》中的两部史诗前后相隔了数百年，由此更不可能是由同一个人完成的。

这个观点得到了法国学者沃尔夫的认同，他仔细研究《荷马史诗》后发现，史诗中的每个部分都能由歌者单独吟唱出来，并且这些诗歌经过了多次的整理和加工，才成了我们现在看到的模样。所以，他认为《荷马史诗》的作者并不只是一个人。

当然，也有很多学者持反对的意见，认为历史上是有荷马这个人的。譬如德国学者尼奇，他认为荷马出现在众多的希腊历史学家和哲学家的记载中，那么可以肯定确有其人。不过，他认为《荷马史诗》中的诗歌不是荷马所写，是荷马游历了很多的地方，他将听闻到的民间诗歌经过整理和加工，然后写入《荷马史诗》当中。

尽管人们对荷马有着众多的质疑，但从没有质疑过《荷马史诗》的价值，并且人们对这部史诗有着极高的评价。

《荷马史诗》由两个部分组成，分别是《伊利亚特》和《奥德赛》，两部史诗各有二十四卷，描述了大量的希腊时期的文化、政治制度、民间习俗、社会历史、宗教等，以及当时的人们对宇宙的认知。所以，《荷马史诗》有着极高的历史价值、文学价值。

那么，《荷马史诗》具体讲述了什么呢？《伊利亚特》和《奥德赛》都是以特洛伊战争为背景的，不同的是，《伊利亚特》讲述了特洛伊战争中发生的故事，而《奥德赛》讲述了特洛伊战争结束后发生的故事。

《伊利亚特》，也被译作《伊利昂纪》，史诗以神话开头，说的是特洛伊王子帕里斯在女神的帮助下，拐走了斯巴达国王的妻子。于是，希腊和特洛伊城展开了十年之战。在战争的前九个年头里，双方势均力敌，直到一位美丽的女俘虏出现，才令战场的局势有了变化。

史诗中，希腊联军的统帅是阿伽门农，主将是阿喀琉斯。阿喀琉斯喜欢上了一位女俘虏，但却被阿伽门农抢走。愤怒的阿喀琉斯卸任了主将一职，并退出了战场。他的退出令希腊联军节节败退，在危急关头，阿喀琉斯的好友帕特洛克罗斯穿上了阿喀琉斯的盔甲，挽救了希腊联军，但自己却被特洛伊王子赫克托尔杀死。阿喀琉斯得知好友被杀死的噩耗后，既后悔又悲伤，为了给好友报仇，他重新上了战场，杀死了赫克托尔。

特洛伊的老国王在夜晚时分进入了阿喀琉斯的营帐，他希望能带儿子的尸首回特洛伊安葬。阿喀琉斯答应了老国王的请求。而《伊利亚特》也在赫克托尔的葬礼下结束。

《奥德赛》，又被译作《奥德修纪》，史诗讲述了特洛伊战争结束后，获胜的希腊联军纷纷回到了自己的故乡，只有大英雄奥德修斯带着自己的船队在海上漂流，开启了一段冒险旅程。

奥德修斯先是来到了一座海岛，海岛上有野蛮、强壮的野人，他们受到了野人的攻击，慌乱之下重新起航，漂到了另外一座海岛上。饥饿无比时，船员们发现了岛上有一种能吃的果子，可是在吃下果子后，他们仿佛被迷惑了一般，不愿意再离开海岛。原来，他们吃下的果子有着忘记烦恼和忧愁的魔力。奥德修斯用绳子绑住了船员，将他们带回船上，继续在海上航行。

没过多久，奥德修斯来到了一座巨岛，巨岛上的独眼巨人吃掉了奥德修斯的好几个船员。奥德修斯刺瞎了巨人的独眼，带着活着的船员逃离了巨岛。后来，奥德修斯得知，独眼巨人是海神的儿子，也因此，海神兴风作浪，对他们展开了报复。他们历经千辛万苦，逃到了风神岛。风神岛上的风神给了奥德修斯一个神奇的口袋，这个口袋能够装下逆风。奥德修斯返航回乡时，一路上风平浪静。

就在要抵达家乡的时候，船员们怀疑奥德修斯的口袋里装着金银珠宝，他们悄悄打开了口袋。口袋里的逆风跑出来后，又将他们吹回了风神岛。这一次，风神不愿再帮助奥德修斯了。无奈之下，奥德修斯只得继续在海上漂流。

后来，奥德修斯去了巨人岛、魔女海岛和日神岛，活下来的船员已经屈指可数。奥德修斯的船员在日神岛惹怒了宙斯，宙斯用雷霆之力将奥德修斯的船击毁。落入大海的奥德修斯漂到了吉厄岛，被岛上的海之女神囚禁了七年。直到奥德修斯的儿子受到雅典娜的指引，才从岛上救出了他。在奥德修斯和妻子、儿子团聚之中，《奥德赛》落下了帷幕。

《荷马史诗》是一部叙述英雄的史诗巨著，史诗中的故事放到现在，也依然精彩绝伦，令人向往。此外，史诗中的战争，以及提到的宝藏和遗址的传说，也得到了人们的证实。所以，这也是一部奇幻与现实相结合的巨著。

悲剧之父——埃斯库罗斯

在西方文学里，戏剧是重要的组成部分，而古希腊是西方戏剧的发源地。而戏剧中的悲剧和喜剧，都源自古希腊的"酒神节"。

"酒神节"是希腊人的一个重要节日。在这个节日里，人们需要向酒神进行祭祀。希腊人认为，祭祀典礼足够隆重，酒神才会听到他们的祈愿，保佑希腊风调雨顺，收获累累。所以，在节日那天，人们要穿着隆重的衣服围绕着祭祀的神坛载歌载舞。

此外，有一部分希腊人需要伪装成半人半羊的模样，演唱歌颂酒神美德、哀叹酒神在人间遭受疾苦的诗歌《酒神颂》。而《酒神颂》，其实就是悲剧的雏形。后来，人们根据这首歌，搭起了布景，添加了表演，悲剧便正式诞生了。在酒神节上，希腊人也会表演一些喜庆的节目，这些节目又发展成了喜剧。

在希腊历史上，诞生了许多出色的戏剧家，其中最为著名的当属有着"悲剧之父"之称的埃斯库罗斯。他创作的悲剧作品，直到今日依然在被人们演绎。

公元前525年，埃斯库罗斯在希腊阿提卡的埃琉西斯小城出生。他的家庭是当地一个古老的贵族家庭，这使他受到了良好的教育。

埃斯库罗斯的童年和青年时期是灰暗的，因为他出生的年代正是希腊历史中有名的僭主希庇亚斯掌控的时代。希庇亚斯是一位独裁专政的残暴统治者，每一个反对他的人，都不会有好的下场。所以，当时的人们都活得小心翼翼。正是因为这样的生长环境，令埃斯库罗斯日后的戏剧创作偏向于悲剧。

公元前509年，克里斯提尼担任雅典执行官，在他的改革下，人们走出了希庇亚斯暴政的阴霾，令城内的戏剧文化迅速发展起来。这个时候，从小喜爱戏剧的埃斯库罗斯一边欣赏戏剧，一边创作戏剧。

▲ 埃斯库罗斯雕像

然而，这样安逸的日子没过多久就被打破了，因为波斯入侵了希腊。有着强烈爱国情怀的埃斯库罗斯和他的两个兄弟一起上了战场。在马拉松战役中，他的兄弟战死，而雅典也沦陷了。这个时候，埃斯库罗斯依然没有放下手中的武器，他又参加了萨拉米斯海战。看着曾经的战友一个个死去，他的内心悲怆无比，这也令他日后的悲剧创作极具感染力。

战争结束之后，埃斯库罗斯去了西西里岛，并创作了悲剧《波斯人》。这部悲剧在公演的时候，引起了很多人的共鸣，而他也一举成名，获得了当时最具含金量的戏剧奖。这之后，他又创作了《乞援人》《七将攻忒拜》《奥瑞斯提亚》等悲剧，其中《奥瑞斯提亚》是一部以希腊神话为题材的悲剧，这部悲剧由《阿伽门农》《奠酒人》和《降福女神》三个单元组成。

在埃斯库罗斯众多的悲剧作品中，要数《被缚的普罗米修斯》最为著名，这部作品与他之后创作的《被释放的普罗米修斯》《带火的普罗米修斯》组成了悲剧三部曲。

《被缚的普罗米修斯》同样以古希腊的神话为题材，讲述的是：天神普罗米修斯从天上盗取了火种送给人类，令人类从蛮荒走向了文明。然而，普罗米修斯的行为惹怒了众神之王宙斯。宙斯为了惩罚普罗米修斯，命令威力之神和火神将普罗米修斯钉在高加索的悬崖上，经受风吹雨淋和烈日炙烤的酷刑。虽然天神们很同情普罗米修斯，但谁也不敢违抗宙斯的命令，最后对普罗米修斯实施了酷刑。

虽然这部作品讲述的是神话故事，但却表达出了埃斯库罗斯对民主派的推崇，因为戏中的主人公普罗米修斯正义而勇敢，而这正是民主党派的精神所在。

埃斯库罗斯一生创作的戏剧几乎都是悲剧，但他的每一部作品与其他作品相比，都存在着很大的不同点，也正因如此，他获得了"悲剧之父"的殊荣。值得一提的是，这位悲剧大师的死也存在戏剧性。据说，他是被一只从天而降的乌龟砸死的。

奴隶也有自己的创作——《伊索寓言》

寓言是文学作品体裁的一种,通过比喻性的故事传达出意味深长的道理。通常来说,寓言都是短小精悍的,但故事情节却是完整而饱满的。在西方寓言的发展史中,古希腊寓言占据了崇高的地位,其中最为知名的当属《伊索寓言》。

相传,《伊索寓言》是伊索创作的。但在希腊文献中,关于伊索的记载并不多。据希腊历史学家希罗多德记载,伊索生活在公元前6世纪的小亚细亚,是一位极具智慧的寓言家。他原本是萨摩斯岛一个贵族家的奴隶,因为智慧过人被释放,获得自由的伊索游历了很多地方,开启了自己的创作之旅。

在当时,寓言体裁的文学创作并不是主流,但这类体裁却很受奴隶们的欢迎。因为,在奴隶们受到贵族的剥削和压迫时,会用寓言故事来抨击贵族。伊索会选择创作寓言,一来与他奴隶的身份有关,二来与他小时候的经历有关。

据说,伊索小的时候长相极为丑陋,与他年纪相仿的孩子都不愿意与他玩耍,就连大人们都厌恶他。但伊索的妈妈很爱他,并在闲暇的时候给他讲很多的故事。这些故事,有些是他妈妈编的,有些是从其他地方听来的。妈妈每次讲完故事,都会给他讲一番故事里的大道理。正因如此,伊索对故事产生了浓厚的兴趣,并确定了日后的写作体裁。

在伊索的寓言故事中，有许多故事丑化了贵族的形象，伤及祭司的尊严。最后，他被这些人所杀害。伊索虽然死了，但他的寓言故事依然广为流传。后来，人们整理出了伊索创作的寓言，古希腊时期的其他一些寓言也归在了伊索名下，诞生了如今的《伊索寓言》。

《伊索寓言》共有三百多个故事，许多故事脍炙人口，譬如《农夫与蛇》《牧人与野山羊》《乌龟与兔》《狐狸和乌鸦》，等等。仔细观察就会发现，这些故事都与动物相关，而动物都被拟人化，目的是借用小动物来揭露人与人、人与社会之间的关系。

譬如《农夫与蛇》，故事说的是，在一个寒冷的冬天的早晨，农夫外出劳作，在地里发现了一条被冻得奄奄一息的蛇。农夫对蛇产生了同情心，将蛇放在了自己炙热的胸口，用滚热的胸膛温暖了它。蛇接收到暖意后，身体不再僵硬，同时也恢复了冷血的本性。它对着农夫的胸口咬了一口，农夫中毒后，在不可思议中死去。在这则寓言故事中，蛇是邪恶的化身，故事告诉人们，任何邪恶的人都是不值得同情的。

《狐狸和乌鸦》和《牧人和野山羊》阐述的则是为人处世的道理。

在《狐狸和乌鸦》中，乌鸦得到了一块肥美的肉，它叼在嘴里栖息在枝头。狐狸看到乌鸦嘴里的肉后，就想从乌鸦的嘴里得到肉。可是狐狸不会爬树，它只能想其他的方法。狐狸眼珠子一转，便和乌鸦聊起天来。

乌鸦看了狐狸一眼，并没有理会。狐狸没有气馁，夸奖起乌鸦来，它夸奖乌鸦的羽毛很漂亮，乌鸦听后扬扬得意。狐狸又夸奖起乌鸦的歌声比黄鹂鸟的歌声还要美妙动听。乌鸦听后更加得意了。就在这个时候，狐狸表示很想听乌鸦高歌一曲。乌鸦同意了，张开

▲ 狐狸和乌鸦的故事

嘴唱了起来。而它一张嘴,叼在嘴里的肉就掉落在树下。狐狸叼起肉,迅速跑走了。

在《狐狸和乌鸦》中,狐狸指的是为达目的不择手段的人,而乌鸦指的是虚荣心很强的人。人一旦被虚荣心所控制,就会失去警惕。所以,这则故事告诉人们,人一定要保持冷静的头脑,对他人要有警惕之心。

《牧人和野山羊》说的是,一个牧人养着一群山羊,他每天都会将羊群赶到草地上吃青草。有一天,羊群里混入了一只野山羊,牧人高兴不已,因为野山羊比山羊还要值钱。为了让野山羊心甘情愿地留下,牧人讨好起了野山羊。他给野山羊吃最肥美的草儿,喝最甘甜的水,而他自己的山羊们勉强能吃饱。

可是最后,野山羊还是要离开。牧人对野山羊说:"我对你那么好,你为什么还要离开?"野山羊回答:"你为了照顾我而忽略你自己的山羊,等以后来了新的野山羊,你肯定也会忽略我。"这则故事阐述的道理是,做人一定不能喜新厌旧。

此外,《伊索寓言》中还有许多劳动人民与生活做斗争的故事,譬如《农夫和他的儿子们》,借此来告诉人们生活中的经验。

《农夫和他的儿子们》讲述的是,有一个农夫得了很重的病,请了很多医生都治不好。农夫没有什么财产,只有一片葡萄园,他很担心自己的儿子们不勤劳,最后会饿死。为此,他想到一个好方法,他将儿子们喊到病床前说:"孩子们,我在葡萄园下埋了很多钱。"

农夫去世后,农夫的儿子们将葡萄园挖了个遍,但什么也没有找到。不过,他们没有放弃,在此之后,他们每隔几天就将葡萄园翻一遍。如果土地太干太硬,他们还会浇水。正因为经常翻地、浇水,葡萄园里的葡萄长得又大又甜。农夫的儿子们卖了很多钱,也终于明白了农夫说的那番话的意思。这则故事告诉人们,不要畏惧生活,因为勤劳是人类最宝贵的财富,也是对抗生活的最锋利的武器。

在《伊索寓言》的影响之下,西方诞生了许多优秀的寓言家,譬如法国的拉封丹、德国的莱辛,等等。他们延续了《伊索寓言》的创作方式,创作出了更多的寓言故事。

新时代的第一声号角——但丁和《神曲》

但丁·阿利吉耶里是意大利中世纪诗人,他是意大利语的奠基者,也是欧洲文艺复兴的开拓者,更是文艺复兴时期的文坛三杰之一。他的作品《神曲》是西方文学中的史诗巨作,令他获得了"至高诗人"的美誉。

1265年,但丁在意大利的佛罗伦萨城出生,尽管他的家庭属于小贵族,但家庭并不富裕。在当时,意大利处于内乱当中,教皇和皇帝之间因为权力而互相斗争,并诞生了支持教皇的圭尔弗党和支持皇帝的吉柏林党。

后来,圭尔弗党发展成"白党",代表了新兴市民阶级和小贵族的利益;而吉柏林党发展成"黑党",代表了封建大贵族的利益。但丁的家族属于小贵族,所以站在了圭尔弗党。不过,他的家族并没有什么发言权。但丁从小在圭尔弗党的思想主张下成长,这对他的未来产生了很大的影响。

▲ 但丁画像

少年时的但丁十分好学,他在学校里学习了拉丁文、逻辑学和修辞学,但他觉得自己学到的知识只是冰山一角,于是又跟随当时的大学者学习更深层次的知识。闲暇时,他还会品读抒情诗集,自学拉丁诗人的作品。这让但丁在十八岁的时候,就学会了作诗。

但丁的第一部文学作品是《新生》,里面的诗歌描写的是他对贝雅特丽齐的爱。据说,但丁和贝雅特丽齐从小就相识,在相处中,但丁不知不觉喜欢上了美丽的贝雅特丽齐。然而,命运捉弄了但丁,他还没有将"爱"说出口,就与贝雅特丽齐分开了。两人再见面时,已经是九年后。时光并没有消磨掉但丁对贝雅特丽齐的爱,但是彼时的但丁已经结婚了。但丁没有离开他的妻子,而他把对贝雅特丽齐的爱都寄托到了他的诗歌当中。后来,但丁将这些诗用散文连成了一体,取名《新生》。

1289年,但丁加入了军队,参加了数场战役,立下了很多大功。在这之后,他又步入了政坛,并在官场上平步青云,当上了行政官。后来,意大利的白党和黑党斗争激烈,但丁受到了波及,卸任了职位,并在之后的斗争中被流放。

在流放生涯中,但丁去了很多地方,接触了社会各个阶层的人,体验到了不同的生活,这些经历令他的思想有了转变,他以揭露现实、唤醒人心为己任,写下了他最为著名的巨著《神曲》。

《神曲》是一部长诗,由三部分组成,分别是《地狱》《炼狱》和《天堂》。这部作品讲述的是但丁在自己的人生旅途中做的一个梦。

故事说的是,三十五岁这年,但丁不小心来到了一座黑暗的森林。他在森林里转了很久,直到黎明之际,才走了出去,来到了小山脚下。突然,有三只凶猛的野兽拦住了他的去路,分别是母狼、狮子和豹子。

在危险时刻，但丁大声呼救，古罗马诗人维吉尔的灵魂突然出现，他告诉但丁他战胜不了野兽，并给但丁指了一条逃生的路。维吉尔带着但丁穿过地狱、炼狱，最后将但丁交到了其爱慕着的贝雅特丽齐的手上，让她带着但丁前往了天堂。

地狱有九层，呈上宽下窄的漏斗状。当罪人死后，灵魂会来到地狱接受审判，根据灵魂生前犯下的罪恶大小，发配到相对应的地狱层中。在地狱中，越往下的层，代表的罪恶就越大，遭受到的酷刑也最重。

但丁和维吉尔来到了地狱，进入地狱的大门上写着：想要通过地狱，就必须抛弃犹豫、恐惧和退却。两人推开地狱之门，入目所见是遮天蔽日的黄沙，在通往地狱的走廊里，有许多灵魂因为犹豫和懦弱，无法再前行。但丁和维吉尔抵住黄沙，穿越了走廊，来到了冥河，他们乘坐小船抵达了地狱的第一层。

第一层是审判层，在这里，灵魂会受到上帝的审判，而但丁看到了正在等待审判的诗人荷马和苏格拉底，他们等了很久都没有等来上帝，因为他们没有接受基督教的洗礼，故而无法受到审判。第二层至第九层地狱，代表的罪孽分别是贪色、饕餮、贪婪、愤怒、信奉邪教、强暴、欺诈和背叛，但丁看到了许多犯下了不同罪名而接受酷刑的灵魂，这些受刑的灵魂有埃及艳后，有教皇，有暴君，有小人，有暴徒，等等。在地狱的漏斗顶端有一扇门，只要推开门，就能前往炼狱，魔王卢齐菲罗守在了门前。但丁和维吉尔小心翼翼地越过了魔王的尾巴，来到了炼狱。

炼狱由三个部分组成，分别是净界、净界山和地上乐园，其中净界有七层。所谓的净界，其实就是净化灵魂罪恶的地方，而能抵达炼狱的灵魂，都是已经悔过、知错或犯罪较轻的灵魂。净界的七层代表了七项罪恶，即傲慢、忌妒、愤怒、懒惰、贪财、贪吃、贪欲，当灵魂净化完罪恶后，就能升上天堂。维吉尔带着但丁穿过净界，登上了净界山，在抵达地上乐园后，他将但丁交到了贝雅特丽齐的手中。

贝雅特丽齐告诉但丁，他进入黑暗森林本身就是一种罪，她希望他能够忏悔。之后，贝雅特丽齐带着但丁观看了教堂里腐败的幻想，喝下了能够忘记过去获得新生的忘川水。最后，他们来到了天堂。

天堂也有九层，越往上，生前立下的功德就越大，灵魂也越高尚，同时也感到越幸福。但丁从第一层到第九层，他看到了大善人、虔诚的教士、功德者、神学家、殉教士、明君、修道者、基督和天使。但丁登上了九重天后，他先是见到了圣母，得到了圣母的允许后，又见到了上帝。在上帝消失的那一刻，《神曲》也拉下了帷幕。

《神曲》的内容复杂而烦琐，其中运用到了无数的隐喻。譬如但丁在山脚下遇到的三只野兽，母狼象征了贪欲，狮子象征了野心，豹子象征了安逸，它们在人间的化身是教皇、法国国王和佛罗伦萨人。人们为了读懂《神曲》，还专门成立了研究机构，足见这部史诗巨著的伟大之处。

1321年9月14日，但丁写完《神曲》后没多久，就感染上了疟疾，他也因此去世，一颗文学巨星就此陨落。

为骑士文学敲响丧钟——塞万提斯

米格尔·德·塞万提斯·萨维德拉,简称塞万提斯,他是文艺复兴时期西班牙著名的小说家、诗人和剧作家,也是西班牙文学界最伟大的作家之一。他的代表作有《堂吉诃德》《惩恶扬善故事集》等,其中《堂吉诃德》是西方文学史上第一部现代小说,而这部小说为骑士文学敲响了丧钟。

1547年,塞万提斯降生于西班牙阿尔卡拉城的一个普通家庭中。他的父亲是一名游医,他从小就跟着父亲在外游历。这段游历的经历,也出现在了他日后的著作中。后来,塞万提斯跟随父亲前往西班牙的首都马德里,从此定居下来。

塞万提斯家里并不富裕,父母没有送他去好的学校,而是将他送去了一所人文主义学校就读。在学校里,塞万提斯疯狂地汲取知识,因为他对诗歌很感兴趣,所以品读了大量的诗歌。其间,他写了很多首诗,这些诗获得了很多人的赞赏。

青年时期的塞万提斯是个热血青年,在奥斯曼土耳其帝国向欧洲进攻时,欧洲数个国家组成了一支联盟军,西班牙军也在其中。塞万提斯毅然加入了军队,参与了勒班陀战役。他在这场战争中表现英勇,不幸的是,他的左手受了重伤,并致残,好在欧洲联盟军打败了奥斯曼土耳其帝国。在这之后,他也没有离开军队,而是继续参加战争,参与了纳瓦里诺战役。

▲ 塞万提斯画像

塞万提斯跟着军队辗转多个战地后，才乘船返回西班牙，然而在返回途中，船被海盗劫持，塞万提斯则被海盗抓走，成了奴隶，被卖到了阿尔及利亚首都阿尔及尔。这期间，他一边写信向西班牙的几位大臣寻求帮助，一边进行戏剧创作。直到五年之后，他才被亲友赎回。而他的这段奴隶经历，也被写入了日后创作的小说《堂吉诃德》中。

回到西班牙后，塞万提斯一心投入到创作当中，先后出版了《加拉特亚》《阿尔及尔生涯》，以及《努曼西亚》等作品。这之后，他曾三次锒铛入狱。

第一次入狱是，西班牙皇家军队向塞万提斯抛出了橄榄枝，希望他能来军队担任官职，负责为军队采买的工作。塞万提斯答应了，可是没过几年，就因为账务不清而进了监狱。好不容易脱身，又因为被他人指控私吞钱财，第二次进了监狱。第三次进入监狱是被卷入了一场官司当中，好在澄清后获释。

在这期间，塞万提斯创作了许多作品，小说《堂吉诃德》的上卷就是在这个时期创作出来的。在第三次出狱后，他又创作出了《惩恶扬善故事集》《帕尔纳索游记》《八部喜剧及八部幕间短剧集》，以及《堂吉诃德》的下卷。1616年4月，塞万提斯患上了严重的水肿，于22日在马德里逝世。

塞万提斯是一位大器晚成的作家，他在五十八岁这年才因为《堂吉诃德》而声名大噪。其实，《堂吉诃德》是简称，这本书的全名是《奇情异想的绅士堂吉诃德·台·拉·曼却》，全书分为两部，前后完成时间隔了近十年。

《堂吉诃德》采用的是模仿骑士传奇的写法，是一部不折不扣的反骑士文学的长篇小说。所以，这部巨著也被称为西方骑士文学的终结者。那么，这部小说讲述了怎样的故事呢？

故事的开头发生在一个叫拉曼的地方。拉曼是一个小乡村，村里住着一个名叫吉桑诺的绅士，他就是故事中的主人公。

吉桑诺快五十岁了，他个子很高，身材十分消瘦。他虽然是一名绅士，但家中并不富裕，只能维持一般的生活。所以，他的家中只有一个帮工、一名中年女管家。值得一提的是，他的外甥女也跟他们一起生活。

虽然吉桑诺年纪不小了，但是他依然充满了幻想，尤其是有关骑士的幻想。他常常会捧着一部骑士小说，读得入迷后，会忘记吃饭，忘记做事。直到将家中收藏的骑士小说全部看完后，他做出了一个震惊他人的举动，就是卖了自己的土地去买骑士小说。

吉桑诺仿佛走火入魔了一般，他见人就会没完没了地和对方说骑士小说中侠肝义胆的情节，议论骑士精神。日复一日，吉桑诺终于失去了理性，他分不清现实与幻想，并沉浸在有关骑士的幻想中无法自拔，他满脑子都是魔法、决斗、恋爱和冒险。后来，他突发奇想，要成为一名骑士，去行侠仗义，以此来增加自己的威望。

骑士必不可少的装备是马和武器，恰好，吉桑诺有一匹瘦弱的老马，他给老马起名罗齐南托，而他的武器是一柄锈迹斑斑的长矛和盾牌。他幻想着村子里最美的女人是自己的妻子。之后，他走出了村子，开始了行侠仗义之旅。

在路上，吉桑诺看到一个富人正在抽打一个小牧童。吉桑诺质问富人为何要打牧童，富人说牧童将羊弄丢了。吉桑诺才不管这些，他命令富人放了牧童，并支付牧童之前的报酬。富人虽然满口答应，但是吉桑诺一走，他又抽打起牧童。吉桑诺认识到自己势单力薄后，又回到了家乡，邀请隔壁的邻居桑丘当自己的仆人，并答应以后封他做一个大官。

桑丘是一个很有梦想的青年,他答应了吉桑诺的请求,于是骑着毛驴,和吉桑诺一起去冒险了。游历途中,他们幻想出了一系列啼笑皆非的情景,其中就有一段是吉桑诺成为奴隶。

直到吉桑诺生命快要走到尽头时,他才恍然悔悟过去的自己有多么荒唐。他在死前立下了三条遗嘱:第一条是过去付给桑丘的钱,不用再还给他了;第二条是他的全部遗产都给他的外甥女,前提是外甥女嫁的人必须没有读过骑士文学,否则财产改捐给宗教;第三条是他向《堂吉诃德》的作者致歉,原因是写出了这部以自己为主人公的荒唐的书。在留下遗嘱没多久,吉桑诺就去世了。

尽管,《堂吉诃德》中的主人公吉桑诺的行为极其可笑,但也不能磨灭他的正义情怀、英雄气概,所以吉桑诺得到过许多诗人的赞扬,赞扬他从未抛弃尊严和理想,"永远追求正确的东西"。

塞万提斯写《堂吉诃德》的初衷,就是为了讽刺骑士文学,抨击骑士文学的反现实主义倾向,而他也达到了目的。自这部书出版后,西班牙再也没有出版过一部骑士小说了。与此同时,塞万提斯在《堂吉诃德》中描写了大量的现实主义思想,这为西方的现实主义文学开辟了道路。

文艺复兴的歌者——薄伽丘

　　文艺复兴是一场发生在14至16世纪的欧洲思想文化运动,由新兴资产阶级主导。这个时期诞生了许多杰出的科学家和艺术家,乔万尼·薄伽丘就是其中之一。

　　薄伽丘是人文主义作家,他与彼特拉克、但丁并称为意大利文艺复兴时期的"文坛三杰"。他最为著名的代表作是《十日谈》,这是欧洲文学史上第一部现实主义小说,它批判了宗教的守旧思想,主张幸福在人间,而薄伽丘也被誉为"文艺复兴的歌者"。

　　1312年,一位来自佛罗伦萨的商人到法国商谈业务,这位商人喜欢上了一个法国女人。法国女人的心很快就被浪漫而绅士的商人攻陷。1313年的6月,女人生下了一个男婴,他就是薄伽丘。

　　薄伽丘出生的时候,是一名私生子,因为他的父亲和母亲并没有结婚,直到他出生很久,父亲才娶了他的母亲。因为父亲的工作很忙,薄伽丘从小跟在母亲身边生活。直到他的母亲去世了,父亲才将他接走,带到了佛罗伦萨。

　　然而没多久,薄伽丘的父亲就再婚了。后母对他很冷酷,父亲对他也很严厉。所以,童年时期的薄伽丘内心十分脆弱、敏感,也正是因为他对幸福的渴望,才令他写出了《十日谈》,坚信幸福在人间。

　　薄伽丘长大后,父亲将他送去了那波利的一家商社学习经商。

但是，薄伽丘什么也没学会，因为他对经商提不起一点兴趣。之后，父亲又送他去学习法律和宗教法规，他也学得不尽如人意。事实上，薄伽丘有感兴趣的东西，那就是文学。他读了很多作家的作品，自学如何写诗。不过，他学习经商的经历和体验到的生活，都成了他日后写作的素材，在《十日谈》中有迹可循。

在那波利生活期间，薄伽丘被允许自由出入宫廷，他以独特的个性和智慧结交到了很多朋友，其中有人文主义诗人，有学者，有法学家，等等。这段生活丰富了他的阅历，也令他对文学有了新的看法，他创作出了传奇小说《菲洛柯洛》和叙事长诗《菲洛斯特拉托》。

值得一提的是，薄伽丘在宫廷里邂逅了爱情，他爱上一个名叫玛利亚的贵族女人。这段爱情对他日后的文学创作影响很大，他文学作品中的女性角色，有很多都是以玛利亚为原型的。

后来，薄伽丘的父亲因为经营不善而破产了，并陷入了沮丧之中。薄伽丘失去了经济来源，他无法再维持以往的悠闲生活，便回到了佛罗伦萨。

这个时候，佛罗伦萨的政治斗争十分激烈，薄伽丘参与其中，站在了共和政府的阵营，对抗封建贵族势力。他受共和政府的委托，去意大利的其他城市经营外交关系。他在宣扬人文主义的同时，也不忘记创作，先后创作出了牧歌式传奇《亚美托的女神们》、长诗《爱情的幻影》等。

1348年，意大利遭遇了可怕的鼠疫，佛罗伦萨也没能幸免于难，有大半的人民死在了鼠疫之中，城中的丧钟一刻也没停歇过。这场鼠疫令薄伽丘记忆犹新，每每想起都心有余悸，他以此为背景，写下了现实主义短篇小说集《十日谈》。

《十日谈》是薄伽丘所有作品中最为重要的一部，小说中批判宗教守旧、主张幸福在人间的思想也成了文艺复兴的宣言。这部现实主义的小说具体讲述了什么故事呢？

　　意大利暴发了一场瘟疫，并一直蔓延到了佛罗伦萨城。一天清晨，有七个美丽而有教养的富家小姐在教堂里祷告，她们在教堂里遇到了三个英俊而热情的青年。这之后，七名小姐中的三人和三个男子成了恋人，剩下的四名小姐和他们有着亲戚关系。

　　后来，佛罗伦萨的瘟疫越来越严重，死去的人也越来越多，说是尸横遍野也不为过，而城里的很多居民也都在想方设法地逃离。十个年轻人认识到，如果不逃离的话，他们也会遭遇瘟疫。所以，他们相约到城外的一座小山上的别墅去避难。

　　这个避难的地方仿佛是遗落在人间的天堂，因为别墅外的景色美丽极了，放眼望去，有翠绿的大树、五颜六色的花朵、清澈的泉水，还有鸟儿栖息在别墅的屋檐上发出清脆悦耳的鸣叫声。别墅里也装饰得富丽堂皇，墙壁上布满了精妙绝伦的壁画。

　　十个年轻人很快就忘却了心中的恐慌与烦恼，他们每天都在欢歌起舞。不过，生活久了，他们渐渐觉得无聊起来，为了打发难熬的时光，他们决定每个人每天要讲一个故事，连续讲上十天，就这样，一共讲了一百个故事，这些故事合在一起，就成了《十日谈》。

　　虽然薄伽丘的童年生活很悲惨，少年与青年时期的生活也很压抑，但是他依然对生活充满了热情与期待，这从《十日谈》中欢快、幽默的写作风格中就能看出来。而作为一个人文主义者，都必须具备热爱生活、赞美生活的情怀。

　　譬如在《十日谈》第五天的故事里，有一个故事说的是，青年西蒙爱上了一位小姐，他的爱还没有来得及说出口，小姐就要在家人的要求下远嫁他方。西蒙为了自己的爱情去劫亲，但却被捕入狱。监狱长官听闻西蒙的爱情故事后，深受感动，不仅将他放了出来，还帮助他一起去抢亲。最后，两人抢走了两位新娘，其中一位就是西蒙的爱人。最后，两人与两位新娘结了婚，从此过着幸福的生活。从这则故事能够看出，薄伽丘对生活充满了期望，他坚信只要付出行动，就一定能获得幸福。

薄伽丘的现实主义思想，在《十日谈》中也表现得淋漓尽致，譬如在第一天的故事里，有一个名叫亚伯拉罕的犹太人，他是教会的忠实信徒，因为教会在他心中是正义的，是锄强扶弱的。后来，他结识了一个朋友，这个朋友邀请他去了罗马，他在罗马看到了教会腐败的一幕，这对他的冲击很大，而他也没有犹豫，摒弃了教会。这则故事除了表现出薄伽丘的现实主义思想，也体现出了他对教会的抨击。

薄伽丘作为人文主义代表、文艺复兴的先驱者，渴望世人认清现实，不要陷入教会老旧的思想。相对应地，教会也渴望说服他皈依教会。所以，在1362年，教会派出了一名苦修僧，对薄伽丘进行规劝，这令他的人文主义思想产生了极大的震荡，薄伽丘决定加入教会。就在薄伽丘准备卖掉自己的书籍时，他的好友彼特拉克点醒了他。这之后，他专心研究文学，尤其是对但丁的著作《神曲》的研究。

1374年，薄伽丘的挚友彼得拉克去世，这对他的打击很大。在隔年的12月21日，他也离开了人世。薄伽丘去世后，教会大规模地销毁《十日谈》，还毁坏了薄伽丘的墓碑。但是，不管教会如何破坏，都无法破坏薄伽丘的作品对世人产生的影响。

伟大的笑匠——拉伯雷

文艺复兴是一场规模巨大、声势浩荡的人文主义思想运动,蔓延到了欧洲的很多国家,法国就是其中之一。法国的人文主义者在反对封建教会的同时,也宣扬人道主义思想,其中呼吁声最高的人文主义者,就是弗朗索瓦·拉伯雷。

拉伯雷是法国人文主义作家之一,他是一个学识渊博的人,对很多学科的知识都很精通。他最为知名的代表作是长篇小说《巨人传》,这部小说批判了教会的腐败、虚伪,抨击了封建社会的愚昧,宣扬了人文主义思想。也正是这部小说,令他成了16世纪法国最为重要的作家。

拉伯雷出生在法国中部都兰省希农城,对于他的出生时间,有两种说法,一种是在1483年,一种是在1494年。

拉伯雷的家庭很富裕,他的父亲是一位成功的律师,即使家里兄弟姐妹众多,他的生活需求也都能满足。所以,他童年时的生活是无忧无虑、自由自在的。拉伯雷的父亲信奉教会,在他十几岁的时候,就被父亲送进了一家修道院,做了十多年的修士,每天都学习宗教文化,而这些在拉伯雷看来极其枯燥无味。

也许是修士的生活太死气沉沉,拉伯雷迫切地想要找些有趣、有意义的事情去做。他开始自学希腊文,在学习一段时间后,他开始阅读有关古希腊和古罗马历史文化的书籍,并将一些希腊文著作翻译成拉丁文。修道院发现拉伯雷的行为后,极其愤怒,他们将拉伯雷的书籍全都销毁了。因为在教会看来,希腊的文化与教会的文化是相悖的,希腊文化就是异端邪说。

修道院的行为既令拉伯雷难堪,也令他愤怒,他转而换了一家修道院修行。拉伯雷的运气很不错,在新的修道院里,他遇到了一位同样喜欢古代文化的院长。拉伯雷想要研究古代文化的想法得到了院长的支持,院长还给他提供了很多有用的书籍。也因此,拉伯雷成为一名很有见识的修士。

后来,大主教来到了拉伯雷所在的修道院,拉伯雷才学过人,受到了大主教的青睐。之后,大主教带着他出使了意大利的首都罗马,这一次出行打开了拉伯雷的眼界。

在出使途中,拉伯雷结识了很多名人,去了意大利后,感受到了人文主义情怀。与此同时,他还学习到了更多的知识,譬如哲学、法律、天文学、音乐、数学等等,成了一个学识渊博的人。

这之后,拉伯雷邂逅了爱情,在孩子出生之前,他前往了法国巴黎,在蒙彼利埃大学学习医学,取得了医学学士学位。为了探求医学,他勇敢地解剖了一名死刑犯的尸体。不过,他追求科学的行为,在教会看来是疯狂而不敬的,他也因此得罪了天主教会。值得一提的是,他获得了医学博士的学位。

1542年,拉伯雷先是创作出了《高康大》,接着又创作了《庞大固埃》,其中《高康大》抨击了神学院,所以受到了神学院的指责。这之后,拉伯雷又创作出了《第三部书》,这部书的题材依然是讽刺、抨击神学院的,而他也因为得罪了神学院,前往了梅斯避难,并担任了两个教区的牧师。在此期间,他创作出了《第四部书》《第五部书》,并在一个教区的红衣主教的帮助下顺利出版。1553年,拉伯雷辞去了教会的职务，之后在巴黎去世了。

在拉伯雷的作品中，最出名的一部是《巨人传》，这本书的原名为《高大康和庞大固埃》，最早是分开出版的。后来合在一起出版，才起名为《巨人传》。

《巨人传》这部作品宣扬了人文主义思想，颂扬了人性，反对封建统治。此外，这部书还抨击了教会，指出天主教会的宗教教育其实是对儿童的毒害。而拉伯雷之所以会有这样的感触，这与他的人生经历有关。

▲ 拉伯雷雕像

那么，《巨人传》讲述了什么故事呢？

《巨人传》共有五部，第一部说的是，主人公高康大出生时，他的母亲怀了他十一个月之久，他并不是从母亲的产道出生的，而是从母亲的耳朵出生的。他出生的时候没有啼哭，而是大声嚷嚷着："喝呀，喝呀！"

高康大是一个巨人，每天需要吃很多的东西，穿的衣服也要最好的。他的父亲为他请来了老师，但他却越学越笨。最后，他的父亲将他送去了巴黎求学。高康大在学校里很受欢迎。在学校里，高康大的老师教授他知识的同时，也注意改掉他的坏习惯。渐渐地，高康大成了一个知识渊博、品德高尚的人。

后来，高康大的家乡被入侵，他的父亲上了战场，不过局势仍然不利。无奈之下，他给高康大写信，让他回家乡保家卫国。高康大回到家乡后,凭着高大的身躯,他将敌人打得落花流水,他接受了奖赏,还修建了一座独特的修道院。这就是第一部的内容。

《巨人传》第二部说的是,高康大娶了一位公主为妻子,并生下了儿子庞大固埃。不幸的是,妻子在产子时去世了,而他的儿子也肥大且笨重。庞大固埃的食量比之父亲高康大有过之而无不及,每天要吃很多的食物。

庞大固埃长大后,高康大将他送去了学校读书。庞大固埃很好学,积累了很多知识,他还去了很多国家游历,最后抵达了巴黎。在巴黎,他又继续学习。当他觉得自己的学识足够多后,他摆起了擂台,与别人辩论,结果没有一个人是他的对手。后来,庞大固埃的家乡被狄波莎国入侵,他同自己的父亲一样勇敢,他和伙伴们一起,不仅将敌人赶走了,还征服了狄波莎国的国土。

《巨人传》第三部讲述的是庞大固埃征服了狄波莎国之后的故事。庞大固埃征服狄波莎国后,他想将狄波莎国打造成一个乌托邦式的殖民地。在治理国家的时候,他遇到了很多的困难。不过,他愿意听从手下的建议,改正不足,渐渐地,狄波莎国被他治理得越来越好。

庞大固埃有一个很好的伙伴,名叫巴汝奇。巴汝奇非常害怕结婚,因为他担心自己未来的妻子会有外遇。就到底该不该拥有婚姻这个问题,他问了庞大固埃,也问了很多人。最后,他又去请教疯子。疯子胡乱回答了一番,说答案在会预言的神瓶上。于是,庞大固埃和巴汝奇准备出海,寻找神瓶。

《巨人传》第四部和第五部,讲述了庞大固埃和巴汝奇寻找神瓶的冒险之旅。他们在大海中智斗心怀不轨的商人、破解了"联姻岛"上的谜团、碰到了"诉讼岛"上的古怪居民、际遇了"钟鸣岛"的隐居者和像人一样的鸟,等等。在经过一系列的冒险之后,他们终于找到了神瓶。巴汝奇从神瓶中得到的答案是:"喝吧!"

　　这之后,《巨人传》的故事就结束了,以首尾呼应的手法来结束。仔细品读《巨人传》,会发现"巨人"并不单单指身形上的高大,更是指智慧与品德上的高大。像主人公高康大和庞大固埃一样,当灵魂是正义的,是充满了知识、学问和真理的,人们才觉得他们是真正的巨人。现实中的人也一样,哪怕身材矮小,只要灵魂高尚,那也是巨人。

　　此外,《巨人传》是一部轻松、幽默的小说,每个读过的人,都会感到快乐。所以,拉伯雷也被人们誉为"伟大的笑匠"。时至今日,《巨人传》依旧经久不衰,它出版了数百个版本,流传在各个国家。

现代童话大师——安徒生

说起安徒生,人们会不自觉地想到安徒生童话。安徒生的童话给孩子们打开了幻想的大门,陪伴着孩子们走过童年的时光。

安徒生,全名汉斯·克里斯汀·安徒生,他是19世纪丹麦的童话作家,创作出了许多脍炙人口的童话故事,被誉为"现代童话之父"。他的童话带给了人们无限的快乐和温暖,也令他获得了"世界儿童文学的太阳"的美誉。

1805年,安徒生出生在丹麦欧登塞城的一个贫穷家庭中。父亲是一个鞋匠,母亲在富人家做帮佣。因为贫穷,安徒生没有受到好的教育,只在一所慈善学校读过几年书,之后去当了一名学徒。

安徒生从小就喜欢文学,因为他的父亲是一位见识很广的人,常常会将小小的安徒生抱在膝头,说一些民间故事给他听。耳濡目染之下,安徒生喜欢上了文学,并在很小的时候就开始尝试写作。

十一岁的时候,安徒生的父亲去世了,母亲也改嫁了。为了追求文学艺术,他在十四岁那年来到了丹麦的首都哥本哈根。

安徒生最初的创作并不是童话故事,他尝试了很多体裁的文学创作,譬如十七岁那年,他创作了诗剧《阿尔夫索尔》,这部诗剧令他在文坛上初露峥嵘。之后,又创作了悲剧《维森堡大盗》,凭着这两部作品,他被丹麦皇家艺术剧院送去了教会学校免费学习,一共学习了五年。因为表现优异,他又被哥本哈根大学录取。求学期间,他先后创作了诗作《傍晚》《垂死的孩子》，以及浪漫主义作品《阿玛格岛漫游记》，等等。

从哥本哈根大学毕业后，安徒生并没有参加工作，而是开启了旅途。他去了德国和法国，而旅费也来自他的稿费。在旅行中，他创作出了旅行随笔《幻想与速写》《旅行剪影》等。这之后，安徒生才开始了童话创作。

安徒生决定创作童话之前，曾问了自己一个问题：谁最需要他的创作？安徒生得到的答案是：穷苦的孩子。因为安徒生自己的童年是困苦的，所以他很了解穷苦孩子的遭遇。穷苦的孩子受不到好的教育，买不起漂亮的衣服。他想要创作出令孩子感到温暖和快乐的童话故事，给孩子送去一片艳阳。

这之后，安徒生创作出了童话《老约翰尼的故事》《开门的钥匙》《跛子》，等等。值得一提的是，安徒生小的时候看到天上有彗星划过，他特地创作了童话故事《彗星》。而这一年，安徒生还不到三十岁。之后的几年，他又陆续创作了一些长篇小说和剧本，长篇小说有《即兴诗人》《奥·特》《只不过是个小提琴手》，其中《即兴诗人》是他创作的第一部长篇小说，剧本有《黑白混血儿》。

中年时期的安徒生，创作基本都围绕童话故事，这些童话都被收录在《安徒生童话》之中，共有160余篇。其中令人耳熟能详的有《小锡兵》《丑小鸭》《卖火柴的小女孩》《皇

▲ 安徒生画像

帝的新装》《拇指姑娘》《夜莺》，等等。这些童话故事除了给孩子塑造出一个恢宏的想象力十足的世界外，也借故事传达出了意味深长的道理。

在《小锡兵》里，一个独腿的锡兵爱上了一个美丽的小舞女，小舞女也喜欢上独腿锡兵。但是，有一个黑妖精总是阻挠他们相爱。黑妖精将锡兵扔下了楼，孩子们又将锡兵扔到了海里，最后被一条鱼吃进了肚子。而鱼被渔民捕捉，在市场上被小舞女家的仆人买回了家。就这样，锡兵历经磨难，终于又回到了家。后来，锡兵和小舞女被扔进了火里，变成了一颗锡心。

《小锡兵》中的独腿锡兵并没因为独腿而自卑，他乐观而坚强，并勇敢地追求自己的爱情。故事传达出的道理是，做人也要像锡兵一样，要积极乐观，坚强自信，不畏惧困难，不放弃目标。

《皇帝的新装》是一篇带有讽刺意味的童话故事。有一个国王奢侈成性，爱穿新衣服。一天，王国来了两个骗子，他们声称能够织出世间最漂亮的衣服，不过这件衣服很神奇，只有聪明的人才能看见，而愚蠢的人则看不见。之后，皇帝给骗子送去了很多金丝银线，让他们赶快纺织。这期间，国王派了好几个大臣去看骗子们纺织衣服的进度，这些大臣什么都没看见，但为了证明自己不是愚蠢的人，他们纷纷夸赞新衣服是多么美丽。后来，新衣服做好了，但骗子假装拿着衣服给国王欣赏时，国王什么也没看到。国王和大臣们的心理一样，为了证明自己是一个聪明的国王，他也一个劲儿地夸赞新衣服。之后，皇帝穿着"新衣服"，其实是什么也没穿地去游行。人们纷纷夸奖起国王的新衣服，只有一个童真的小男孩大声说道："他明明什么也没穿。"

这则童话故事讽刺的是人们的虚荣心，同时也告诫人们，要保持天真的童心，要敢于说真话，绝不能沉溺于虚荣心中。

《卖火柴的小女孩》是一篇带有现实主义色彩的童话故事，他揭露了社会的贫富差距，在赞美穷人品德的同时，也同情他们的不幸。

故事发生在寒冷的冬天，一个小女孩赤着脚、穿着单薄的衣服在街头卖火柴，而富人们则在温暖的屋子里过节日。小女孩又冷又饿，她问路上的行人要不要买火柴，但没有一个人愿意买。后来，小女孩蜷缩在街角，她点燃了火柴，在火柴的火光里，她看到了美味的食物，看到了她深爱的奶奶。故事的结尾是，当太阳升起来的时候，人们发现小女孩已经被冻死了，但她的嘴角却有一抹微笑。

通过这篇童话故事可以看出，安徒生是一位多愁善感、极具同情心的作家。因为，他写的很多故事都是伤感的，他同情贫穷和悲苦的人。此外，安徒生也是一位追求现实的人，因为他笔下的穷人、悲苦的人往往寻找不到幸福，《小锡兵》里的独腿锡兵是，《卖火柴的小女孩》里的小女孩也是。

安徒生之所以能写出如此之多能够打动人心的童话故事，也是因为他有一颗如孩子一般纯净的心灵。而这位伟大的童话大师，在1875年8月4日，与世长辞，享年七十岁。

现代问题戏剧的巨擘——易卜生

亨利克·易卜生是挪威的戏剧家、诗人，也是欧洲近代戏剧的创始人，更是欧洲近代现实主义戏剧的杰出代表之一。因为他创作的戏剧构思大胆，且藏着很多疑团，所以又被称为"现代问题戏剧的巨擘"。

1828年，易卜生在挪威出生。在1850年之前，易卜生并没有考虑走文学的道路。在1850年之后，他才做出从事文学创作的决定。因为在这一年，易卜生曾前往挪威的首都参加医科大学的入学考试，然而他的希腊文、拉丁口语和数学的成绩考得非常差，被拒之门外。在这个时期，欧洲资产阶级革命的号角吹到了挪威，易卜生结识了文艺界很多有进步思想的朋友，在朋友的邀请之下，他加入了《工人协会报》，开始从事文学创作。

在初期，易卜生写了很多响应资产阶级革命号召的作品，譬如十四行诗《觉醒吧，斯堪的纳维亚人》等，之后他发现挪威人很喜欢看戏剧，便想将革命的思想融入戏剧当中，这才转向了戏剧创作，创作出了历史剧《卡提利那》。

《卡提利那》是易卜生的第一部历史剧，在剧中，他将罗马历史中的"叛徒"写成了一个为自由而斗争的英雄，这与挪威当时的资产阶级革命思想相呼应，吸引了更多的人加入到革命的浪潮之中。

1851年是易卜生人生的转折点，这一年，他应卑尔根剧院的邀请，为一部戏剧写序曲。他写的序曲得到了剧院创办人的赏识，被聘为剧院的编导，进行戏剧创作。剧院对他的要求是，每年要创作出一部新剧本。为了创作出优秀的剧本，易卜生去了很多国家，并在当地剧院观看受观众喜爱的戏剧。1583年，他在卑尔根剧院创作出了第一部戏剧《仲夏之夜》，这部戏剧公演之后，他便在戏剧节崭露头角。

从1854年到1857年，易卜生每一年都有新的作品诞生，譬如《勇士之墓》《埃斯特罗的英格夫人》《奥拉夫·利列克朗》等。当然，这期间他也从事了其他戏剧的编导工作。这个时期的易卜生已经声名大噪，人们认为他在戏剧上的天赋和才华可以与戏剧大师莎士比亚和莫里哀相媲美。

1857年之后，一直受到幸运眷顾的易卜生遭遇很长一段时间的困境。其戏剧《奥拉夫·利列克朗》上演后，易卜生被首都剧院聘请为编导，他也接受了邀请。在此之前，首都剧院的盈利就一直不佳，易卜生加入首都剧院后，剧院的经营状况仍然没有好转，最终在1862年破产。

之后，易卜生的生活十分窘迫，但他仍然积极乐观地面对生活，并一直从事戏剧创作。他创作出了提倡恋爱自由、反对包办婚姻的戏剧《爱的喜剧》，不过，这部戏剧遭到了保守势力的抨击。

▲ 易卜生画像

1864年，丹麦和普鲁士发生了战争，易卜生担心战事会波及挪威，便离开了挪威，前往了意大利。在此期间，他不仅经济窘困，身体还受到病魔的折磨。他在绝望、脆弱之下，创作出了诗剧《布兰德》和《彼尔·英特》。可以说，这两部作品是易卜生的经典代表作，因为这两部剧作的主题都围绕在"个人精神反叛"上，他借《布兰德》揭露资本主义社会丑恶的嘴脸，抨击宗教封建而守旧的观点，等等，同时也表现出了他对社会、对命运不妥协的精神。

　　在意大利居住了几年后，易卜生又陆续迁居到德国德累斯顿、慕尼黑等地，并居住了二十多年，他最知名的剧作《傀儡家庭》就是在这个时期创作出来的。

　　《傀儡家庭》，也被译作《玩偶之家》，因为戏剧中的女主人名叫"娜拉"，这部戏剧又被称为《娜拉》。那么，这部戏剧讲述了什么故事呢？

　　女主人娜拉是一个善良、有责任感的女人，她出身于小资家庭，与丈夫海尔茂结婚八年，仍然恩爱有加，她还有三个可爱的孩子，都对她百依百顺，这令她觉得生活幸福而美满。后来，娜拉的丈夫海尔茂生病了，需要一大笔钱，她想了很久，决定瞒着丈夫伪造自己父亲的签字，向银行工作人员柯洛克斯泰借了一笔钱。事后，娜拉省吃俭用，攒钱还债。

　　海尔茂病好后，担任了柯洛克斯泰所在银行的经理，在他决定辞退柯洛克斯泰时，柯洛克斯泰以假签名借贷的事威胁娜拉替他求情。娜拉迫于威胁，向丈夫求情了，但没能够改变丈夫的决定。柯洛克斯泰被辞退后，他写信揭发了娜拉伪造的事，海尔茂知道后，他对娜拉大发雷霆，并斥责她毁了自己的前途。

　　后来，柯洛克斯泰在旧情人的劝说下，拿回了揭发信。海尔茂在解除危机后,又重新换上了对娜拉亲昵、温柔的嘴脸。只不过,娜拉已然看穿了海尔茂的伪装,她很清楚自己在海尔茂心中没什么地位可言。

戏剧的结尾是,娜拉离开了家,以她的关门声而落幕。只不过,娜拉离开之后她的生活是怎样的呢?就这个问题,很多学者都探讨过。譬如鲁迅先生,他分析,娜拉出门后只有两条路可走,一条是堕落,一条是回家。至于真正的答案,恐怕只有易卜生才知道。

《傀儡之家》演出后,立即引起了强烈的反响。因为娜拉独立的个性,以及她对感情的决绝,令这部戏剧遭受到很多上流社会的抨击,尽管如此,易卜生还是没有放弃他独有的充满易卜生风格的戏剧创作。

这之后,他又创作出了多部无视传统腐朽礼仪、追求生活快乐的戏剧,譬如《社会支柱》《群鬼》《人民公敌》,等等。每一部戏剧传达出来的思想都很鲜明,主人公也都具有反叛旧社会文化、思想的精神。

易卜生是设疑性戏剧的创始人,也因此,他的戏剧被人们称为"问题剧",而他也被称为"现代问题戏剧的巨擘"。不论是他所处的时代,还是现代,他的戏剧风格总能使人耳目一新,令人根据戏剧的剧情去思考剧中反映出来的问题,并在现实当中去寻找答案。

1906年,易卜生在挪威去世。因着他对戏剧所做出的卓越贡献,挪威为他举行了国葬。

"一切障碍都在粉碎我"——卡夫卡

弗兰兹·卡夫卡是奥匈帝国统治下的捷克的小说家,他是西方现代主义文学和表现主义文学的先驱者。也许是和他所处的时代有关,卡夫卡曾在自己的手杖柄上写下"一些障碍都在粉碎我"这样脆弱的话,所以他创作出来的作品也都充满了孤立和绝望。

1883年,卡夫卡出生在布拉格一个犹太家庭。他的父亲是一名商人,因为商铺的店徽是一只寒鸦,所以给降生的他取名"卡夫卡",因为在捷克语中,"卡夫卡"就是寒鸦的意思。

卡夫卡十八岁进入大学读书,学习化学、德国文学。或许是觉得自己没有天赋,又或许是兴趣不大,在念到半个学期的时候,他又改学了法律。不过,大学毕业后,他只做了一年与法律相关的工作,后来,他成了一名保险业务员。在做保险工作的同时,他抽出了很多时间来从事文学创作。

1904年,是卡夫卡执笔的第一年。他在之后的几年里写下了数部长篇或短篇的小说,除了《一场斗争的描写》《乡村婚事准备》外,其余作品已经遗失。1910年,在创作出短篇散文《观察》后,他随好友前往了巴黎,这之后他们又一同游历了苏黎世、卢加诺、梅拉诺,而这段游历被他写成了《旅游日记》。这期间,他也创作出了长篇小说《下落不明的人》。

卡夫卡没有停下他游历的步伐,1912年,他又和好友去了莱比锡和魏玛，正是这个时期，他创作出了最为知名的代表作《判决》和《变形记》。同时，他也邂逅了爱情，并于1914年在德国柏林订婚。这一年，世界大战爆发，卡夫卡也创作出了《审判》和《在流放地》这两部经典之作。次年，他创作的《司炉》获得了冯塔纳奖。

1917年，卡夫卡创作出了短篇小说《乡村医生》。这一年发生了好几件大事，首先他得了肺结核，并离开了保险行业；其次他的感情出现了问题，并解除了婚约。卡夫卡在疗养院养病的时候，先后创作出了《城堡》《地洞》《一条狗的研究》等作品。1924年，他的病情恶化，在完成《女歌手约瑟菲妮》没多久，就在布拉格去世了。

卡夫卡一生创作出了很多作品，最为重要的作品有《判决》《审判》和《变形记》，这些作品大都采用了变形荒诞的形象和象征直觉的手法，给人一种被充满敌意的社会浓浓包围住的孤立感和绝望感。

卡夫卡的小说《判决》是一部短篇小说，主人公格奥尔格·本德曼是一名年轻的商人，他快要订婚了，并用写信的方式将消息告诉了远在俄国的朋友。当他带着信来到父亲的房间，告诉他自己要去寄信时，父亲不相信他有俄国的朋友，因此父子俩大吵了一架。

虽然格奥尔格率先向父亲服软，但父亲并没有退让，并且一个劲儿地指责、辱骂他。最后，父亲判决儿子投河自尽，格奥尔格在无法忍受精神上的压力后，一头投进了河里，最后死去了。

《判决》依然采用了荒诞的写法，不管是小说的父亲形象，还是父亲的判决，都是荒诞至极的。这部小说从表面上看是讲述了父亲与儿子之间的矛盾，但更深层次的是借这部小说揭露了当时西方社会中现实生活的荒谬。

《审判》是一部长篇小说，主人公约瑟夫·K是一名银行的高级职员，一天早晨，他被法院逮捕了。这个法庭不是国家正式的法

▲ 卡夫卡雕像

庭，但却很有权力，但凡被这个法庭审判的人，都会被定罪，并且不能得到赦免。

约瑟夫·K既想不出自己犯下了什么罪，也想不明白是谁控告了他，为了反抗法庭，他四处找律师为自己辩护。直到最后，他才知道这个法庭是一个腐败的、草菅人命的机构，它存在的目的就是诬陷，进行荒谬的审判。而约瑟夫·K的结局是，他被法庭判处了死刑。在阅读完《审判》后，每个人都会感到一股浓烈的窒息感。

《变形记》是卡夫卡创作的中篇小说，主人公格里高尔·萨姆沙是一名旅行推销员，他除了在外奔波外，还需要推销物品，以便赚到足够的钱来维持家人的开销。在格里高尔每次将钱拿给父母和妹妹时，父母都会夸奖他，妹妹会崇拜他，这样的生活虽然很累，但格里高尔也很满足。

忽然有一天，格里高尔变成了一只甲虫，他不能再工作，不能再赚钱给家人。而这个时候，他的家人一改对他的亲昵和崇拜，对他展露出了冷漠、嫌弃的一面。不止如此，他的父亲还会用苹果砸他，他的母亲会故意吓唬他，他的妹妹也不愿接触他。格里高尔在绝望之下，离开了家，在孤独和饥饿之中迎接了死亡。

《变形记》这部小说依然采取了荒诞、不可思议的写法，譬如主人公变成甲虫，家人嘴脸的转变，等等。也正是因为荒诞，读后令人内心会为主人公郁郁不平，痛恶起现实中与主人公有着相同作为和个性的人。与此同时，小说也表达出了世人的唯利是图和对亲情寡淡的现象，与当时资本主义制度下的社会相呼应。

卡夫卡的作品透露出的强烈绝望感，这何尝不是卡夫卡内心的真实写照呢？他脆弱的内心和作品中的绝望，与他所处的时代和生长环境息息相关。

卡夫卡所处的时代并不和平，因为奥地利正处于革命变革之中。与此同时，第一次世界大战爆发，奥地利也处在了烽烟战火之中。当旧的帝国逝去，新的国家诞生后，依旧没能迎来和平，因为新旧社会的矛盾紧紧地交缠在一起。太阳每天都会升起，阳光每天都会普照大地，但那个时代的人感受到的却是阴暗和寒冷，看不到真正的希望。正是因为时代的影响，才令卡夫卡写出一部部绝望而窒息的作品。

此外，卡夫卡的父亲也对他的写作方向产生了很大的影响。前面说过，卡夫卡的父亲是一名商人，并且是一个唯利是图、毫无人情味的商人，他的眼中只有财富。在卡夫卡很小的时候，父亲会当着他的面大声斥责店员，他有表现不好的地方，父亲也会大声地训斥。卡夫卡长大后，父亲对于他的创作不仅不支持，还总是冷嘲热讽。卡夫卡常年生活在父亲的威压和嘲讽之中，内心变得脆弱、压抑和敏感。他的情绪融入创作当中，成就了一部部孤独而绝望的作品。

20世纪最伟大作家之一——乔伊斯

詹姆斯·乔伊斯是爱尔兰的作家、诗人,其作品新颖而奇特。他被称为20世纪最伟大的作家之一,后现代文学的奠基者之一。

1882年,乔伊斯出生在爱尔兰的首都都柏林。父亲是一名民族主义者,母亲是一名天主教教徒。乔伊斯的家庭并不富裕,甚至可以说得上拮据,而他的兄弟姐妹又多,再加上当时的爱尔兰是英国的殖民地,且常年战乱,以致他们一家人常常吃不饱、穿不暖。不过,乔伊斯没有面临过饥饿,因为他是家中的长子,父亲偏爱才华横溢的他,家中的食物和钱都让他先用。

很小的时候,乔伊斯就进入了一所天主教学校学习,他的学习成绩非常好,在文学上的天赋也表露出来,因为他写出来的文章总能受到校长和其他老师的赞赏。后来,乔伊斯被惜才的校长推荐到了另外一所天主教学校学习。在学校学习了几年,他一度梦想着自己能成为一名神父。

后来,文艺复兴的号角吹到了爱尔兰,乔伊斯受到了人文主义思想的影响,他对自己的国家产生了强烈的热爱,也不再想着要成为一名神父。并且,在中学毕业前,他对宗教信仰产生了极大的怀疑,也渐渐明确了自己要走文学创作的道路。

在1879年爱尔兰举办的作文比赛中,乔伊斯的作文获得了最佳作文奖,并在隔年被都柏林大学录取,学习哲学和语言。在学校的时候，乔伊斯写了多篇演讲和有关易卜生戏剧的评论，发表在了英国文学杂志上。通过对易卜生戏剧的解读，他更加坚定了自己进行文学创作的决心。

乔伊斯从都柏林大学毕业后，于1914年创作出了短篇小说《都柏林人》，这部小说写的是中下层人民的生活，由十五个小故事构成，其中《阿拉比》这个故事，不仅将乔伊斯的文笔展现得淋漓尽致，也展现出意识流风格小说的独特。

1906年，乔伊斯去了罗马，成了银行的一名通信员。在这期间，他构思出了最为知名的小说《尤利西斯》。之后，他回到了都柏林，开启了创作的辉煌时代。他从1908年起创作长篇小说《一个青年艺术家的肖像》，耗时十年才得以完成。之后，他又创作出了长篇小说《尤利西斯》《芬尼根的守灵夜》，以及诗集《室内乐》、剧本《流亡者》。

乔伊斯晚年迁居到了瑞士的苏黎世。这个时期，他受到了病魔的折磨，没有新的作品产生。并且在五十九岁这年，因病在苏黎世的一家医院里去世。

相对于其他作家而言，乔伊斯并不是一个多产的作家，但他创作的每一部作品，都值得人细细品读，并给予极高的评价。

《都柏林人》虽然是由十五个独立的小故事组成的，但每个故事又相互联系，且都有一个共同的主题。这些故事的主人公，有逃学的男孩，有渴望爱情的少女，有虚伪狡诈的流浪汉，等等。通过对都柏林不同年龄段、不同身份的人在社会上的生活的展现，作品揭露了都柏林人对生活的绝望、孤独、愚蠢和麻木。

《一个青年艺术家的肖像》是一部长篇小说，因为故事中主人公的经历与乔伊斯的人生很像，所以这部作品被认定带有强烈的自传色彩。主人公斯蒂芬也是爱尔兰天主教家庭的孩子,他在成长的过程中,渐渐认识到宗教思想的守旧和狭隘,他拼命地摆脱家庭对他的束缚,挣脱宗教对他的禁锢,然后去追求艺术,追求真正的民族主义。小说中夹杂了大量主人公心理活动的描写,能够引人共鸣。

乔伊斯创作的长篇小说《尤利西斯》是一部意识流文学作品,这部作品获得了很多美誉,譬如"20世纪百大英文小说之首""20世纪最伟大的小说"等。这部小说讲述的是儿子与父亲之间发生的故事。

▲ 乔伊斯雕像

主人公斯蒂芬是一名青年诗人，他有一个生理上的父亲西蒙。斯蒂芬觉得自己是一个思想成熟的人，可以胜任父亲这一角色。可是，西蒙却对他批评、嘲讽，令他渐渐失去了成为一名合格父亲的自信。所以，斯蒂芬决定要找一位象征性的父亲，并希望这个父亲能够认可他也能成为一名父亲。与此同时，失去了儿子的广告推销员布卢姆也希望能找到一个儿子，他希望这个儿子能够延续血脉，以及提升他在妻子心中的地位，因为他的妻子整日沉迷于肉欲之中。当斯蒂芬和布卢姆相遇后，两人一拍即合。

《尤利西斯》是一部反英雄主义的著作，乔伊斯赋予了小说中三个主人公不同定义，即斯蒂芬代表的是虚无主义，布卢姆代表的是庸人主义，而布卢姆的妻子代表的是欲望主义，以三位主人公的视觉来传达出现实社会的悲与喜。又因为书中涉及了历史、政治、心理学、哲学等众多内容，它又被人们称为"现代派的圣经"。

《芬尼根的守灵夜》是乔伊斯人生中最后一部长篇小说，这部书的书名源于爱尔兰著名的民歌《芬尼根的守尸礼》。故事中的主人公是酒店老板，有一天，在客人走后，他将客人喝剩下的酒全都喝到了肚子里，在上楼梯的时候，一不小心摔倒，昏迷过去。不过，主人公的潜意识是清醒的。乔伊斯以主人公的潜意识和梦幻贯穿小说，展开光怪陆离的故事。这部小说同《尤利西斯》一样，也潜藏了大量的科学、哲学内容，是一部另类的百科全书。

值得一提的是，乔伊斯的作品除了隐喻众多、晦涩难懂外，还有着大量的情色内容。所以，他的小说曾多次成为禁书。不过，这不妨碍他获得"20世纪最伟大的作家"的殊荣。

人与文的革命——米兰·昆德拉

米兰·昆德拉是捷克斯洛伐克的小说家,他创作的作品对西方文学来说,是一场关于人与文的变革,因为他的创作,在探索人的可能性的同时,也在探索文的可能性。所以,人们既将他称为"存在人类学家",也将他称为"小说文体学家"。

1929年,米兰·昆德拉在捷克斯洛伐克第二大的城市布尔诺出生。昆德拉会走上文学创作的道路,很大程度上是受了他父亲的影响。

因为昆德拉的父亲是一位音乐家,家境非常不错。他的父亲在家中布置了一个大书房,书房里有很多藏书。昆德拉从小就喜欢待在书房里,在书中的海洋里游弋。他的父亲在结束授课后,也会给他灌输各种知识。所以,昆德拉小小年纪,就已经积累到了很多知识,这为他日后的写作打下了基础。

昆德拉受到父亲职业的影响,也很喜欢音乐,在十几岁时就开始跟随当时著名的作曲家保尔·哈斯学习作曲。第二次世界大战爆发,保尔·哈斯被关进了集中营,再也没有出来。在昆德拉心中,保尔·哈斯有着极高的地位,用他自己的话说,保尔·哈斯是他心中神殿中的一位。他为了纪念保尔·哈斯,特地写下了《纪念保尔·哈斯》一诗,这是他人生中的第一首诗。

十八岁的昆德拉是一名热血青年,他加入了捷克斯洛伐克共产党。这期间，他迷上了艺术，极度渴望成为一名画家和雕塑家。在努力之下，他成了一位小有名气的画家，为不少文学作品画过插画。之后，他又沉迷于音乐和写诗当中。十九岁这年，昆德拉被布拉格查理大学录取，求学期间，他创作出了第一本诗集《人：一座广阔的花园》，这本诗集中的诗歌带有强烈的批判精神和超现实主义色彩，与当时宗教笼罩下公式化的诗歌有很大不同，之后他又创作出了叙事长诗《最后的春天》。

昆德拉大学毕业后，他留校任教，教授世界文学。在任教期间，他创作了《小说的艺术》和爱情诗集《独白》，其中《小说的艺术》这部作品令他荣获捷克斯洛伐克国家文学奖。之后，他开始了戏剧和小说的创作，并先后创作出了短篇小说集《可爱的笑》《玩笑》，戏剧《钥匙的主人们》，等等。其中，小说《玩笑》令他在文坛上声名大噪。后来，捷克斯洛伐克被攻占，而《玩笑》的内容因为涉及敏感问题，也被列入了禁书。至于昆德拉，他不仅被开除了党籍，还丢掉了教书的工作。

后来，昆德拉带着妻子前往法国，在他人的介绍下，去了雷恩大学担任助教。这期间，他频频上电视，登报纸，撰写文章，向人们讲述着捷克斯洛伐克被入侵的情形。再后来，昆德拉和妻子定居在了法国的巴黎，并获得了法国国籍。

在法国居住的日子，昆德拉先后创作了《生活在别处》《不能承受的生命之轻》《笑忘录》《告别圆舞曲》《不朽》《身份》《缓慢》等作品。这些作品令他获得了法国梅迪西斯外国小说奖、耶路撒冷文学奖、奥地利国家欧洲文学奖，等等，奠定了他在西方乃至整个文学界的地位。

在昆德拉的所有作品中，长篇小说《不能承受的生命之轻》是他最为重要的一部作品。这部作品将他对人和文的追逐和探索展现得淋漓尽致，形成了他独有的昆德拉写作风格。

小说的背景是捷克斯洛伐克被入侵，主人公托马斯是一位外科医生，婚姻的失败让他恐惧结婚，于是他将自己的灵与肉分离，游走在众多女人之中，又控制自己的心不爱上她们。后来，托马斯爱上了餐厅的女服务员特丽莎。他很爱特丽莎，并违反了自己的原则，娶了特丽莎，但他依然与很多女人交往，这令特丽莎极其没有安全感。后来，捷克斯洛伐克被入侵，在朋友的呼吁下，他和特丽莎去了苏黎世。托马斯依旧风流不改，特丽莎忍受不了，选择了离开，回到了祖国。但命运又让两人相遇。当他们决定抛却过去，重新在一起时，命运又跟他们开了个大玩笑，他们死在了一场车祸之下。

在这部小说中，昆德拉将每一个人物都描写得很饱满。通过小说中的角色，他寻找着生命的意义。他发现，生命能够承受无限的沉重，但却不能承受轻松。同时，他也像个上帝，在观察人类的灵魂是空虚的还是充实的。他发现，当一个人的灵魂是虚无的，那么便会如行尸走肉一般；当灵魂是充实的，才会有所追求。与此同时，昆德拉也借这部小说告诉人们，人的生命只有一次，一定要珍惜眼前。

昆德拉在另一部长篇小说《不朽》里，对人性有了另外一种解读。主人公阿涅丝是一个神经兮兮的女性，她对任何事物都有所怀疑，她认为自己穿梭在世界和世界之外。她不认同他人，也不认同内心的自我。她渴望逃离这个世界，找寻一片净土，成就自己的不朽，就在她即将拥有孤独和安静时，她却出车祸死去了。而她的丈夫和她的妹妹结了婚，并幸福地生活在了一起。至于阿涅丝，除了死亡引起的他人的悲伤之外，她什么痕迹都没留下。

贝蒂娜是小说的另一个主人公,她原本是一个普通的女人,可是她却热衷于结识名人。她对外宣布自己和歌德有着密切的关系,而她和歌德的信件就是证据,这令贝蒂娜获得了不朽。后来,她和歌德的信件曝光,人们这才发现这些信件都是贝蒂娜伪造出来的。

在《不朽》当中,还有其他几位主人公,每一个人都在追求不朽,但追逐到的却是虚无。昆德拉以世人追求不朽为主题,揭露了追逐者的功利与世俗。与此同时,也借小说反映出了现实中的人的荒诞与孤独,批判了理想主义。

第七辑

别开生面的东方与拉美

东方史诗的双子星座

对于西方人而言，提到史诗，人们脑海中浮现的，是那个伟大的古希腊游吟诗人，以及传唱了千百年的《荷马史诗》；而对于东方人而言，《罗摩衍那》和《摩诃婆罗多》是闪耀在印度大陆上两颗璀璨的明珠，照亮了世界史诗的另一半天空。

《摩诃婆罗多》和《罗摩衍那》描述了一个原始而古典的美丽世界：宽广的恒河流过茫茫无际的广袤森林，那里是各种动物生长繁衍的乐园；雪山、青草、美丽的天空，充满了古印度的神秘气息。在这样一个神秘而美丽的大陆上，古王国的兴衰更迭，英雄人物的冲突争斗和光辉事迹，江山美人，悲欢离合，是这两部史诗的核心内容。

当读者醉心于这两部史书时，会不知不觉地置身于这片古老大陆上的神秘国度，看到传说中金碧辉煌的古代城市，以及金碧辉煌的神庙和传说中的众神……公元前2世纪，出身婆罗门的蚁垤把长期以来人们口头传唱的《罗摩衍那》整理成书，也就是我们今天看到的样子。在梵语中，"衍那"是"传奇、传说"的意思，而罗摩是书的主人公。《罗摩衍那》描绘了罗摩与妻子悉多悲欢离合的故事，从神话传说到社会生活展现了一幅绚丽的古印度画卷。

在《罗摩衍那》这部史诗中，拘萨罗国的贤能国王十车王年事已高，准备立太子为将来皇位的传承做准备。他最喜欢的长子罗摩武艺超群，娶了邻国公主悉多为妻，悉多是老国王最中意的人选。可是国王最小的王妃想要让自己的儿子婆罗多继承王位，于是暗中迫害罗摩，在十车王面前百般陷害，终于使得十车王改变主意，不但立小王妃的儿子婆罗多为太子，而且将罗摩流放到了一片荒凉遥远的森林。同时被流放的，还有罗摩的另一个弟弟罗什曼。

这片森林是各种动物的王国，还藏匿着各种妖魔，罗摩的妻子悉多不幸被十首魔王罗波那抢走，罗摩兄弟到处寻找却一无所获。在寻找过程中，他们碰到了森林中落魄的猴王，并且帮助猴王夺回了王位，猴王与罗摩成了好朋友。神通广大的神猴哈奴曼得知悉多被囚禁在魔宫，就与猴王一道帮助罗摩打败了十首魔王罗波那，救回了罗摩的妻子悉多。随后，在神猴的帮助下，罗摩终于在流放十四年后回到了自己的王国，与妻子团聚，并恢复王位。因为能够体恤百姓，在罗摩的治理下，国家繁荣昌盛，人民安居乐业。

然而好景不长，罗摩最终听信小人的谗言，怀疑悉多在被囚禁魔宫时做了对他不忠的事情，将她遗弃。无家可归的悉多无法洗刷自己的不白之冤，四处流浪，受尽折磨，最后走投无路，她向地母求救，地母为她裂开了一道深深的山谷，悉多一跃而下，离开了这个令她失望的世界。故事的最后，悉多终于苦尽甘来，与家人相聚在天堂。

《罗摩衍那》这部史诗中有许多经典的人物形象：机智而又变化多端的神猴哈奴曼，与中国神话《西游记》中那个足智多谋、神通广大的孙悟空有异曲同工之处，而悉多则是忠诚、贤淑、忠贞的象征。王宫内部争夺王位的阴谋，以及罗摩等英雄人物抗暴的斗争过程，艺术化地表达了作者忠、孝、节、义的思想道德观念，同时也反映出印度社会种姓制度的思想。这符合了当时历史社会发展的趋势，也透露出了普通大众的意愿和政治主张。《罗摩衍那》在印度文学史上被誉为"最初的诗",这充分反映出了它在印度文坛上的地位,以及对于后世文学的深远影响。

和《罗摩衍那》一样,《摩诃婆罗多》也是世世代代在人们口中流传的经典史诗。它大约诞生在公元前4世纪至4世纪,书名意思是"伟大的婆罗多族的故事"。最初只是八千八百颂的《胜利之歌》,在口口传诵的过程中,无论是宫廷歌手,还是民间游吟诗人,都在不断地对这部作品进行修改和充实,很快就衍生为两万四千颂的《摩诃婆罗多》。再后来,经过人们漫长的八百多年的努力,《摩诃婆罗多》才成为今天长达十万颂的《摩诃婆罗多》,成为世界上仅次于《格萨尔王传》的史诗。

《摩诃婆罗多》采用倒叙手法,描述了列国纷争时代婆罗多族两支后裔俱卢族和般度族争夺王位继承权的斗争故事,以当时的印度社会为背景,描写了一场大规模的毁灭性的宗族"内战"。

在这部史诗的开头,一位歌者在吟唱中讲述了原诗的内容,从诗歌中引出"蛇祭缘起"的楔子,然后以此为开篇,正式开始叙事。婆罗多族的后裔中有个群族叫俱卢族,族长叫持国,是个瞎子,他有一百个孩子;另一个群族叫般度,族长叫般度,有五个孩子。持国和般度原本是一对兄弟,他们的父亲是当时的国王,老国王去世之后,弟弟般度继承了王位,但没过多久就去世了,于是由其兄持国继任国王。矛盾就在这样的权力继承过程中产生了。

般度的五个儿子认为是叔叔持国剥夺了自己的王位继承权,希望叔叔把王位继承权交出来,可持国有一百个儿子,他们并不愿意交出王位,尤其是持国的大儿子难敌,他一心想要独占江山,霸占王位。然而,般度的长子坚战也不是等闲之辈,他坚持认为王位理应由他来继承。为此,难敌经常想谋杀坚战和他的兄弟们。

有一次，坚战五兄弟要建新房子住，难敌暗中买通工匠，在坚战建造的房子里涂满了树胶，准备趁着坚战兄弟们住进去的时候暗中派人去放火烧死他们。不过幸运的是，有人暗中事先通知了坚战，得知消息之后，坚战兄弟暗中挖了一条可以逃跑的地道。房子起火之后，虽然由于树胶的助燃一下子就烧得精光，但坚战兄弟还是逃了出去。他们趁着夜色穿过危机四伏的森林，辗转逃到了邻国。

凑巧的是，邻国的国王正在给自己的女儿黑公主举行招亲大会，坚战凭着自己百步穿杨的神奇箭法，一箭射中远处旋转的鱼的眼睛，得到了娶黑公主为妻的机会。后来，遵从母亲的旨意，坚战五兄弟共同娶了美丽的黑公主为妻，同时拥有了自己的盟国。

他们五兄弟团结一心，排除万难，不断开拓国土、扩展势力。眼看着自己的对手在邻国发展得越来越强大，难敌虽然万般不愿，却装出一副和好的态度，假惺惺地同意让般度族在西部荒凉地区称王。不过，他仍然在暗中干着不可见人的勾当，伺机除掉坚战兄弟。

有一次，难敌用假骰子与坚战赌博，用激将法使坚战兄弟五人连同妻子都沦为奴隶，流放森林十二年，几乎输得一无所有。流放期满后，坚战五兄弟率领般度族人，找到难敌索还国土，然而难敌一意孤行，坚持不肯归还国土，最终和谈破裂，一场大战在所难免。

难敌和坚战分别联络了许多盟国，在俱卢展开厮杀，这场大战打得天昏地暗，死伤无数。难敌和他的九十九个兄弟都死在了战场上，难敌的将士们决心为难敌报仇，他们趁着夜色偷袭了坚战五兄弟的军营，几乎杀光了酣睡中的战士。幸好坚战五兄弟当时不在，躲过一劫。

最终战争结束，坚战回国做了国王。可是这个时候，王位上的他并不快乐，他看到这场战争使得无数家庭失去了父亲、丈夫和孩子，又想到自己兄弟家族间的残杀不仅导致族人死伤无数，还给人民带来了严重灾难，心中愧疚不已，无法释怀。不久之后，坚战五兄弟就把王位交给了孙子，然后带着妻子黑公主远走他乡，在人迹罕至的地方潜心修道，最后都升入了天堂。

《摩诃婆罗多》描写的战争场面气势恢宏，时间跨度巨大，表达了古印度人民热爱和平、厌恶战争的强烈愿望，因此被称为"大史诗"。作者通过作品中的人物之口，痛斥了那些"可怕的""该死的""无益的"不义之战，呼吁人们应该彼此善良相待，不让这种"亲戚屠杀亲戚"的战争再次发生。

虽然局限于时代，这部"大史诗"中充满了宿命论、报应理论以及种姓思想等，存在着一定的局限性，但这都没有阻挡它几百年来的口口流传。对印度人民来说，它是一部伟大的史诗；对于全世界人民来说，《摩诃婆罗多》是汇集了印度古代各种信息和知识的诗体百科全书，也是所有人了解印度文化的一扇窗户。

阿拉伯民间故事集——《一千零一夜》

在世界历史的长河中，一个个强大的帝国如浪花般一闪即逝，一代代君主建立起的丰功伟业转眼也只剩下荒凉的废墟，只有文字能够超越时间而流传下来，在一代又一代人的心中散发着永恒的魅力。

《一千零一夜》在西方被称为《阿拉伯之夜》，在我国被称为《天方夜谭》，是古代阿拉伯民间故事集。它是世界上流传最广、影响最大、拥有读者最多的一部文学作品，有着强大的影响力和生命力。

18世纪初，法国人迦兰将民间流传的手抄版本整理结集，第一次将《一千零一夜》译成法文出版，在法国国内引起轰动，人们一时间争相传阅。很快，在欧洲就出现了《一千零一夜》的各种文字的转译本以及新译本，一时间欧洲各地都被这部东方文学作品轰动了。著名作家司汤达在读完之后激动不已，他表示希望上帝能够使他忘记《一千零一夜》的故事情节，这样一来，他就可以从头再看一遍，重温书中的乐趣。法国著名启蒙学者伏尔泰也对《一千零一夜》发表了极高的评价，他说："这本书我读了四遍，现在我懂得什么是故事体文艺作品了。"

从文学手法的角度而言，《一千零一夜》是一种将散珠用红线串起来的巧妙艺术构思，它的主体框架是山鲁佐德和山鲁亚尔的故事，然后把零散的近三百个故事用嵌套的方式与主体框架完美地结合起来，这样的结构令人叫绝。文艺复兴时期，英国作家乔叟、意大利作家薄伽丘，以及西班牙作家塞万提斯，都从这种写作结构中得到过启发。

《一千零一夜》故事的主体框架是这样的：在传说中，古代印度和中国之间有一个叫作萨桑的岛国，国王叫山鲁亚尔，在位已有二十年，因为治国有方，萨桑国繁荣昌盛，人民安居乐业，国王山鲁亚尔也深受人民的拥护和爱戴。

有一天，他无意中发现王后与仆人有私通的行为，又惊又怒，一气之下，下令处死了他们。可是人虽然杀掉了，国王的气却没有消，从那之后，他的性情大变，无比讨厌女性。他命令大臣在全国各地搜罗貌美的女子送到宫中，娶其为妻，可是过了新婚之夜，就立刻处死新娘，然后再娶再杀，无休无止。

国王这种残暴的行为引起了全国百姓的极大恐慌，国中的年轻女子都遭了殃，不是被抓去王宫杀死，就是被迫逃往他乡，苦不堪言。而宫中那些被迫为国王搜寻年轻女子的大臣虽对国王的荒唐暴虐行为不满，但也无可奈何。

这一天，宰相实在是抓不到年轻女子了，而完不成任务有可能会被国王下令处死，宰相在家里长吁短叹，不知该如何是好。这时，他的大女儿山鲁佐德对他说："父亲，我知道您在为什么而发愁，我早就决定了，我要牺牲自己，拯救千千万万的女子，您就把我送到王宫嫁给国王吧。"

宰相当然不肯同意，他给女儿讲了一个《水牛和毛驴的故事》，认为女儿是在固执地冒险，并劝女儿放弃。但女儿认为自己已经考虑成熟，心意已决，无论如何都要进宫。无奈之下，宰相只好送女儿进宫。

山鲁佐德来到王宫，美丽的容貌和优美的舞姿一下子征服了国王，国王很是开心，当天就要跟她成婚。山鲁佐德就哀求国王能让她在出嫁之前和妹妹见上一面。于是国王派人将山鲁佐德的妹妹也接到了王宫。姐妹见面，自然有说不完的悄悄话，妹妹这时候就按照姐姐事先的吩咐，要求姐姐像她们小时候那样，给她讲一个睡前故事，好安心入睡。

姐姐这时候故意说："我不是不想讲故事给你听，只是担心德高望重的国王不喜欢听。"国王原本也没打算睡觉，听到姐妹俩的谈话，他也非常感兴趣，便欣然同意。故事便从这一夜开始讲起，山鲁佐德讲的《商人和魔鬼的故事》便是《一千零一夜》中的第一个故事。

山鲁佐德娓娓道来，把故事讲得跌宕起伏，精彩纷呈，不要说妹妹了，连国王都听得入了迷。后来讲到故事关键处的时候，天已经亮了，按照老规矩，国王要处死跟他共度一夜的新婚女子，故事自然也就不能再讲下去了。

这时妹妹叹了一口气说道："姐姐，我从未听过如此美丽甜蜜有趣的故事！真希望我明天晚上还能接着听你讲故事。"山鲁佐德说："要是主上开恩，能让我活下去的话，那么今夜我再继续给你们讲故事，而且我还有比这个更有趣的故事呢。"

国王心想，那我就暂且不杀她，等着听完后面的故事再说。于是白天里，国王忙于处理政务，到了晚上，就迫不及待地让山鲁佐德讲故事，山鲁佐德又给妹妹和国王讲了《老人和羚羊的故事》。就这样，接连好几个夜晚，山鲁佐德每天晚上都讲一个精彩又跌宕起伏的故事，但每到故事的精彩之处，也恰巧是天亮的时候，国王想要接着听她把故事讲完，就忘了要处死她这件事。就这样，山鲁佐德一天天地靠讲故事活了下来。

后来，山鲁佐德讲的故事越来越多，每个故事都引人入胜，异彩纷呈，而且大故事中套小故事，大大小小总共二三百个故事，其中最长的一个故事山鲁佐德足足讲了二十个夜晚才讲完。其中有些精彩的故事，情节曲折离奇，扣人心弦，简直精彩到了极点，其中就有大家耳熟能详的《阿里巴巴和四十大盗》。

在很早很早以前，波斯王国某城里住着两兄弟，哥哥叫高西睦，弟弟叫阿里巴巴，阿里巴巴平日靠打柴为生。这一天，阿里巴巴上山打柴，在山中他无意间遇到一伙强盗，看起来是刚打劫归来，满载着各种财物珍宝。阿里巴巴好奇他们进山干什么，便悄悄跟在强盗身后，眼看着强盗头子在一块大石头前大声说道："芝麻芝麻，开门吧！"然后只听轰隆隆一声，大石头打开了，原来后面是一个大洞，强盗们把抢来的珍宝都运进了那个藏宝的大洞，然后又关上门离开了。

阿里巴巴一直躲在暗处，等强盗离去后，他模仿强盗开门的暗语，打开了山洞，发现里面藏着的金银财宝不计其数，兴奋的阿里巴巴搬了几袋金币运回了家。他的老婆从小到大都没有见过这么多金币，于是就去阿里巴巴的哥哥家借秤来称金币。不料，多了个心眼儿的嫂子在秤盘底抹了蜜蜡，结果粘了几枚金币回去。哥哥高西睦发现金币之后，立刻找上门来逼问缘由。阿里巴巴无奈之下，只好说出了金币的来源以及开启石门的方法。

贪心的哥哥高西睦欣喜若狂，立刻跑去雇了十头骡子，连夜赶往山中强盗的藏宝洞。进洞之后大肆搜刮，十头骡子背上驮得满满当当，装满了金币。就在他们准备回家时，哥哥才发现，由于收集金银财宝时过于兴奋，自己竟然忘记了开门的暗语，被困在了山洞里。没过多久，天亮了，强盗们再一次回到山洞时发现了他，将他乱刀砍死。

阿里巴巴等了一天一夜也没等到哥哥回来，他意识到哥哥出事了。于是再次悄悄进山，为哥哥收了尸，顺便又搬了几袋金币回家，然后在哥哥家女仆马尔基娜的帮助下，悄悄掩埋了哥哥的尸首。强盗们很快就发现有人再次进入了藏宝洞，并且搬走了大量金币，这让他们大为恐慌和震怒，暗中派人入城打听。机缘巧合之下，竟然从给高西睦缝尸体做丧服的裁缝巴巴穆斯塔发那里探听到了消息，并且设法找到了阿里巴巴的住处。

于是这个强盗暗中找到阿里巴巴的家，在他家门上画了特殊的记号，准备晚上带同伙找上门复仇。可是强盗的这个小动作被聪明机智的马尔基娜发现了，她立刻把附近所有人家的门上都画上了相同的记号，这样一来，强盗们来了之后，死活搞不清楚究竟是哪家，只好悻悻而归。第二天，第一天的那个强盗又摸到阿里巴巴家，重新在他家门上做了另外一个记号，然而这次又被警惕的马尔基娜发觉并处理掉了，当天夜里强盗们再次失望而归。

接连两次失败，把强盗头子气得暴跳如雷，他亲自出马，记住了阿里巴巴家的位置，并且乔装打扮，伪装成商人，假意要和阿里巴巴做生意，然后用瓦瓮把三十七个强盗运进阿里巴巴家，准备到了夜里偷偷跑出来杀死阿里巴巴。可惜这个阴谋又被马尔基娜发觉了，她利用强盗们带来的一瓮菜油，烧滚之后，把滚烫的菜油挨个儿倒进了三十七个藏有强盗的瓮中。结果，除了强盗头子以外，其他强盗都被活活烫死了，强盗头子差点吓破了胆，越墙而逃。

不过他并没有死心，而是一直在伺机报仇。为了报仇，强盗头子甚至真的做起了商人，与阿里巴巴的侄子也渐渐混熟了。有一天，在阿里巴巴侄子的盛情邀请下,乔装打扮的强盗头子乘机来到阿里巴巴家做客,想要找机会加害阿里巴巴。然而不幸的是,这一切又没有逃过马尔基娜的眼睛,她再次识破了强盗头子的阴谋,于是在宴请强盗头子的席间,以跳舞为借口,寻找机会杀死了他……

就这样,山鲁佐德讲了一夜又一夜,一直讲了一千零一夜。这天晚上,当她讲完《补鞋匠马尔鲁夫的故事》后,恭恭敬敬地起身对国王说:"您曾是最英明的君主,而我只是您的奴婢,在这一千零一个夜晚之中,我向您讲述了一千零一个故事,让您看到了古人的美德和先贤的教训,那么现在,能让我向您提出一个希望吗?"国王道:"可以,我会满足你的任何要求。"

山鲁佐德便让人把三个男孩带到了国王面前,说道:"国王啊!这三个孩子都是您的亲骨肉,希望您能够赦免我,让我把这三个孩子抚养长大。如果您坚持要杀掉我,他们将变成没娘的孩子,只能孤苦伶仃地长大了。"国王听后一把将孩子们搂在怀里,流下了激动的泪水,他说道:"山鲁佐德,我郑重对神发誓,我从未下定决心要处死你,因为我早就看出你是位纯洁又有智慧的女子,从今往后你就是我的王后,我们要跟孩子们一起,开始新的生活。"

喜讯很快就传遍了京城,山鲁亚尔也兴奋不已,他召集文武大臣,向他们介绍了自己的三个孩子,同时赏赐宰相,感谢他把女儿嫁给自己,从而避免了更多无辜的杀戮。除此之外,国王还下令装饰城郡,举国狂欢以示庆贺,开销全由国库支出,此外每个人还有额外的封赐。得知这一好消息之后,人们纷纷走上街头,敲锣打鼓,那些孤苦无依者,也都领到了国王的特别恩赏。从此,萨桑国恢复了从前的平静,人们安居乐业,又过上了幸福平安的生活。

曾经有人说过,《一千零一夜》对于阿拉伯社会而言,就像是一面一尘不染的镜子，读者在阅读这部作品时，会在这面镜子中看到魔法财宝、王子公主、鬼怪精灵等一系列匪夷所思的神话传说。在这些表象之下，其实折射的却是当时这个强大帝国千百年来的风土人情和社会风貌。无论你是天真烂漫的孩童，还是涉世已深的成人，都会被书中描绘的那个变幻莫测的世界深深吸引，流连忘返。

日本版《红楼梦》——《源氏物语》

中国的四大名著之一《红楼梦》即便是在世界文学史上也有着极高的地位，曾经有学者提出：世界文学史上，有不少与《红楼梦》题材类似的作品，但是能够在文学造诣和地位上与之并驾齐驱的，当属日本古典作家紫式部的《源氏物语》。作为长篇写实小说的鼻祖，这部"日版《红楼梦》"成书于1001年到1008年，比《红楼梦》早了差不多九百年。

《源氏物语》的作者紫式部与九百年后《红楼梦》的作者曹雪芹一样，生平记载都不是很详细，留下了很多谜团。紫式部生于书香门第，但这其实并不是她的真名，因为在当时那个年代，日本社会妇女地位极低，一般妇女根本不配拥有名字，都是以姓来称呼。因为她的父亲姓藤原，长兄任式部丞，所以根据习俗，她与宫中其他女官一样，以父兄的官衔为名，人们就叫她"藤式部"。后来她所写的《源氏物语》广为流传，大家就用书中女主人公紫姬的姓氏来称呼她"紫式部"。

紫式部的祖父辈及兄长都是当时非常有名的歌人，可谓书香门第。她的父亲喜爱中国古典文学，尤其擅长汉诗和歌，因此紫式部从小就非常喜欢中国古典文学。在《源氏物语》中，中国古典文化的影子无处不在，以至于当我们读《源氏物语》时，甚至会错以为这是一部中国古典小说。小说中的主人公其实也有作者紫式部自己的影子，她在当时的日本皇宫担任彰子皇后的女官，对于当时日本上层贵族生活有着非常深刻的了解和体会，也正是因为有这样的生活经历，紫式部才能写出这样一部古典静雅而又荡气回肠的"言情小说"。

在这部小说中，紫式部写道："物语虽为写人，但并非如实记录他人，而是写出他人在作者心中的样子。无论是好事还是坏事，其实都是从平淡无奇的生活之中，将那些百看不厌、百听不烦的事，以及那些希望传之于后世的情节，通过作者的艺术加工，一点一点描绘出来的。"可见，紫式部心目中的物语，并不是对生活的枯燥记录，而是要精选生活中最能引起感动和共鸣的事件，通过自己内心真实的感受，借书中人来表达自己对于物语写作的见解，这也体现了紫式部对文学的独到见解。

《源氏物语》虽说是长篇，实际也可归类为短篇集锦，全书以主人公作为贯穿全书的主要线索，洋洋百万言，所写内容时间跨度极大，历经七十余年四代天皇，极尽写实之笔，登场人物多达数百，堪称日本中古时期贵族生活的百科全书。

全书结构与《红楼梦》十分类似，分为两部分：前四十四回主要描写男主人公光源氏周围的各色人物，展现了源氏享尽荣华的生活以及情感波澜的一生，这也是这部作品的中心内容；后十回则写源氏之子薰与多个女子间缠绵悱恻的爱情纠葛。随着情节的展开到结局，整部作品弥漫了一层悲凉的挽歌气氛，表达了作者"曲终人散皆是梦，繁华落尽一场空"的人生感悟。《源氏物语》的故事是这样的：

桐壶帝后宫嫔妃无数，一位原本地位卑微的妃子得到宠幸怀孕之后，遭到有权势妃嫔的忌妒与凌辱，受尽磨难，在生下儿子不久后就郁郁而终。她所生的孩子深受父皇桐壶帝宠爱，被赐姓源氏。源氏不仅生得俊秀，而且从小就十分聪慧，讨人喜欢，长大之后更是多才多艺，诗歌、音乐无不精通，宫里的人们都称他光源氏。

依照当时的习俗，源氏在十二岁举行了成人仪式后，就按照桐壶帝的安排，娶了左大臣的女儿葵之上为妻。但源氏天性多情好色，远不像《红楼梦》中他的"中国兄弟"贾宝玉那样用情专一，十七岁就开始热衷于寻花问柳，与许多女子偷情。后来源氏遇到了一个流落的贵族幼女，一见倾心，在葵之上死后，纳她为正妻，这个贵族女子就是紫上。

后来，因为宫廷内斗，左大臣及源氏一派失势。源氏因为之前与权势派右大臣第六女胧月夜暗中暧昧纠缠不清，激怒了右大臣及其当权的女儿弘徽太后，导致被贬谪流放两年之久，费尽周折才赦免回京。不久之后，源氏的私生子冷泉帝即位，源氏一派重新得势，把持朝政，源氏也在他四十岁时到达人生巅峰，冷泉帝亲自主持宴会，为他祝寿。源氏除了自家之外，另外又修筑了两座府邸，专门用来安置与他有暧昧关系的十多个妇女，可谓"金屋藏娇"。平日里源氏经常来到这两处府邸，跟这些女子一起酬歌互答，好不快活。

此时，已经退位的朱雀帝考虑到源氏的权势，就主动提出把小女儿女三宫嫁给源氏。这件事令源氏的正妻紫上十分不安，因为女三宫毕竟出身高贵，远不是她这个落魄贵族之女所能相比的。女三宫嫁过来之后，果然仗着自己的身份周旋于诸女，很是风光，源氏也因此苦恼不已。后来，他发现女三宫竟然与内大臣之子柏木偷情，而且还生下一私生子。

源氏愤怒伤心之余，不由得想到自己的往事，陷入了极大的困扰之中。后来物是人非，女三宫落发为尼，离开了源氏，而紫上经过种种宫廷内斗，身心俱疲，也萌生出遁入空门的念头，因为源氏不许才未能成行。源氏五十一岁时，紫上大病一场，最终病死。源氏深受打击，感觉到人生的无常和荣华富贵的虚幻，开始极度厌倦繁杂的宫廷生活，没过几年也病死了。

在男权社会中，妇女们无法摆脱自己命运的悲剧，那些命运悲惨的贵族妇女，虽然看上去生活光鲜，可实际上要么沦为政治联姻的牺牲品，要么在一夫多妻制下沦为男性贵族的玩物，要么一生寡欢，最后万念俱灰遁入空门。因为看不到摆脱悲剧人生的希望，许多女性只好用佛教的"业报轮回"来安慰自己。

在源氏结识的妇女之中，有位叫作空蝉的女子，她的丈夫是一个垂暮的地方官，她在青春妙龄时嫁给这个地方官，婚姻生活根本没有幸福可言。而对于源氏来说，钟情于空蝉也只是出于猎艳的心态，这种情感上的玩弄给空蝉带来了莫大痛苦。幸好她及时意识到这一点，并没有落入源氏圈套。然而丈夫死后，空蝉又被丈夫的前妻之子纠缠不休，无可奈何之下，她不得不出家为尼，了却尘缘。

六条御息所是个年轻的寡妇，她经不起源氏的花言巧语，以身相许，却因身份与年龄被人非议。因为深爱源氏，所以由此产生了很多流言，竟然有流言说六条御息所的神魂会深夜出窍，出现在源氏所结识的其他妇女面前，就连夕颜和葵之上的死都与她有关。后来，源氏对六条御息所的态度日益冷淡。痛苦之余，六条御息所随同女儿一起去做了斋宫，不再与源氏相见。

夕颜则是另一位身世悲惨的女子，她出身低微，性情温顺，在家中被丈夫的正妻迫害而被迫逃避。后来遇到源氏，又因为源氏的轻率玩弄而过早地结束了年轻的生命，夕颜的悲惨命运体现了当时日本社会一夫多妻制的不合理性。

末摘花是小说众多女性形象中很特别的一个，她虽然出身高贵，可是容貌丑陋，又无才艺，加上父母早亡，以孤儿的身份长大，受尽苦难。源氏与她结识后,虽然没有抛弃她,但却经常拿她的容貌取笑,令她痛苦不已。后来源氏失势被谪居后,她失去靠山,看尽世态的炎凉,最后虽被源氏接进府中,可仍然无法摆脱受人取笑和嘲弄的命运。

女三宫一开始就是政治婚姻的受害者,当初朱雀帝执意把十三四岁的女三宫嫁给源氏时,源氏已经年近四十,完全不具备幸福婚姻的基本条件。而女三宫嫁给源氏后,因为婚姻生活的不幸而爱上内大臣之子柏木,并与之生下一子,最后东窗事发,女三宫也痛苦万分,遁入空门。

再来看源氏的正妻紫上,她不但才貌出众,而且从小接受贵族阶级的"理想"教育,是一个源氏口中所谓"永远的理想女性",具备对男贵族无条件忍从的"美德"。对于源氏拈花惹草的日常,紫上看在眼里却也无可奈何。她尽量忍让,对源氏的新欢,她只能背地里默默流泪,从不流露出内心的痛苦。即便如此,源氏还认为她唯一的缺点是忌妒。在这样的内外双重折磨之下,紫上心力交瘁,中年就去世了。作为贵族阶级纵欲生活的牺牲品,紫上虽然是名义上的正妻,实际上却没有任何幸福可言。

作者在书中对于贵族政治的担当者,即那些男贵族的态度十分明确,那就是暴露、批判他们淫糜和纵欲的生活,暴露出他们空虚、虚伪的内心世界。这些男人一方面拼命享乐,另一方面又无法排解内心的空虚,动辄想要出家。然而作为例外,作者却把源氏美化成一个无边的博爱主义者,他不但英俊潇洒,而且才艺俱佳,作者甚至借他的一个侍女之口诉说源氏的博爱:"即便是对那些他并不深爱的妇女,也绝不轻易遗弃,而是会一直照顾她们。"而在小说中,源氏大肆兴建庭院,在院子里筑成假山泉水,广植奇花异树,营造出精美绝伦的环境，然后把他一生中结识的妇女都收养在里边。这样的情节安排与其说是作者塑造的一个调和世界，不如说是作者内心矛盾以及时代局限性的真切体现。

在《源氏物语》这部作品中，作者用精细的笔触赋予了笔下的每个人物以鲜明的性格特征。比如古板又执一而终的末摘花、聪慧又富于自我克制的空蝉、偏执的葵上、稳重的明石上、贤淑的紫上，等等，所有这些人物的性格特征，都与她们各自的身世、处境相吻合，写得鲜明可信。也正因如此，《源氏物语》不但真实而具体地展示了当时贵族阶层奢靡浮华的生活，而且在艺术上也极具价值。

此外，作者不仅擅长用细微的心理描写精心刻画人物性格，也善于用种种细节描绘人物隐微的爱欲心理，从而真切刻画出源氏思前想后的性格特征，从这一点来说，《源氏物语》也可以算作一部优秀的心理小说。

在小说中，作者常常会运用情景交融的写法来渲染每一个情节所需要的气氛。比如用废弃府邸中阴森诡异的气氛来衬托夕颜的死亡；而末摘花所固守的祖业残垣断瓦、草木凋零的冷落气氛，又用来烘托她失去源氏这个经济来源后的凄凉景象，环境与人物遭遇十分契合；还有就是，在这部作品中随处可见对残酷自然环境和气候的描写，其实也是用来衬托源氏失意谪居的心情。这样的描写手法具有浓郁的抒情性，做到了人世与自然的和谐交融。因此有学者说《源氏物语》的艺术形式与它所要表达的主题做到了"水乳交融"，同时也写出了日本民族那种鲜明独特的物哀、幽情等审美意向，堪称日本宫廷贵族文化史上的一颗璀璨明珠。

印度诗圣——泰戈尔

罗宾德拉纳特·泰戈尔（1861—1941）是印度近代著名作家、诗人。自少年时期开始，泰戈尔在半个多世纪的文学创作生涯中，先后涉足诗歌、小说、戏剧等领域，都取得了很大的成就。其中以诗歌最能体现他独特的风格特征。泰戈尔的诗歌语言质朴优美，充满了简朴的日常生活气息，具有强烈的现实性。在他的笔下有旅人的叹息，有撑伞独行的教师，也有蒙面叹息的怨女和底层小职员的离愁，这种对于平凡景象和普通男女毫无渲染的写实描写，让人读来有一种朴实的生活真实感。也正因如此，泰戈尔的诗歌流传到了全世界。

在印度及世界许多国家，泰戈尔都被尊为"诗圣"。他一生创作丰富，凭借诗集《吉檀迦利》成为亚洲第一位诺贝尔文学奖获得者。泰戈尔的哲理诗集《吉檀迦利》最早发表于1910年，这部诗集显示了泰戈尔的独特风格。从主题和形式上看，"吉檀迦利"即"献诗"的意思，这是一部献给神的颂歌。

但泰戈尔歌颂的神与当时人们头脑中拥有绝对权威、巍然凌驾于万物之上的神截然不同，而是具有浓厚平民色彩、人人可以亲近的神，或者可以称为万物化成一体的泛神。在诗歌中，诗人劝告那些盲目顶礼膜拜的人："把礼赞和数珠撇在一边吧！因神并不在那幽暗的神殿里，他是在锄着枯地的农夫那里/在敲石的造路工人那里/

▲ 泰戈尔塑像

太阳下,阴雨里/他和他们同在/衣袍上蒙着尘土。"人们应该脱下圣袍,到泥土里去迎接神,"在劳动里,流汗里/和他站在一起罢"(《吉檀迦利》第11节)。

作为一个诗人,泰戈尔崇尚返璞归真的诗歌境界,他期望自己的生命"简单正直像一支苇笛",让神"来吹出音乐",从而达到人梵(神)合一的境界(《吉檀迦利》第7节)。他坚持认为,如果只是搬弄华丽辞藻或炫耀文字技巧,那只会成为通往诗歌文学殿堂的阻碍。泰戈尔既致力于发扬本民族传统,同时又渴望长期隔绝的东西方能够不断沟通、融合。《吉檀迦利》所表现出的泛神论思想,虽然与印度古代的典籍如《奥义书》等息息相通,但泰戈尔并无意营造出一个封闭的世界。他于1912年把《吉檀迦利》译成英文,介绍给西方世界,次年便以此获得了诺贝尔文学奖。评奖委员会不仅高度评价了泰戈尔的创作,同时也特别肯定了他通过文学创作"调和人类文明两极化"的努力。

泰戈尔的《园丁集》是继《古檀迦利》之后的又一部"生命之歌",这本诗集用细腻的笔触,描绘了爱情中的幸福、烦恼与忧伤,其中较多地融进了诗人自己在青春时代的体验,也可以视为一部青春恋歌。不过,诗人是以"过来人"的落笔角度去回首往事的,因此他在诗中用吟唱去回味那些青春心灵的悸动时,又与自己的青春时代保持一定距离。这样的落笔角度使得读者在阅读的同时,可以相对地进行理性审视和思考,从而赋予这部恋歌深刻的哲学光彩。

《新月集》则进一步返璞归真,甚至可以说是"返老还童"。泰戈尔借助儿童的眼光,用自己历经人世沧桑之后沉淀下来的儿时感悟,用最为睿智洁净的心灵营造了一个晶莹的童话世界,用诗歌唱出最天真的儿时歌谣,用童稚的话语和天真的画面流露出深刻的哲理。在这部《新月集》里,智者的心灵与纯真的童心达到了最完美的融合。

自20世纪20年代起,我国著名作家冰心、郑振铎等开始将泰戈尔的作品译成中文,至今仍传诵不息,受到我国众多读者的喜爱。特别是冰心女士,不仅翻译泰戈尔的诗歌,同时也受泰戈尔启发,创作出诗集《繁星》和《春水》等作品,也具有极高的文学和社会价值,启迪和滋润了几代读者的心,堪称中印文学交流史上的一段佳话。

20世纪的东方神韵——川端康成

1968年诺贝尔文学奖获得者是川端康成。川端康成自幼失去了父母,历尽人世沧桑和世态炎凉,因此很多时候对于世事采取漠然的态度。这种孤独沉默的性格一定程度上体现在了他一些早期作品中,比如《伊豆舞女》和《招魂祭典一景》等。这些作品在一定程度上反映了某些社会现象,其中也蕴含着对社会底层妇女的同情。但是,由于川端康成后来受禅宗思想影响很重,以至于有些脱离现实之感,他后来的作品中也体现出了一定程度的封建主义思想,《雪国》这部名著,基本上可以说体现了他这种前后期思想变化的过程。

《雪国》写于1935年,当时军国主义甚嚣尘上,日本已经开始侵占我国东北地区,国家机器正在全面发力,为发动全面侵华战争做准备。在这个阴云密布的时期,日本国内轰动一时的无产阶级文学运动已被镇压下去,统治者开始加强各方面的管控。这一时期,日本国内的新感觉派文学,包括川端康成的文学创作,都或多或少地受到了影响。《雪国》这部作品的发表也从侧面反映出了这一残酷的现实。

《雪国》这部作品情节上其实比较简单,作者着重描绘的是雪国独有的优美风光,以及岛村和驹子萍水相逢的感情交流和性爱生活。

主人公岛村是个典型的"富二代",虽然研究一些欧洲舞蹈也有所成就,但总的来说还是个无所事事的纨绔子弟。有一次,他从东京来到一个叫雪国的地方，在一家温泉旅馆遇到了出卖声色的驹子。驹子不仅年轻貌美，而且擅长弹奏三弦，还喜欢写作、记日记。虽然在岛村看来，他们之间顶多算是露水姻缘，甚至只是买卖关系；但驹子并不这样认为，她对岛村表现出了比较真挚的感情，觉得人应该跟随自己的心，及时行乐。她甚至嘱咐岛村说"一年来一次就行，带夫人来也欢迎，这样彼此就可以一直见到"。

岛村前后一共来了雪国三次，都是为了同驹子厮混，驹子非常体贴地伺候他的饮食起居，陪他游玩，二人之间就像一对真正的夫妻一样生活。尽管这一切本质上都是计时收费的买妓行为，但岛村为驹子的美貌倾倒，驹子又非常赏识岛村的大度和学识，二人之间的情感和爱慕真真假假，谁也说不清楚，最后挥手而别，一段情缘不了了之。

岛村第二次前来雪国时，在火车上偶遇了一对年轻男女，女子名叫叶子，年轻貌美，一双大眼睛十分美丽动人，同行的年轻男子名叫行男，病得很重，需要叶子一直照料起居。当时暮色渐浓，随着车窗外远方景色的后退，夜幕徐徐降临在皑皑雪原之上，在岛村眼中，这样的景色极富诗意，加上车厢中叶子的明眸不时闪映，令他心旷神怡，神往不已。

后来岛村得知，叶子原来是驹子三弦师傅的家人，行男则是三弦师傅的儿子。三弦师傅名叫岛村风闻，他在活着的时候，曾安排驹子和行男订婚，但因为行男一直病重，驹子为了给行男筹钱治病，才去当了艺妓。但驹子并不认可这个说法，实际上她对行男也没有任何感情。后来在岛村第二次离开雪国，驹子到车站为他送行时，叶子突然跑来说行男病重即将不治，哀求驹子前去见行男最后一面，驹子也并未理睬。岛村虽然也为叶子的年轻貌美所倾倒，但也只是浅尝辄止，并未进一步接触和交流，更遑论爱的表示。直到最后剧场意外失火，叶子从二楼上掉下来死去，目睹一切的岛村也只是略表同情，并未有更大的触动，一切心动都在那一刻戛然而止。

《雪国》最开始发表时，是以短篇形式分别发表于各种刊物上的，分别描写各个章节的内容。后来随着日本国内形势更加险恶，1937年以后基本上停止发表，直至"二战"结束之后才又重新修改补充，完成出版。主要原因大致是，当时正值"二战"爆发前夕，日本国内军国主义泛滥，这部作品并未追随当时主流的帝国侵略政策歌颂侵略战争，也没有像小林多喜二的《为党生活的人》那样旗帜鲜明地批判和反对侵略战争，而是把背景设置在远离东京的雪国及其温泉旅馆，并以那里的"五等艺妓"驹子和游客岛村的相遇相处为题材，细致描写了他们的旅行过程和性爱生活，透露出逃避现实的朦胧美感。

川端康成巧妙运用雪国独特的景致描写来烘托年轻艺妓的身姿体态和音容笑貌，笔触优美，极富抒情色彩，创造出美不胜收的情趣和境界，使读者受到强烈的感染。比如描写列车行驶在皑皑雪原那一段，夜幕缓缓降临，天色将夜未夜，雪原随着地势起伏展现出明暗相间的形态，整个大地在朦胧中展现出别样的美感。彼时彼刻，坐在火车上前往雪国去约会驹子的岛村正望着车外的美景出神，雪原和夕阳映在车窗上的美景让他感受到一种无法言说的新鲜感和神秘感。

这时，一张清秀美丽的脸突然在这幅美景中闪现出来，明亮的眼眸若隐若现在车窗上不时闪动的光影之中，刹那间震撼了岛村的心灵，一眼万年，大约就是这样的感觉吧。而雪夜里在温泉旅馆陪岛村一夜温存之后的驹子，清晨时分对镜梳妆，窗外晨光白雪，屋内红颜黑发，刚刚醒来的岛村睡眼惺忪，静静欣赏美人倩影，顿感心旷神怡，恍如隔世。

即便是在日本国内，对于《雪国》的争议也由来已久。从艺术产生的角度而言，即便是作家对于唯美主义的美的追求，也不可能是脱离现实生活的梦呓。相反，作家们往往都是在现实生活和社会中发现比较接近真正的美的东西，比如川端笔下的"伊豆舞女"，他同高中学生之间纯洁的感情让读者印象深刻。然而，既然是源于现实，在某些特殊的社会时期，由于世界观和思想感情的变化，人们往往又会以丑为美，比如《雪国》中对于封建时代卖淫制度的美化，用抒情的笔触描写雪国温泉旅馆"五等艺妓"同嫖客之间的种种行为，这种别样的"美"就很难让如今的读者接受。即使是在帝国主义和军国主义横行的当时，由于《雪国》所描写的那种令人陶醉的男女关系被视作"靡靡之音"，会消磨所谓的"国民的战斗意志"，所以也并没有得到统治者和大众的赞赏。

魔幻现实主义第一人——马尔克斯

成书于1967年的《百年孤独》被称为拉丁美洲魔幻现实主义的代表作，作者是出生在加勒比海岸哥伦比亚热带小镇阿拉卡塔卡的加尔列尔·加西亚·马尔克斯。曾几何时，许多中国作家对这部作品的喜爱和崇拜都体现在他们对于这部诺贝尔文学奖获奖作品《百年孤独》开篇的模仿——"多年以后，面对枪决行刑队，奥雷良诺·布恩迪亚上校将会想起，他父亲带他去见识冰块的那个遥远的下午。"人们惊叹于作者看似平淡无奇实则振聋发聩的小说表现技巧，以及作者惊人的想象力。然而作者马尔克斯则说："这都源于我的现实生活。"

马尔克斯在小说《百年孤独》中融会了南美洲特有的五彩缤纷的文化，整部作品人物众多，情节离奇，内容复杂，手法新颖。1982年，《百年孤独》以"汇集了不可思议的奇迹和最纯粹的现实生活"无可争议地荣获了当年的诺贝尔文学奖。

在《百年孤独》中，马尔克斯大胆采用了环环相套、循环往复的叙事结构以及超乎寻常的文学手法展现了小镇马孔多的历史。小镇马孔多的创始人何塞·阿尔卡蒂奥·布恩迪亚为了逃避家族的责备选择了背井离乡，他带着一起出走的二十来户人家一直走到海边，在无路可走的情况下，大家决定在那里定居下来，并且把那个地方取名"马孔多"。睿智的布恩迪亚结合当地的地形，为全村人合理地设计各种村镇设施的布局,并且带领大家共同建设马孔多。

后来,逐渐成形的小镇日渐繁荣起来,吉卜赛人、阿拉伯人、欧洲各地的人以及美国人纷纷发现了这个世外桃源,前来定居的人络绎不绝,带着各种各样的"新奇"玩意儿,使得这个新开发的小镇越来越热闹了。最初,布恩迪亚为那些层出不穷的新鲜玩意儿而兴奋着迷,他不断地接受新事物,乐此不疲。到了后来,他竟然在不断地"发明"和"探索"中"走火入魔",变得神志不清,甚至发了疯,家人无奈之下将其捆在大树下,让他与世隔绝,成了个活死人。

布恩迪亚的二儿子奥雷良诺是一名身经百战的战士,可最后他忽然发觉:闹了半天,一切又回到原点,暴君走了一个又来一个,无休无止,到头来他和战友们的浴血奋战丝毫没有意义。眼看着政府公然背信弃义,出尔反尔,而他党内的一些人又出于个人利益不发一言,对前政敌唯唯诺诺。奥雷良诺上校彻底失望了,他绝望地把自己关在作坊里制作小金鱼,成了一个麻木的手工业者,再也不关心国内局势,最终悄无声息地死去。

而奥雷良诺上校的妹妹阿玛兰塔,从小就忌妒她母亲的养女雷贝卡,长大之后又与雷贝卡明争暗夺意大利商人皮埃特罗的爱情。当她终于打败了雷贝卡之后,又忽然觉得自己根本不爱皮埃特罗,断然拒绝了他的求婚,皮埃特罗不堪这样的捉弄和打击,愤而自尽。不久之后,阿玛兰塔又与新男友格林列尔开始谈婚论嫁,可就在他们即将走向婚姻殿堂的前一天,阿玛兰塔又一次选择了拒绝和逃离。

从那之后,她再也找不到活着的意义,整天在屋里织她的裹尸布,日织夜拆,靠着这种毫无意义的行为来麻木自己,打发日子。而雷贝卡和布恩迪亚的大儿子结婚后,因为生活方式不被村人接受,他们与村人的矛盾日渐加剧,最终她的丈夫被人杀死,雷贝卡也选择了把自己锁死在屋内，再也不愿出门，完全与世隔绝地度过了后半生。

就这样，布恩迪亚家族虽然一代一代地延续下来，但是"他们尽管相貌各异，肤色不同，脾性、个子各有差异，但从他们的眼神中，一眼便可辨认出那种这一家族特有的、绝对不会弄错的孤独眼神"。作者煞费苦心，用大量的篇幅来描写那些由于保守、落后、愚昧以及情欲所造成的隔阂与孤独，表现了人们内心因为无法掌握自己的命运而产生的绝望、冷漠和疏远感。这种孤独无处不在，甚至成了一种民族特质，成为阻碍民族进步和国家发展的一大障碍。

《百年孤独》采用环环相套的封闭式结构，不仅创造了新颖的叙事手法，同时在情节上也巧妙地造成了时空的交错和重合。例如，小镇马孔多对于小说中的人物来说是现实，而对于故事的叙述者来说是过去，同时对于小说中的预言者梅尔加德斯来说又成了将来。这种时空交错的写作手法使得小说中的过去、现在和将来形成了一个独特而又自洽的闭环世界。

在小说的结尾，梅尔加德斯的手稿几经辗转，终于被布恩迪亚家族的最后一个成员破译出来。这一刻在读者看来，全书的故事不过是对这份羊皮纸手稿的印证和重现。这一寓意深刻的结尾可谓全书的点睛之笔，不仅揭示出历史与虚幻交织、现实与神奇相连的主题，同时也点出了魔幻现实主义的真谛所在。